U0684486

驻马店宣传思想文化战线"四个一批"人才资助项目

天中地理

TIAN ZHONG
DI LI

陈军超 著

中国书籍出版社
China Book Press

图书在版编目（CIP）数据

天中地理 / 陈军超著. –– 北京：中国书籍出版社，
2022.1

ISBN 978-7-5068-8867-7

Ⅰ . ①天 …　Ⅱ . ①陈 …　Ⅲ . ①散文集–中国–当代
Ⅳ . ①I267

中国版本图书馆 CIP 数据核字（2022）第 007455 号

天中地理

陈军超　著

责任编辑	毕　磊	
责任印制	孙马飞　马　芝	
出版发行	中国书籍出版社	
地　　址	北京市丰台区三路居路 97 号（邮编：100073）	
电　　话	(010)52257143（总编室）　 (010)52257140（发行部）	
电子邮箱	eo@chinabp.com.cn	
经　　销	全国新华书店	
印　　刷	成都兴怡包装装潢有限公司	
开　　本	787 毫米×1092 毫米　1/16	
字　　数	201 千字	
印　　张	13.75	
版　　次	2022 年 1 月第 1 版	
印　　次	2022 年 1 月第 1 次印刷	
书　　号	ISBN 978-7-5068-8867-7	
定　　价	68.00 元	

版权所有　翻印必究

天中山川入化境

——陈军超《天中地理》序

刘康健

　　灯下细读陈军超所编著《天中地理》书稿，忽觉一股浩荡之气汤汤而来，穿越千年时光，使人顿觉心旷神怡。想起自己才读过的《水经注》和作者郦道元，似乎二者有异曲同工之妙，千年之前的东荆州刺史和《天中晚报》记者陈军超心有灵犀，历史性地在这里见面了。郦道元先生笔下的《水经注》文采斐然，考据翔实，天中山水尽入书中。军超的《天中地理》更是不俗，文中历史纵横、民风古俗、神话传说、山水风物、非物质遗存、民间故事……兴之所至，笔走龙蛇，上天入地，天中山川已臻大化之境，真是一本难得的好书！

　　内容广博。此书创作之前，军超曾和我说过构想。我说，好，多年来河南驻马店还没有出过这样的书，驻马店也应该有这样一本书了。很多关乎驻马店文化的书，大都是"文抄公"，不敢恭维。军超的《天中地理》一书则不然，全部是"走"出来的第一手材料，在场的写作，田野作业，非常之不易。像郦道元一样军超用脚步丈量着天中大地，用赤子之心观察着天中大地，用火一般的热情讴歌着天中大地。如诗人艾青说的："为什么我的眼里常含泪水，因为我对这土地爱得深沉。"古人曰：读万卷书，行万里路。军超正是用自己的行动践行了这一朴素的真理。先是来到泌水，看倒流的泌水如何风光旖旎，发思古之幽情；又来到棠溪源，听棠溪剑器的远古回响，寻嫘祖先人的足迹，攀登蜘蛛山，辗转柏国之地的山水间。后又千峰躲下的风山寨，拜谒女娲先祖的遗存，念天地之悠悠，发思古之幽情……可以说，我所知道的天中文化遗存，以及民间故事、人文典故、神话传说等，被军超一一"走"读出来。其内容之广博、思想之深邃、知识之宽泛，今日之天中无出其左右者。民间故事类中，神话有盘古开天、女娲造人、嫘祖缫丝；传说有重阳登高、梁祝化蝶、太任西嫁。故事有万僧寺、白果树、张令公焚身求雨、费长房捉鬼等。古代遗存类中，有沈国故城、安城故城、蔡国故城、道国故城……可以说军超的《天中地理》一书几乎囊括的驻马店甚至是古代汝南郡的文化原点，可谓洋洋大观。一书在手，尽知天中。

思考深邃。行走的目的，是思考写作。没有思考的行走，是旅游。没有写作的行走，是散心。在这个人人皆可写作的时代里，写出点文字发在朋友圈里，获得一些点赞，就能让人洋洋自得。习近平总书记教导我们：传承和弘扬中华民族的历史文化，增强中国的软实力，是十分重要的事情。这就需要我们身体力行的行走，去亲近大自然，并在这行走的过程中进行深刻的思考。军超就是这样一位行者，他的行走是有思考深度的，是有历史温度的，他本人是可以被称之为思考深邃的行者。先说军超的写作形式，开始是以新闻记者的方式进入地理，转而从文化学者的眼光考量历史，接着就又以一个散文家的文笔，来写景抒情，娓娓道来。期间又杂糅民间故事成分、历史考据、现代眼光使得文本充满了魔幻色彩，十分生动有趣，文字很有张力。在山川地理的行走中，军超进行了深刻的思考，这种思考是理性的、科学的、深刻的。由故事表面的表达到文化演变的思考，从故事层面的叙述到当今社会如何传承，都有军超深刻的思考。可以说，军超在行走的每一步中，都有思考的深深印记。在泌水湖两岸，军超的眼中是错落有致的住宅和湖边的柳树相映成趣，远远望去，如一幅优美的山水画。依河水而建的泌水湖公园，是一座不设围墙的公园，园内栽种了槐树、榆树、柳树。阳光照耀在湖面上，波光粼粼。夜晚的泌水湖更加迷人，华灯齐放，湖水闪烁，绿草上浮着晶莹的露珠，远处传来阵阵犬吠和水鸟的啁啾声，湖边前来休闲的市民和月光、灯光、潺潺流动的河水组成一道独特的风景。军超想到了3000年前，上古先民的歌咏汇成了我国第一部诗歌总集《诗经》：衡门之下，可以栖迟；泌之洋洋，可以乐饥。他慨叹：在今天，天中人依然可以为之骄傲。泌之洋洋，可以乐饥。在确山县的板栗园中，军超虽然没看到"春满千山涌碧浪，秋染万树硕果黄"的"栗海"奇观，但并不遗憾。古栗林里一棵棵历经几十代人生生死死，依然生机盎然、倔强峥嵘的古栗树让他看到了生命的力量！溱头河两岸的古栗林既具有深厚的人文历史底蕴，又兼备优美独特的自然景观，加之周围众多的生态景点，让人不禁产生回归自然空间的放松感。每到板栗成熟时节，石滚河镇都会举办板栗节，古栗园里硕果累累的景象形成一道独特的风景，吸引了众多市民结伴采摘。

市民在这里品尝农家美食大赛的板栗宴、购买板栗家族系列产品的板栗月饼、板栗汁、炒板栗，采摘古树上的板栗，体验农家收获的喜悦，尽赏千年古树的沧桑。

文笔优美。山川地理之类的文章，很容易写成类型化的文字，要么成为地理书，要么成为散文游记。在山川地理中寻找文化碎片，再把碎片连缀成美文，加入作者的深刻思考，这种文字不好写。军超不愧为老记者，在《天中地理》中巧妙地完成了身份的几度转换，从记者到学者、从游人到作家，辗转腾挪，游刃有余，可谓功夫了得！这里且说《天中地理》的美文，就足以为人称道，书中难免新闻的痕迹，但就是在这新闻味道中，军超用优美的文笔展示了一个美轮美奂的天中山川地理，使人读之欣欣然、陶陶然。当军超来到云梦山中看到：一阵风吹来，树叶簌簌而动，这只蝴蝶不停地忽闪着翅膀。顺青檀沟而上，溪水潺潺，溪边是长满青苔的石头，溪水入手，感觉如丝缎细腻，水底是一层细沙，清可见底。据张群虎说，大雨过后，这里的溪水也不浑浊，照旧清澈。溪水中偶见彩色的石头，用手捞起，可见石头上有点点红色，如鸡血洒在其上。不时有蓝色、黄色、白色、紫色的野花映入眼帘。每走过一处溪涧或野花丛生处，总会惊起一片"紫雾"。原来，这样的地方都有一群指甲盖大小的紫色蝴蝶聚集在那里。有人经过，蝴蝶便会被惊起。行走到一转弯处，一只大的翅膀上点缀着蓝色斑点的黑蝴蝶居然落在了肩上。又当军超来到老乐山上，站立于亭中举目展望，四周群峰环抱。一团团云雾从山谷深处升起，沿着山坳和山脊向山顶漫去……山顶上的电视转播塔，一会儿在雾中露出塔尖的身影，一会儿淹没在云雾之中。突然间，浓雾吞山，一切都融于云海，汇入浩淼，脚下是烟波白浪。一阵风吹来，云雾升腾，远处的山峰又渐渐显露，能清晰地看到，远处的山顶被一团像帽子一样的云雾笼罩。

军超十分勤奋，很有几把刷子，而且都刷得十分精彩。这本《天中地理》书的出版，是驻马店文化史上的一件大事，地理文化，文化地理，这思考和行走中的宏大叙事，一定会让更多的人感受天中文化、地理、山川之魅力，找到各自乡愁，心灵得以慰藉。

是为序。

刘康健，河南省驻马店市遂平县阳丰街人，中国作家协会会员、中国民间文艺家协会会员、河南省作家协会常务理事、驻马店市作家协会名誉主席。

目 录 Contents

"中国"这个"中"在什么地方

有人也许会问你：我们所说的"中国"，你知道这个"中"在什么地方，或者说"中"字是指哪里吗？

"中国"称谓来源于大禹治理国家时，对我国国土面积作出的一次统计和区域划分。当时，天下被分为九州，即冀、兖、扬、青、徐、豫、梁、雍、荆。九州之内为"中国"，九州以外，分别是东夷、西戎、南蛮、北狄，那已经是外国的土地了。九州中心在"豫州"，那么，豫州在哪里呢？记者通过查阅史书记载和考古论证，得知豫州就在今天的河南。自古以来，河南就是文化最发达的区域。安阳人穿丝绸时，广州人还在穿兽皮呢！

九州的中心在豫，那么，豫的中心，也是九州的中心，也就是所谓的"天下之中"，简称"天中"。那个中心点在哪里？那个中心点就在今天的河南省驻马店市汝南县天中山。

为何称为"天中山"

上周末，记者与本报副刊部分骨干作者一起到汝南采风，到天中山一带，再一次领略"中国"文化的博大精深、浩远幽邃。

据同行的汝南县作家协会主席王新立介绍，天中山又名天台山，原是一座圆形小山，占地约540平方米，高3.6米，位于汝南县城北两公里处。据史载："禹分天下为九州，豫为九州之中，汝又为豫州之中，故为'天中'。"

另一说法为，古代无钟，白天的时辰只能用日影的变化来计算。汝南旧志记载："自古测日影，以此为正，故筑土累石以记之。"所以，称汝南为"天中"。

由于此处地理位置特殊，周公在此筑天中山一座，上置土圭，测日影考分数以此为正。周公在山上设观景台，台上置日圭以测天时，有点儿类似今天国家天文台的性质。

唐代大书法家颜真卿书写的"天中山"碑文至今尚在；唐代大诗人刘禹锡登天中山、游南海禅寺后有感而发，写下了不朽的名句："山不在高，有仙则名；水不在深，有龙则灵。"一语道出了天中宝地的钟灵与神奇。

天中山，一个仅有7米多高的人工小土堆，竟然承载着"中国"之重。

"天中山，三尺三。来到天中山，一步可登天。"这是流传于汝南民间的歌谣。有点夸张，但很传神。"三尺三"，极言山小；"登天"，也反映了天中山与天地通灵的神秘。的确，天中山不是真正意义上的"山"，它只是一个标志、一个象征，或者说是一种图腾。

颜真卿书写"天中山"

王新立告诉记者，"天中山"的名字自唐以后正式载于史籍，是因颜真卿书写"天中山"的碑文而得名。

唐代后期的蔡州（今汝南），风云变幻大王旗，从李希烈到吴元济，五十余年叛乱反复，俨然"国中之国"。直至"李愬雪夜入蔡州"，以三千精兵夜袭蔡州，一举平息割据，稳定住大唐江山。

史载，唐德宗建中三年（782年），淮西节度使李希烈叛唐。建中四年（783年），朝廷派忠勇刚直、名重海内的三朝重臣颜真卿到许昌宣慰李希烈部。刚要宣旨，李希烈的亲兵养子千余人，手握钢刀，围着颜真卿，杀气腾腾，高声谩骂。

颜真卿面不改色，不退半步。李希烈遂喝退众人，对颜以礼相待，许高官厚禄，希望与之共反朝廷，但颜真卿至死不从。

后来，李希烈把颜真卿送到蔡州。在天中山碑上的大字，就是颜真卿在汝南时所写。

颜真卿在被押禁期间给资福寺正道长老写一副对联：法界乾坤大，山中天地宽。上联写完了，下联刚写"山中天"三字，叛兵涌入，一段白绫绞杀了颜真卿。此三字，丰润饱满、气势稳重，一如颜真卿临危不惧的英雄气概。

淮西平定以后，人们为了纪念颜真卿，在汝南城内建立了"颜鲁公庙"。天中山由于是因颜真卿书写的"天中山"碑文而名扬天下，成为历代官吏和士大夫拜谒和游览的场所。

《李愬雪夜入蔡州》，中学课本里有，大家都不陌生。现存于汝南的《平淮西碑》，就是大文豪韩愈的一篇记载淮西战乱始末的著名碑文。

值得一提的是，现存于碑亭中的"天中山"这三个字是明代碑刻。"天"，大气磅礴，一横一撇，无不透出博然胸襟。这是颜真卿临刑就义前的绝笔，是明代的摹本。

投资兴建天中山文化园

天中大地风景秀美，人杰地灵，自然资源和人文资源十分丰富。独特的地理位置，形成了天中独具魅力的生态旅游资源。

谈起如何传承和弘扬天中文化，王新立告诉记者，汝南县政府于2002年投资兴建了一处集周易文化、吉祥文化、天中文化为一体的生态园林——天中山文化园，位于河南省汝南县城北1.5公里处，占地约600亩。

天中山文化园主要分为三个部分，第一部分是天中山穹顶中心区，建筑内容有天中山山体、穹顶、雕塑和天中阁等景点。穹顶为半圆形中空建筑，半径33米，为钢筋水泥骨架外包铜皮结构。穹顶上塑有伏羲与女娲的人首蛇身的雕塑，材质拟选玻璃钢铸造。在天穹南面，建祭天场所"天中阁"。

天中山文化园第二部分是天中山文化园区，有天中山广场、十二生肖雕塑柱、天中文化雕塑墙、龙兴寺、鹅鸭池、日月潭等景点。天中山广场采用木板或非磨光石材铺地，广场直径66米，是园区的核心景观。在广场的外围，选取吉祥文化的主要代表物十二生肖雕塑和福、禄、寿、财、禧五座石雕塑像，立在园内四周。天中文化墙长 50 米、高 2 米，是以图像、文字来展示天中文化的主要内涵的雕塑墙，墙体为青石材质。鹅鸭池是唐宪宗元和十二年冬，李愬雪夜袭蔡州，"竹击鹅鸭，以乱军声"，生擒叛贼吴元济的地方。龙兴寺内建颜真卿书画馆，全部寺院占地 10 亩，为两进院仿古建筑。

天中山文化园第三部分是天中楼观赏区，建筑内包括天中楼、园区大门、天中博物馆、牌坊群、小金水桥等景点。天中楼占地 400 平方米，3 层楼内展示现代名人所题字画，可举办其他展览活动。天中博物馆占地约 6 亩，馆内陈列与天中文化相关的物品，展示天中民风民俗。小金水桥桥体为青石桥、汉白玉栏杆，并雕刻有各种吉祥物。

天中山文化园是汝河旅游开发带的主题和核心，充分展示了汝南历史文化底蕴，提升了汝南整体文化旅游形象，使汝南县初步形成以天中文化为首的梁祝故里、南海禅寺、天中山文化园、汝河故道景观群等一批文化旅游精品景观，成为推动汝南经济发展的战略性支柱产业。

每逢周末，天中山文化园内游人如织，人们三五成群到这里悠闲散步，锻炼身体。记者在天中山文化园内看到，牡丹园的牡丹花已经渐次绽放，迎接慕名而来的游客在此留下美丽瞬间。

天中山，原来只是矮矮的一座土丘。但是它如同天中文化园里的灌木和花卉一样，生有绚烂、落去无声。**（陈军超　张广智）**

原载《天中晚报》2017 年 4 月 21 日
报道部分内容引用市县区地方志办提供资料

老乐山，在岁月的琴弦上歌唱

"倚崖面壁踞喉咽，直控通天十八盘"，莽莽伏牛、桐柏两山余脉向东延伸的尽头，壮美的乐山突起在平坦辽阔的淮西平原上。由高低不同的九座山峰组成的乐山，不仅拥有奇特绚丽的自然景观，而且拥有丰富多彩的人文景观。

宋以前乐山称朗山，亦称大朗山、郎陵山。秦汉时期，确山被称为郎陵县，隋唐时期称朗山县，1012年，因避大宋始祖赵玄朗名讳，改朗山县为确山县，朗山亦称乐山至今。

"昔在朗陵东，学禅白眉空。"唐代著名诗人李白曾多次游乐山，并留下了流传千年的名句。这里的每一块岩石、每一片密林、每一处泉水、每一条古径，都讲述着优美的传说，浸润着文化的神韵。

神鞭打出老落山

乐山是伏牛山余脉的最高峰，也是河南省驻马店市区的一座地标。乐山东部是一望无际的平原，高大的乐山在平原边际，显得异常突出。在天气晴朗的时候，乐山以东市区、汝南和平舆的人们，能清晰地看到这座平原上突起的山峰。千百年来，我们的先祖们习惯以太阳距离老乐山的位置，来判断天气，判断时间。那时，人们以日头的所在位置来判断时间，"晚上"到来的标志往往就是"日头落山"。

曾在乐山原驻马店地区电视调频转播台工作了二三十年的闫秀业老人，是一位参与转播台选址创建的老乐山人，一位名副其实的"乐山通"。

"乐山也叫老落山。"沿着山上的石阶向天街方向攀登，闫秀业告诉记者。

"当地有首儿歌唱到'老乐山大又大，气死河北尖山霸'。"闫秀业老人告诉记者，老乐山过去叫老落山。传说混沌初开，遂平境内的尖山与平蘑垛争高低，请天帝裁决。天帝命它们各长三日，再定大小。尖山夜里偷偷生长，长得挨着了天。天帝大怒，派天神下界惩罚。那位天神用一把钢鞭，把尖山的山头打崩了，山头落到西南方，形成了后来的落山。因为落山是这一带最高的山，被当地百姓称作"老落山"。不知从什么时候开始，改称为老乐山。

"在60万年前，乐山周边已有人类活动。那里就是打石山。"闫秀业指着远处一座孤山说。

打石山是一座石灰岩形成的山。打下的石头可以烧成石灰，打成石子做建筑材料。1978年，当地农民在打石山开山炸石时，打出了一座山洞，洞内堆满了各种动物的骨骼，中间有一个火塘，火塘内堆积的是已烧成黑色的硬块，火塘周边已烧成红烧土。1981年7月，经中国社会科学院古人类研究所所长安志敏采集洞中化石样本鉴定后认为，这是与北京周口店同时期的旧石器时代人类生活的洞穴和使用过的火塘与灰烬。动物骨骼为熊、虎、鹿等原始动物化石。这应该是最早的驻马店古人类遗存。

有人说，近看老乐山的整体山势，就像一尊双腿盘膝的巨大佛像。从山底仰岫台直至老乐山顶南天门，海拔813米，沿途有古人登高处"抚云台"、楚长城、闯王寨等自然风景及文化遗迹。

离山门不远，在树木的掩映下，一座古香古色的大殿出现在记者的眼帘。这里便是乐山道教"八宫两观一拜台"（万寿宫、遇真宫、玄都宫、南海宫、斗母宫、灵应宫、玉虚宫、紫霄宫、回龙观、群仙观、拜台观）之一的遇真宫。

闫秀业是一位老乐山人，对乐山的一草一木、种种传说耳熟能详。他告诉记者，2011年7月10日，遇真宫在北宋时期原址上重建，2012年10月建成。古代遇真宫香火十分旺盛。传说，在此焚香许愿能保生意兴隆、平安吉祥、婚姻美好。向北拜神龙可生大富大贵之男，向南拜凤凰可生才貌双全之女，在山下龙凤泉中洗浴，可保容颜如玉。

继续前行，远远见环山路边一高达数米的巨石。走近一看，正面刻着著名书法家范曾题写的"老乐山"三个大字。

巨石南侧是一个金龙盘柱、斗拱飞檐的亭子，叫聚仙亭。相传，在乐山脚下修行的人在山顶上虔诚膜拜后能成仙，聚仙亭又名遇仙亭。木质的平台、栏杆，古色古香。亭子不远的地面上有一个太极图，几名善男信女正在虔诚地绕行祈福。

站立于亭中举目展望，四周群峰环抱。一团团云雾从山谷深处升起，沿着山坳和山脊向山顶漫去……山顶上的电视转播塔，一会儿在雾中露出塔尖的身影，一会儿淹没在云雾之中。突然间，浓雾吞山，一切都融于云海，汇入浩渺，脚下是烟波白浪。一阵风吹来，云雾升腾，远处的山峰又渐渐显露，能清晰地看到，远处的山顶被一团像帽子一样的云雾笼罩。

"乐山戴帽，放牛娃睡觉。"闫秀业说，"等我们到了山顶上，雨也会落下来。"

野生动物的天堂

"快看！"正前方，几只头颈灰褐、腰部蓝灰的斑鸠悠闲地站在山道上，看到驶到眼前的汽车，神气地与我们对视，丝毫没有躲避的意思。司机几次鸣笛后，它们才忽闪了一下翅膀，不紧不慢地飞走。

"这不算什么，乐山的野生动植物资源丰富，国家级、省级重点保护动物有30多种。前段时间的晚上，我们在山上还见过野猪呢。"驻马店市乐山旅游开发有限公司副总经理张建民笑着说，"1992年，老乐山就被国家林业部命名为国家级森林公园。山上不仅有野猪，还有狐、狼、豹、金雕、白头鹞等。运气好的话，我们等会儿还能看到杜鹃、长尾山雀、黄鹂……以后，我们还准备在这里兴建野生动物保护园。"

耳边是幽幽鸟鸣，望着山道边的一簇簇野花，深深吸了一口山间清新的空气，记者发现长长的黄色方木铺成的栈道边，不仅有青翠的松柏，还有叶子已经略微发红的银杏。

"老乐山群峰叠峦,有很多深邃幽静的沟谷溪潭、千姿百态的飞瀑流泉、云封雾裹的奇峰异石、如诗如画的茂林修竹,森林覆盖率也很高,在96%以上,每立方米含负氧离子最高时达9万个。"张建民介绍,老乐山属于伏牛、桐柏两山余脉,正处于我国南北气候、土壤的过渡地带,加之山区特有的地形、地貌所形成的小气候,植物种类极为丰富,特别是境内拥有隋代银杏、唐柏、明代国槐、千年倒悬柏等古树群落,历经岁月沧桑。

闫秀业老人告诉记者,早年,他们在山上工作的时候,随处可见野山鸡,还曾经打过野兔和野狼。"采药人说,在大山人迹罕至处见过蓝牡丹,我没见过蓝牡丹,名贵稀有树种青檀树和一年四季各色的野花倒是见过不少。"闫秀业说。

开山道人贾上还

一路登顶,到达山顶古砖门楼附近时,天空果真飘起了细雨。

在淡淡的雨雾中,记者看到,老乐山山顶古砖门楼正上方,有一块青石匾额,镌刻着"南天门",落款是"开山道人贾上还。大清康熙元年"。虽经三百多年的风雨,但字迹仍清晰可见。

传说贾上还是清康熙皇帝的叔父,此人崇尚清静无为,与世无争,痴迷于得道成仙,云游四方。一次行至确山附近,见老乐山上空瑞气漫天,万道金光,次日登顶后发现乐山环境清幽,他认为这是道教福地,决定出家乐山,并大兴土木重建乐山宫观庙宇,成为最后一位乐山道教的开山真人。

另一种传说是,贾上还其实叫贾尚桓,曾是明太子朱慈烺的臣子。相传明朝灭亡后,李自成带着朱慈烺撤退到豫西时遭到清军的堵截。朱慈烺及相随的一帮臣子,乘乱逃到栾川县,化装成道士。为了预防万一,朱慈烺派大臣贾尚桓,到乐山开辟了一处隐身之地。贾尚桓在乐山称开山道人,上者,皇太子也,还者,回也,含有太子在此隐居之意,还有乐山道教最为鼎盛之意。

闫秀业告诉记者,这块匾的下方据说还有一块宋代的石匾,在贾上还重建乐山道观时被压在了如今这块匾的下面。

以乐山为中心,古代的乐山道教氛围浓厚,老乐山道教鼎盛时,曾以"八宫两观一拜台"为代表的满山宫观建筑群著称于世;延续千百年的"三月三"古庙会，来自华夏数省的登山祈福者香客如潮，络绎不绝。据确山县志记载，至清末全县尚有道教宫观30处，皆为乐山道士之庙宇。同时，乐山道士在山下还办有学校，设文、武二科，传授四书五经、道教教义及各种武艺。学童多是乐山周边及县域内的穷苦孩子、道教弟子等，乐山道教当年的盛况由此可见一斑。据说，以前乐山上有很多明清时代的古碑刻，现已踪迹难寻，如玄都宫等地只留下断壁残垣，很难令人想起当年的鼎盛。

到南天门，经天门街，达乐山顶。

曾经宏伟辉煌的真武庙，已不复存在。记者在真武庙的旧址上，发现几块一米多长像房檐的青石板，石板边缘有直径3厘米的圆洞，据说，这里原来是庙上挂风铃的地方。

月牙泉上神仙洞

南天门的东下方，有一片背依横岭、东傍沟壑、平坦开阔的地方，俗称"老道坟"。闫秀业说，他当年在这里工作时，有一个高1.5米，长宽各2.5米的残垣断壁，是李知常坐化的地方。那时候，断壁前的墓碑完好，上刻"皇清羽化李老炼师讳知常字德恒之墓"，立碑时间为"光绪十六年"。李知常任乐山主持道长40多年，生前建造"长眠升迁宫"，四周墙壁上砖下石，南面有一门洞，门洞上面砌有安装玻璃的透视孔，顶上银鹤展翅欲飞，远处望去像要抬走的轿子。相传，李知常感觉自己大限已至，就坐在圆盘椅中，令徒子徒孙将自己抬入"长眠升迁宫"，后将门洞砌死坐化。相传，后人打开升迁宫，发现里面只有圆盘椅，李知常不见踪迹。

在确山县境内，流传大量民间传说，很多都与乐山有关，彰显着老乐山的文化生命力之强。乐山是国家级非物质文化遗产、大型民间传统焰火"打铁花"的发源地，又是河南坠子"尹喜派"的发源地。这两项最具地域特色的民间文化遗产，均由乐山道士所传。

山顶往下几十米的绝壁下，有个月牙形状的泉，叫月牙泉。月牙泉上方有一条石刻的龙，鳞甲分明，栩栩如生。石龙雕刻于何朝何代已无从考证，当地人有在龙首上磨钱的风俗。

原来，古代生活条件艰苦，穷人家的孩子因为条件艰苦，极易夭折，当地相传，这条石龙守在月牙泉边，长年累月吸收日月精华，吐出的龙气可消灾辟邪，龙首上更是聚集了众多龙气。如果把铜钱放在龙首上磨出洞，用红绳串起来挂在孩子的脖子上，便可保孩子无灾无难，平安长大。

石龙上方离地十几米处有一棵横生的松柏，松柏的旁边就是神仙洞。闫秀业在乐山上工作时结识了王道长。王道长告诉他，乐山上历代法力高强的道长都在此洞修炼过。修炼的时候，他们会服食一种特制的药丸。这种药丸根据道观口口相传的秘方配制而成，主料是毛板栗和山中一些特殊的药材，服食后可以维持人的体力。当地百姓看到洞里的道士修炼很久都不吃食物，认为他们在洞里得道成仙，就把这个洞叫神仙洞。

城墙里挖出"城隍爷"

乐山巅峰还留存有春秋战国楚长城旧址，这里还是中国历史上著名的古战场，东汉开国之君汉光武帝刘秀，唐代平定反唐之乱雪夜奇袭蔡州的大将军李愬，大宋开国帝王赵匡胤，明末农民起义领袖李自成，清白朗都曾在乐山留下他们叱咤风云、铁马雄风的历史足迹。

当地还流传着乐山城墙里挖出"城隍爷"的传说。这又是怎么回事呢？

据《确山县志》记载，春秋战国时期，确山是楚国的北部边境。乐山上的石城即是楚国当年修建的长城（列城，也叫方城），沿乐山山脉向西至泌阳县境的山顶上，共建有8座列城，乐山列城是最东面的一座，与南阳方城遥相呼应，为同时期的楚长城。后来成为李自成阻挡明军的屏障，再后来，白朗兄弟又以此为战壕，打击北洋军。李愬雪夜入蔡州时，曾是李愬的军营。乐山楚长城是中国长城之父，已被列为省级重点文物保护单位。

楚长城的城墙，特别坚固，多用条石等包砌，内填碎石，城墙高度一般在7~10米，在陡峭的地方，城墙则比较低。

闫秀业告诉记者，乐山曾经有一位出家前结婚生子的张老道。在20世纪50年代，城隍庙被破坏。张老道的儿子当时在朱古洞乡钱庄村拜台村响水河村。张老道用稻草把确山县城城隍庙被拆除的城隍爷庙铜像背到了儿子家。后来，他上山挖药种红薯，又把铜像背到老乐山，埋到了一处城墙里。之后，张老道病逝，去世前告诉儿子张明海自己把铜像藏在了楚长城的石墙里。张老道的儿子张明海曾经带孙子上山找了几次，但一直没找到。

1988 年，修建乐山公路时，石墙被扒，铜像重见天日。"当时，我一个朋友就在现场，看到两个铜像掉了出来。大的比较完整。"闫秀业说。

蛤蟆泉与野山茶

老乐山山顶西边，从曾经的电视转播台生活区沿羊肠小道向北约 60 米，转东向上，绝壁如斧劈刀切，气势壮观。绝壁下有一狭窄洞窟，洞内有一池泉水，常年不枯，洞内冷气袭人，石壁夜有野鸽栖息。最为神奇的是水中有一种红蛙，体型纤细苗条，身长不足 3 厘米，背宽不到 2 厘米，脊背深褐色，腿及肚子呈鲜红色，瘦骨嶙峋，颇有一种古朴的仙态。传说，蛤蟆在广寒宫与嫦娥为伴。嫦娥经常讲述丈夫后羿射日为民除害的故事，蛤蟆深受感动，也想到人间捉害虫。一天，它乘吴刚不备，跳落人间，正好落在乐山上。此事被吴刚发觉，吴刚抡起长柄斧砍下，把乐山劈了一道裂纹，蛤蟆满身是血顺着裂缝沉下。吴刚以为已经将违反天条私下凡间的蛤蟆砍死就回去了。蛤蟆身着血衣，泪如泉涌，隐身在乐山石窟中，眼泪化作泉水。泉水甘甜宜口，旱而不枯，泉眼的形状也似蛙，这眼泉便被称作蛤蟆泉。

闫秀业说，山北崖还有个老虎洞，因微风吹拂松林，洞内便听到松涛轰鸣，犹如虎啸而得名。

张建民指着一棵山茶树告诉记者，这种野生山茶树，曾被道士采摘，炮制"乐山尖"，自饮或送人。茶醇香扑鼻，碧绿晶莹，常饮神清气爽，延年益寿。传说，很久以前，乐山脚下一个村子里的人得了一种热心病，病人心如火燎。村里一个叫山妹的姑娘，翻了九十九座山，渡过九十九道河，在青龙山的青龙嘴里索要了神茶籽，吞下神茶籽后变成了一棵山茶树，乡亲们用树叶当药，很快治好了热病。后来，为了纪念山妹，就给这棵树起名叫"山茶"，乐山上，满山遍野的野山茶树。

　　站在山顶，向四周看去，层层叠叠的山被一层薄薄的雨雾轻轻笼罩着，影影绰绰中，看到一片片深绿色的林海被三五处散落的红叶点缀着，不施粉黛的老乐山依旧清新绮丽，而那曾经的沧桑岁月似乎都定格在这无尽的缭绕云雾之中。

（陈军超　余斌　闫宏伟）

原载《天中晚报》2015 年 10 月 23 日
报道部分内容引用市县区地方志办提供资料

金顶山一大怪——春蝉叫得"快"！

——揭秘春天里的金顶山"金曲"

金顶山，位于河南省驻马店市驿城区蚁蜂镇境内，一山跨两脉，兼有伏牛山的雄奇和桐柏山的灵秀，距驻马店市、京广铁路、京珠高速、107 国道 20 余公里，面积约 71 平方公里，境内大小山峰 6 座。

不久前，金顶山举办了春蝉季活动，游客可以赏春蝉、吃春蝉宴。据说，每逢春分和清明之间，金顶山就会涌现几十亿只春蝉在山谷共鸣，振聋发聩，为金顶山一大怪——春蝉叫得"快"。很多人听说后非常茫然："听说过夏蝉、秋蝉，春蝉是怎么回事？"

嫘祖始蚕与金顶山来历

雨后山林里弥漫着独特的草木芳香，路边竹林里不时有调皮的竹枝和野花探到路边，清脆的鸟鸣声从远处传来……4 月 26 日早上 8 时，探寻春蝉足迹的记者刚走入金顶山竹林禅寺前古树修篁的小道，便被眼前的美景迷了眼。这时，突然听到有人大喊："快来，这里好多！"

循声而去，听到阵阵蝉鸣。一路往前，在路南的树林里，记者发现有两个人正从树上取下一些小小的蝉蜕。蝉蜕呈黄色，2 厘米左右。取蝉蜕的是来自市区的李红和她的朋友。

"这是春蝉的蝉蜕。蝉蜕可以疏散风热，还有祛风止痒的功能。"李红告诉记者，"我退休了，闲着没事，和朋友一起来山里转转。古树多，空气好，漫步山中感受下峰峦隐现、林幽鸟啼、山色空蒙的美景，不仅能体验回归自然的感觉，顺便还能收获这些泡茶喝。"李红边说边让记者看她布袋里收集的蝉蜕和蒲公英。

"每逢春分和清明之间，我们金顶山就会涌现出 30 多亿只春蝉在山谷共鸣，震耳发聩，为金顶山一大怪——春蝉叫得'快'。"家住蚁蜂镇鲁湾村的 80 多岁老人鲁芳中说，金顶山的春蝉与别的地方蝉的叫声也不一样，你仔细听它的叫声是"想呀，想呀……"

为什么会这样？老人告诉记者，他们这里流传着一个神奇的故事。

传说在很久以前，黄帝轩辕氏与蚩尤大战，由河北战到河南，双方在蚁蜂境内安营扎寨。

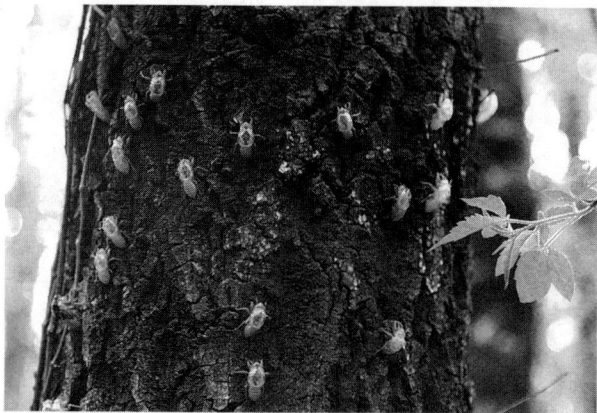

黄帝娶西陵氏之女嫘祖为妻。嫘祖有一个婢女名叫春蝉儿，发现春天生长在桑树上的白虫每到通体透明时，就摇头晃尾吐丝，用蚕丝把自己缠裹起来，过一段时间就会有一只洁白粉润的蛾子从茧中出来，自由自在地飞翔。她连忙把自己的发现告诉了嫘祖，并暗暗盼望自己也能吐丝，长出一双美丽的翅膀。到了第二年春天，嫘祖观看了白虫吐丝结茧的全过程，初步掌握了它的生活习性，然后把这种灵虫按春蝉儿"蝉"的谐音取名为蚕，开始教部落里的人养蚕、煮丝、抽丝、编织丝绸、制作衣裳。嫘祖始蚕，人类结束了兽皮麻草遮体的生活，步入了新的文明时代。

金顶山春蝉的传说

再说屯兵于桐柏山西北的黄帝。经过数年的休养生息，黄帝在现在的蚂蚁山和金顶山之间，和蚩尤展开大战。蚩尤请来身高十丈、体如铁塔、力大无比的巨灵神助战。

黄帝的军师董风从崆峒山请来蚂蚁王，从蜜蜡峰请来蜜蜂神，埋伏在崇山密林中。作战时，战场的山顶突然喷射出万道金光，并伴绕团团紫雾，射得巨灵神眼花缭乱，摔倒在地，黄帝大获全胜。

为了奖励诸神，黄帝赐封埋伏蚁兵之山为蚂蚁山，战场之所为蚁蜂店（就是现在的蚁蜂镇）。黄帝胜利后，到放射金光的神山沐浴敬拜。他来到此山，见金光映天，紫气绕云，满山草木散发异香，就连山涧溪水也流淌金沙，便特赐此山为金顶山，并指令天神赵公明坐镇宝山，专职"司天下之财，拓人间财源"。

黄帝凯旋后，把蚁蜂大战和在金顶山的见闻讲给嫘祖听，嫘祖连声称奇，更乐坏了一旁的婢女春蝉儿。春蝉儿连声说："我想去，我想去。天下怎么有这么好的地方啊？"

正在兴头上的黄帝哈哈大笑后，爽快地应道："甚好！去吧，我封给你温润幽静的山谷，再赐你一双美丽的翅膀，让你纵情歌唱，自由飞翔。"随着黄帝一声"去吧"，蝉儿化作一只蝉，双肋生翅，腾空而飞。嫘祖含泪仰空颤声嘱呼："常回来看看……"空中的蝉儿来不及回答，酸楚地鸣叫："想——呀，想呀！"

春蝉儿飞到金顶山，立即被宝山的美景迷倒了。她陶醉于这里的人间丽景，更铭记黄帝训导的知恩图报的美德家风，就向着位于新郑黄帝故里始祖山和嫘祖故乡西平西陵氏的方向，一声接一声地轻唱着："想呀，想呀，想呀！"

善良的春蝉儿总是一遍又一边地向同族的兄弟姐妹讲黄帝、嫘祖的故事，大家深受感动，有的开始向她学习放歌。

光阴如梭，岁月无情。不知过了多少年，黄帝、嫘祖逝去的噩耗传来，春蝉听到后哭得死去活来。此时，清明节快要到了，她飞上枝头，向着北方一声声凄楚地叫"想呀，想呀"，叫声感天动地，成千上万的族类随她一起呼唤吟唱，凭吊人文初祖。

清明节前的春蝉吟唱因此绵延万年。每年清明节前，金顶山春蝉谷的蝉儿就会"想呀，想呀，想呀"地歌唱，空谷回声，撼人心魄，组成了一曲生生不息的生命交响乐。

绿水青山带来春蝉齐鸣

"这是夏枯草吗？"一名笑意盈盈的中年女子指着一株植物问旁边一名肤色黝黑的中年男子。原来，他们二人是来自驿城区蚁蜂镇大子房村的张二华、刘金玲夫妇。听说记者是来采访的，两人打开了话匣子。

"中午时春蝉比现在叫得更响！我们骑电动车来的，半小时就到了。我小时候经常到这里拾柴，那时候的树没有现在多，环境也没有现在好，偶尔有春蝉的叫声，但是不多。"48 岁的张二华回忆道。

"那是因为这几年驻马店环境保护得好，现在咱创森，环境更好了！"刘金玲还告诉记者，五一期间，这里会有广场舞比赛，他们会过来给自己喜欢的队加油。"春蝉声音动听，广场舞也美，肯定很热闹，你们也来吧！"刘金玲热情地邀请。

黄淮学院副教授、生物与食品工程学院副院长，市园林植物工程中心主任刘军和说，驻马店位于暖温带与亚热带的过渡地带，气温在 20℃左右的时候最适合春蝉羽化。每年气温达到 20℃时，春蝉就会从地下爬出羽化，飞上枝头，人们就会听到蝉鸣声。这就是还未到夏天，人们却听到蝉鸣的原因。

春蝉一般靠植物叶片为生，松树、槐树、杨树、桃树上都能见到它们的身影，寿命在 60 天左右。3 月下旬开始歌唱的春蝉到初夏就会在地下 10 厘米左右产卵。之后，春蝉死去，蝉卵开始近一年的沉睡，等待来年春天的复苏。也因此，蝉在中国古代象征复活和永生，这个象征意义来自它的生命周期：它最初是幼虫，后来成为地上的蝉蛹，最后变成飞虫。蝉的幼虫形象始见于公元前 2000 年的商代青铜器上，从周朝后期到汉代的葬礼中，人们总把一个玉蝉放入死者口中以求庇护和永生。由于人们认为蝉以露水为生，因此它又是纯洁的象征。

刘教授说，近几年，金顶山的生态环境得到了很大改善，一方面是因为禁止砍伐树木加上创森植树造林力度大，尤其是 2016 年以后，森林覆盖率达到 96%。

另一方面是因为低毒高效农药的使用优化了昆虫的生存环境。金顶山的绿水青山造就了金顶山独特的春蝉齐鸣悦山谷的现象，因此，近几年，金顶山春蝉出现早、数量大、种类多。

绿水青山就是金山银山。良好的生态环境也带动了旅游经济。记者在金顶山见到了很多旅游团队，也拍下来在玻璃吊桥上放飞心情的郭兆丽和朋友们开心的笑脸。

金顶山景区市场部经理徐钰杰介绍，金顶山植被葱郁，林草茂密，尤其近几年，部分林区负氧离子含量每立方厘米达到几十万个，到金顶山旅游的省外游客也很多。金顶山上还有奇雾——金顶紫雾，奇树——石树、缠绕树、连体树，奇石——石龟、石马、石鸟、石龙头、石鲸、石虎等，奇坡——云空寺山脊有一处山坡，人站在上面轻轻跺脚能听到咚咚声，站在远处能感觉脚下震动，其成因至今仍是个谜。有人说是李自成屯兵的山洞，还有人说是土匪埋藏珠宝的洞，也有人说是天然溶洞，但洞的出口和入口至今没有人发现。

春蝉的传说已成过去，但动听的蝉鸣声却见证着驻马店的绿水青山之变。

（陈军超　余斌）

原载《天中晚报》2018 年 4 月 27 日
报道部分内容引用市县区地方志办提供资料

天
／
中
／
地
／
理

泌之洋洋　可以乐饥
——探寻泌水倒流之谜

泌水，古称比水。郦道元的《水经注》里称泌水为沘水，后称泌水。"泌"者，音同比，意为水出山泉，以"泌之洋洋，可以乐饥"（《诗经·陈风·衡门》）而得名。1949 年后，泌水改称泌阳河。泌阳河为河南省驻马店市泌阳县境内最大的河流，向西流入唐河，经汉水融入长江，为我国东部著名的倒流河，素有"泌水倒流"之说，成为古泌阳八景之一。

——引子

"天下河水皆向东，她却倔强而执着，从东往西，百折不回，倒流至唐白河东支唐河，最后汇入汉江。倔强的泌阳河不仅灌溉了周边的土地，影响了当地的自然地理气候，还孕育了泌阳两岸迷人的景致、醇厚的风情和灿烂的文化。"昨日，河南省第五地质工程院高级工程师王新民感慨地对记者说。

倔强的泌阳河，起源于哪里？为何向西流？又怎样从古到今影响了当地的自然地理和人文生活？

关于泌水的源头有三种说法

"再往上走几里就到黄龙岭了。"3 月 24 日下午 5 时许，铜山乡闵庄村小宋庄在山上放羊的梁老汉指着远处的山谷对记者说。

3 月 24 日下午，记者和泌阳县文广新局王瑜庭老师、县作协副主席邓敏、县文联副主席刘艺等人一起，追寻泌水的源头。王瑜庭介绍，关于泌水的源头有 3

种说法。一是起源于白云山城寨墙，二是起源于白云山棋盘岭，三是起源于白云山黄龙岭黄龙潭。目前，更多人认为，泌水起源于黄龙潭。

黄龙潭位于白云山东麓，在蜘蛛山、棋盘山诸山交界处。

记者一行驱车时而在崎岖的山道上爬行，时而在河道里穿梭，沿着泌阳河向白云山方向驶去，沿路峰峦绵亘，溪流纵横。

行至万峰寺，两棵高大并立的雌雄银杏树吸引了记者的眼球。

万峰寺，又称万僧寺，位于铜山乡冈庄村，寺庙废墟尚存。在该寺废墟东边不远处，生长着两棵银杏树，一雌一雄，当地人称之为夫妻树。这两棵银杏树南北相距6米，树根交错，树枝相连。南侧的雄树开花，北侧的雌树结果。两树为宋代前所植，距今已千余年，均有30多米高，有四五人合抱粗。

距这两棵夫妻树1公里处，有个叫"四十亩地"的小山庄，村庄南边有一块平坦的空旷地，相传就是当年武状元"四十亩地耙和尚"的地方。

王瑜庭介绍，相传隋唐时期，佛教盛行。朝廷派一个叫尹洞的僧人到万峰寺当方丈，并赐庙产千顷。该寺庙金砖玉瓦，规模宏大，以其为主寺，管理寺院数十个，和尚有万余人，人称"万僧寺"。尹洞

和寺里的僧人白天坐禅念经，夜间则寻花问柳。一日，汝宁府一名叫程贤的秀才带怀孕的妻子到万僧寺上香。尹洞派人将程贤杀死就地掩埋，并强行霸占程妻。之后，尹洞把怀孕的程妻赶下山。程妻生下孩子，取名程强，让程强认一卖豆腐的后生为义父，并请他抚养孩子。不久，程妻绝食而亡。

18年后，程强考中文武双状元，向皇帝奏本伸冤。皇帝怕寺院丑事张扬出去，叹息说："出家和尚，罢了吧！"皇帝身边的人憎恨恶僧，灵机一动就在状纸上批了"出家和尚'耙'了吧"七个大字，交给程强。

程强怀揣圣旨，来到白云山万僧寺，将尹洞及寺院恶僧全部拿下。之后，程强的义父将其生母的遗骨和程贤合葬，还特意将两棵银杏树栽到坟前。说也奇

怪，程贤坟前的银杏树长大后是雄树，其妻坟前的银杏树长大后为雌树，雌雄相依，和好千古。

泌水探源

辗转十八个弯，记者一行来到小宋庄。王瑜庭介绍，黄龙潭经宋庄、万僧寺、大磨村、四十亩地、羊进冲、焦竹园、邓庄铺，水路十八弯，这十八个弯被人们称为十八道河，是泌水的上游。

记者一行沿着山谷向上前行。山道弯弯，路上有不少荆棘藤蔓，非常难走。眼前，不时冒出紫色、黄色的野花，耳边除了山谷里淙淙的流水声，还不时传来不知名的鸟儿清脆的叫声。

有趣的是，记者发现沿路有很多大树，高高的树顶上有很多"鸟窝"。王瑜庭说，这些树都是皮柳树，树上的那些不是鸟窝，而是"杂草"。

"杂草"怎么会长在树顶呢？王瑜庭说，当地传说，因为白云山曾经发过大水，洪水淹没了山头，洪水退后，这些杂草就挂在了树梢。但是，非常奇怪，只有白云山附近皮柳树上长有"杂草"，其他地方的皮柳树则没有。

走了不久，王瑜庭指着山谷中的河水说，这里没有路了，要沿着河谷上去。

河水不深，两边是陡峭的山岩。记者一行在石头间攀爬，顺着蜿蜒曲折的溪流而上，河水清澈明净。清澈见底的河水中漂浮着片片落叶，水底石块色彩斑斓，旁边的树木倒映在水中，构成了一幅幅五彩缤纷的图画。

记者一行溯溪而上，半个小时后，眼前豁然开朗。只见瀑布水雾弥漫，声如雷震。几百米高的山崖上，白云山上黄龙泉等汇合的水如蛟龙腾空而下，一泻数百米，形成了气势恢宏的黄龙潭。

王瑜庭说，黄龙潭上原有一座观瀑亭，民间传说清乾隆皇帝曾于此观瀑。

泌水起于黄龙潭，经万峰寺、大磨村等曲折南下后，至铜山乡邓庄铺拐了一个弯，倔强地向西流入铜山湖，出铜山湖水库西流，经过铜山乡、王店镇等，流向泌阳县城。

奔腾不息的泌水形成于什么时候呢？

泌水因何向西流

小宋庄 86 岁的梁老汉告诉记者，泌水倒流有一段传说。

相传，很久以前，泌河水是向东流的。后来，来了个妖怪，不但天天在河里边洗澡，还连屙带尿，把水弄得又臊又臭。河水流到东海，把清澈的海水也污染了。东海龙王派鱼鳖虾蟹四员大将捉拿元凶。不料，鱼鳖虾蟹被泌水的妖怪打得狼狈而逃。龙王急忙上奏玉帝。玉帝召太白金星卜算后发现原来是一条水牛精在下界作怪，便派降妖神和大力神到泌阳河除妖。

二神领旨驾云来到泌阳上空，没等水牛精反抗，就把它打死了。大力神把水牛精的尸体扔到了泌阳河的中游。第二天这尸体变成了一些大土岗，后来又渐渐变成了一座座大山。这些山挡住了河水的流向，河水只好向西倒流了。

东海龙王和岸边百姓送来美酒敬奉天神。二神举坛狂饮，酒如雨水般从嘴角淌了下来流到了河里，使河水变得比更清、更甜。从此，泌阳河里鱼儿肥，两岸稻荷香。于是，又有了"泌水流香"之说。

泌水到底因何向西流呢？

曾多次到泌阳进行勘查的高级工程师王新民介绍，我国的地势是西高东低，这种地势造成了水往东流。但泌阳位于南阳盆地东部边缘，大部分地区在桐柏山和伏牛山之间。从地貌上看，泌阳又是一个小盆地，形成了独特的"盆中盆"，加上泌阳河发源于白云山，白云山是江淮流域的分水岭，以东是淮河水系，以西是长江水系，这样独特的地貌使泌阳河水向西流入汉江，形成了奇特的"泌水倒流"现象。

据考证，泌阳河形成于 1 万多年前，经过多次地质构造运动后，沿断裂带发育，形成了河南省内著名的倒流河。

王新民说，十八道河就是经历过多次地质构造运动后，断裂带各个方向纵横交错，河流沿断裂带发育而成的。

王新民说，泌阳是驻马店的暴雨中心，从历史上看，板桥水库以西年平均降雨量比其他地方要高得多，尤其是白云山上的很多泉是溢出泉，再旱的天也水流不断。

白海山东麓蜿蜒流出的泌水在气势上和一般的河流水文特征很不一样，对当地的自然地理气候造成了很大的影响。这里雨量丰沛，林木茂盛，土壤肥沃。

记者了解到，在这种气候下培育的泌阳花菇、白云仙桃等特色农产品为泌阳带来丰厚的经济效益。泌水河流经之处有铜铁金银矿，萤石、石灰岩也很丰富。河道蕴藏有大量的天然石英矿（俗称黄砂），质地细腻，料度适中，含泥量少，是建筑用的主要原料，河沙开采已成为部分乡镇的支柱产业。

泌阳县中等职业技术学校校长龚中立说："全县有三分之一的土地是被泌水灌溉的。泌阳民间自古有'金高邑，银牛蹄'之说，极言其土地之肥沃。铜山湖便坐落在高邑这片金土地上。"

铜山湖水库东距泌阳县城 20 千米，总库容 1.32 亿立方米，灌溉面积约 15 万亩，是一座以防洪为主、兼顾灌溉、提供生活用水的大（Ⅱ）型水库，还是水质达到国家二级标准的饮用水水源地。

有诗曰"堪羡年年资灌溉，惠泽还流泌水馨"，生动地形容了泌水两岸的富饶情景。

倔强的泌水在两岸冲刷出了一片肥沃的土地，养育了这里祖祖辈辈的村民，不但滋润着泌阳大地的万千生灵，还孕育出厚重的历史文化和现代文明。

泌水汤汤　无语西流

泌水汤汤，一路从《诗经》中走来，从《吕氏春秋》中走来，从《水经注》中走来。她蕴藏着历史，彰显着现在，更孕育着未来。

悠悠泌河，滔滔东来，滚滚西去。泌阳县防汛抗旱指挥部办公室主任张保祥介绍，泌水河在泌阳境内的长度为 73 千米，全长约 110 千米，流经泌阳、唐河两县。

倔强的泌水不仅影响了当地的地理气候，灌溉了土地，解决了当地居民的吃水问题，还养育了自爱、自强、自立的泌阳人，孕育了独特的泌阳文化。

泌阳县文联主席孙德兵说："泌阳县城坐落于泌水北岸，故称泌阳。'泌水倒流'曾是泌阳历史上'八大景观'之一，不少文人墨客为泌水倒流留下了优美动听的诗句。泌水独辟蹊径，滔滔西去，堪称一大奇观，是一部读不完的史诗。"

酷爱自然山川之美的郦道元于北魏延昌四年（515 年）走马上任东荆州刺史（州治泌阳古城）。这位伟大的地理学家为政之余在泌水之滨追源溯流。

古时的泌阳河享有"水流遍地，舟行二府（南阳府、汝宁府）"的美誉，至清朝中叶，仍有商船来往。

泌水汤汤，流淌着无数动人的诗篇。陈民志（明万历年间任工部都水司郎中）的《暮春游泌水》诗中写道："城南春尽见飞花，细草平沙一望赊（远）。"明分守汝南道洪翼圣《泌水歌》中写道："沙练练，波浩浩，白鹤翻飞弄洲草……"

泌水汤汤，无语地流淌着泌阳人民不屈的战斗精神。英勇的两岸人民曾先后追随黄巢、李自成等农民军领袖，积极反抗统治者的残暴剥削与压迫。

黄巢曾在诗中写道："重铸铜峰高邑矢，跨过剑阁论是非。"

1937年，泌水之畔先后涌现了抗敌后援会、怒吼话剧团、救亡歌咏队等多种抗日救亡团体。

1939年秋天，美国著名女记者、进步作家史沫特莱在城南泌水北岸的河坡上发表了热情洋溢的抗日演说。

1940年5月5日，在泌水南畔的古路沟，时任县府秘书、代理县长袁景阊率民众自卫团英勇抗击由明港西犯的日军第三师第六联队石本支队，壮烈牺牲，众烈士血沃泌水河畔。

泌水万年来流淌向西，百折不回。自强自立、奋斗不息的泌水精神也在泌水两岸默默传承。

泌之洋洋　可以乐饥

春秋战国、两汉时期逐鹿中原的军事要冲泌阳，新石器时代即有人类居住繁衍；西汉初年，设比阳县（"比"亦作"泚"，泌河原名）。史载，比阳古城1381年重置县名"泌阳"至今。

泌阳县城位于泌阳河畔，弯弯的河流环绕县城南部西去，为城区增添了秀丽景色。

3月24日下午，记者在依泌阳河而建的泌水湖公园看到：河水碧光粼粼，游船随波荡漾，堤上树木翠绿欲滴，园里桃李芬芳争艳。漫步河堤的恋人，追逐风筝的孩子，亭子里悠闲下象棋、打牌的老人，和空中飞鸟的鸣唱组成一幅动中有静，静中有动的独特画卷。

泌阳县住建局办公室主任夏远见指着远处的橡胶坝告诉记者："2003 年，泌水湖公园建成，一级橡胶坝工程胜利竣工，曾经见证过楚、秦、齐、韩、魏五雄争战的泌水，在泌阳城南被截流为一汪湖水，泌水湖公园成为一个崭新的休闲娱乐场所。泌阳人'身居闹市可得山水之怡，不出城郭而享林泉之趣'。"

夏远见介绍，2014 年县委、县政府把泌水河定位为泌水河生态景观开发带。目前，泌水河共建设 6 座桥梁和 6 座拦河坝，泌水河 6 座拦河坝的建设留住了一汪清水，形成了泌水倒流、碧波荡漾的一条景观带。

泌水湖是个人工湖，拦截水面宽度在 200 米至 360 米，除美化环境、调节气候的主要功能外，还有力地保证了县城人民的生产、生活用水。

泌水湖上，一桥飞架南北。作为民生工程的泌水湖大桥建设，是泌阳的重点工程。如今，这座 465 米长、30 米宽、双向 6 车道、双边人行道的泌水湖大桥已经通车。

站在泌水湖大桥上，记者放眼望去，泌水湖两岸，错落有致的住宅和湖边的柳树相映成趣，远远望去，如一幅优美的山水画。依河水而建的泌水湖公园，是一座不设围墙的公园，园内栽种了槐树、榆树、柳树。阳光照耀在湖面上，波光粼粼。

泌阳县作协副主席邓敏介绍，夜晚的泌水湖更加迷人，华灯齐放，湖水闪烁，绿草上浮着晶莹的露珠，远处传来阵阵犬吠和水鸟的啁啾声，湖边前来休闲的市民和月光、灯光、潺潺流动的河水组成一道独特的风景。

3000 年前，上古先民的歌咏汇成了我国第一部诗歌总集《诗经》。

衡门之下，可以栖迟；泌之洋洋，可以乐饥。岂其食鱼，必河之鲂？岂其取妻，必齐之姜？岂其食鱼，必河之鲤？岂其取妻，必宋之子？（摘自《诗经·陈

风·衡门》)

　　诗的意思是说，在陈国的衡门之下，可以游玩休息；在泌水之滨，可以高兴地忘掉饥饿。吃鱼呢，比黄河产的名贵鲂鱼和鲤鱼还好；娶妻呢，这里的女孩不比名闻天下的齐国、宋国美女差。

　　3000 年前的慨叹，在今天，天中人依然可以为之骄傲。

　　泌之洋洋，可以乐饥。**（陈军超　余斌　闫宏伟）**

原载《天中晚报》2015 年 4 月 3 日
报道部分内容引用市县区地方志办提供资料

九九重阳节发源地——上蔡望河楼

2015 年 2 月，春寒料峭，午后的阳光透过薄雾照在彩旗飘飘的望河楼上。记者登高望远，西边是千顷良田，麦苗经过一场大雪的滋润长势正旺，远处的老乐山、嵖岈山隐约可见。

这里是当年蔡侯登高眺望汝河和四周风景之处；

这里是汉高祖四年设汝南郡时汝南郡治所所在地；

"古蔡八景"之一"芦岗拥翠"典出于此；

九九重阳节起源于此，故这里又称"重阳登高处"……

望河楼即蔡侯望河楼，又名看花楼，位于河南省驻马店市上蔡县城西芦岗最高处（今看花楼村）的蔡国故城西城垣之上。蔡侯望河楼，顾名思义，是蔡侯望河之处。它的东边是蔡国故城的宫殿，西边是汝河故道。西周时期，每当汝河泛滥，这里便成了一片汪洋。蔡侯专门在此筑台建楼，以期登高望河。此楼原本叫玩河楼，因为附近常发大水，而蔡侯登高"玩河"显然有些不尽人道，所以就改成望河楼了。

此处为什么又是"重阳登高处"呢？重阳成为节日，始于东汉时期。这里有一个故事：汝南人桓景跟随一个叫费长房的高人游学多年。有一天，费对桓景说："九月九日你们家有灾，让你的家人缝制布囊，里面装着茱萸，然后把茱萸囊系在手臂上，登山喝菊花酒，此灾可消。"桓景依费长房所言，举家登山。傍晚，桓景一家归来，发现家中饲养的鸡犬牛羊全都死了。费长房知道后说："这些家畜已经代人受灾了。"人们九月九日登高饮酒、戴茱萸囊之习俗即始于此。今天，大多数专家和学者认为桓景登高躲灾避祸是重阳节登高风俗的源头。据说，望河楼就是当年桓景避祸登高的地方，桓景所登的山就是这个芦岗，故而此处又是"重阳登高处"。

根据《后汉书》记载，费长房是个半人半神的特异人物，在汝南等地的方志中，多记载有他驱魔降妖的事迹。桓景和费长房明明都是汝南人，怎么"重阳登高处"在上蔡呢？

著名文化学者尚景熙对此经过长时间考证后得出结论：汉高祖四年设汝南郡，当时汝南郡的治所就在今天的上蔡。东汉时期，汝南郡迁至古平舆（今平舆县北部），但距上蔡县城30公里，距上蔡县境只有5公里，与上蔡仍为同一地区。所以说，当时习惯上称上蔡为汝南。

唐太宗年间，人们认为望河楼是风水宝地，有神灵之气，就陆续在高台上建筑供奉神仙的庙宇殿堂，官府还为这些庙宇设祭田88亩。到了明朝，望河楼建得更加富丽堂皇，玉皇庙就是那时建的。东汉桓景"齐家登山"避邪免灾的故事发生后，人们遂纷纷效仿，上蔡人就把这里和城墙北垣的烽火台（八卦台）等高处作为重阳登高之地了。明清两代的诗人墨客总爱踏着桓景的足迹，来此登高赋诗，此处也成为风雅之地。

望河楼山门上书"芦岗雅地"四字。进山门拾阶而上，有一座高耸的门楼，翘角飞檐，门楼上有书写着"蔡侯望河楼"大字的匾额。进院是一个平台，东西、南北都有四五十米，院中有火神庙、奶奶庙、佛殿、关公庙，还有几通诗文碑刻。平台北面还有一个高台，上面是玉皇庙。玉皇庙西面有一个水泥砌的平台，这地方就是重阳登高处了。

历史上，中国人庆祝重阳节的活动多彩浪漫，一般包括出游赏景、登高远眺、观赏菊花、遍插茱萸、吃重阳糕、饮菊花酒等活动。

南朝梁宗懔在《荆楚岁时记》中写道：每年的农历九月初九插茱萸、食蓬耳、饮菊花酒令人长寿。茱萸味辛苦，可以祛风、散寒、止痛；蓬耳今无其名，未知有何作用；菊花有浓厚的香气，能明目、解毒，用之泡酒可活血，对人体健康有益。这可能是当时的验方。现在国家规定九月九日为老人节，即取祝老人长寿之意。

由重阳文化衍生出来的担经舞、扁担轿等民俗节目和菊花酒、香囊、桃核扣、剪纸、重阳糕等文化产品也得到了传承，其中桃核雕花和重阳茱萸绛囊工艺于2006年被列入首批河南省非物质文化遗产名录，重阳文化节（上蔡重阳习俗）

被列入第三批国家级非物质文化遗产保护名录。

上蔡县是九九重阳节的发源地，自古就有重阳节登高、饮菊花酒、佩戴香囊、插茱萸的习俗，并影响深远。2003年，国家邮政局重阳节特种邮票首发式在上蔡成功举办。

2005年12月1日，上蔡县被中国民间文艺家协会命名为"中国重阳文化之乡"。上蔡县成为全国38个文化之乡中，第一个以节日文化为主题被命名的文化之乡，蔡侯望河楼也成为重阳节登高发源地。目前，上蔡县已成功举办十二届"中国·上蔡重阳文化节"。

如今，每逢重阳节这天，在上蔡县城蔡侯玩河楼所在地的蔡国故城墙上，人们或亲朋好友相随，或一家相伴，来领略这里的美景，享受大自然带来的无限风光，莅临重阳节登高发源地望河楼的海内外游人也与日俱增。（**陈军超　张广智**）

原载《天中晚报》2015年2月27日

报道部分内容引用市县区地方志办提供资料

探访驻马店国家级非遗项目之"中国梁祝之乡"（一）
千古梁祝　源自汝南

丁酉年初秋，凄风苦雨一直连绵不绝。记者怀着特别的心情，再一次来到梁祝墓前，伫立在河南省驻马店市汝南县梁祝镇梁山伯和祝英台墓中间的官道上，久久凝视着历经了1600多年的两座古墓，不禁陷入沉思。梁山伯与祝英台凄婉动人的爱情故事千百年来感动了太多为爱情痴狂的善男信女，被称作"东方的罗密欧与朱丽叶"的爱情故事为什么会发生在汝南？

汝南丰厚的文化助推梁祝故事传播

这是一个看似平常的地方。在一条简易的农用生产路两侧，有两座坟茔，古朴厚重，透着神秘与沧桑。这条小路，曾是川流不息的京汉故道，路边，一通"山陕会馆"的古碑，让人联想到它昔日的繁华。当地人说，这条路三天不走人，两座坟就长到一块儿了。这两座神奇的坟茔，一个埋着梁山伯，一个埋着祝英台。

"梁山伯、祝英台，埋在马乡路两沿儿，西边埋的梁山伯，东边埋的祝英台……"这首朴实无华的民谣，讲述着一个凄美壮丽的爱情故事，谱写了一曲荡气回肠的爱之乐章。

这里是河南省汝南县梁祝镇，中国四大民间传说之一、被誉为"东方的罗密欧与朱丽叶"的梁山伯与祝英台的故事，就发生在这里。

地处中州腹地的汝南，历史悠久，文化灿烂，交通便利，民风淳厚。据《汝宁府志》记载：禹分天下为九州，豫为九州之中，汝南又为豫州之中，故汝南自古有"天中"之称。汉、明两代，汝南人在朝廷居官者过半，两次出现"汝半朝"现象。这里有280多处文化遗址、350多处名胜古迹，构建了独特的人文景观，赢得了"露天博物馆"的美誉。

1989年，汝南县被河南省人民政府命名为"历史文化名城"；从1995年至今，汝南县连续五届荣获"全国文化先进县"称号；2006年，汝南县被联合国地名专家组命名为"千年古县"。

在汝南这块古老的土地上，数千年来，曾上演过一幕幕波澜壮阔的历史剧，涌现出灿若星河的历史名人，也留下了众多美妙动人的传说和故事。梁山伯与祝英台的故事、董永遇仙传说、范张鸡黍相会、三王墓的故事就是其中的代表。

汝南丰厚的文化积淀给梁祝故事的产生提供了肥沃的土壤，多元的文化、众多的文人学士，使梁祝爱情故事得以传播、传承与发展。

多方考证梁祝故事发源地在汝南

在汝南梁祝传说里，故事发生在西晋晚期或东晋早期，汝南县境内的原马乡镇和大王、和孝、三桥等乡镇，方圆数十里。与上世纪30年代钱南扬、顾颉刚、冯沅君、黄朴等我国知名学者提出的"梁祝故事应发生在地点相对集中的地理环境中，方圆不过百里，人物不过二三，仅此而已"的梁祝河南中心说极相吻合。该区域属丘陵地带，古称"九岗十八洼"。岗洼参差，溪流纵横，沟洫交错，形成了独特的民间文化生长和传承的地理基因。

如今，马乡镇已更名为梁祝镇。在这片土地上一直存有梁山伯墓、祝英台墓、泪井、一步三孔桥、曹桥、红罗山书院、白衣阁等完整的梁祝文化遗址，流传着许多梁祝故事和传说，上至耄耋老人，下至垂髫孩童，都能讲述和传唱。

梁祝是一个美丽、凄婉、动人的故事，关于梁山伯与祝英台这两个人，有众多权威专家、学者考证历史上确实真实存在过，而且他们之间的爱情故事也是历史上确实发生过的真实事件，并有众多历史资料及文物古迹可供佐证。一般认为它形成于西晋晚期或东晋早期，梁祝发源于何处一直存有争议，比较著名的说法有：河南省汝南县梁祝镇、山东省济宁市马坡乡、江苏省宜兴市、浙江省宁波市等，其中，汝南县梁祝镇二人的墓地遗址位于古京汉官道两旁，至今尚存遗迹。

据魏晋史学家考证，梁祝故事发源于河南省驻马店市汝南县梁祝镇，故里遗址现有梁祝墓、梁庄、祝庄、马庄、红罗山书院、鸳鸯池、十八里相送故道、曹桥及梁祝师父葬地邹佟墓等。

"十八相送" 遗迹至今保存完整

从红罗山书院到祝英台家，正好 18 里路，到梁山伯家，也大约是 18 里。因此才有"十八相送"的情节。

这 18 里路上，满是浪漫和美好。对于梁祝来说，这 18 里路显得太短。

京汉古官道把梁、祝墓无情分隔，传说鬼魂不能走旱路，只能走水路，尽管梁祝近在咫尺，也只能隔路相望而不能相聚。古时候，人们为方便梁山伯与祝英台相会，在路的两旁分别挖了一条 200 多米长的水沟，又建了一座桥把两条水沟连在一起，同时在梁山伯墓旁的水沟之上和祝英台墓前的小路上也各建了一座小桥。这样，在一步之内，三座小桥挤在一起，是谓一步三孔桥。这样一来，活着的人和死了的人都有了自己的道路。但不幸的是，梁山伯墓旁的小桥被拆掉了，如今连接京汉古官道与梁山伯墓的，是个沟坝。

祝英台一路打听去红罗山书院的路，有个大娘往西一指，对她说走到曹桥（外地传说是草桥，系曹桥之讹传，曹桥是一个曹姓村庄在村南建的小桥，以下皆用曹桥），一直往南，就是红罗山。

梁祝在曹桥相会，以桥为主（神），撮土为炉，插草为香，结为兄弟——

"咱兄弟曹桥结拜后往前拥（这里用了'拥'这个暧昧的词），咱兄弟红罗山去把书攻。二月里开杏花，杏花发白（表达白头偕老的愿望），咱兄弟红罗山去读文才（看，第三者马文才的名字在有意无意之中出现了）。三月里开桃花，桃花发红，咱兄弟红罗山苦读五经……"每每听到这样千百年来的传唱，记者都觉得是那样的荡气回肠。

记者看到,曹桥周围的风景并不浪漫——路是泥泞的,路边杂草丛生。但极目望去,"十八相送"的路一沟一洼的,路旁林木参天,地里庄稼翠绿,很美。

梁祝传说是中华文化的瑰宝

梁祝传说是一则凄婉动人的爱情故事,与《孟姜女》《牛郎织女》《白蛇传》并称中国古代四大民间传说,而其中又以梁祝传说影响最大,无论是其文学性、艺术性和思想性来说都居各类民间传说之首,是中国最具影响力的口头传承艺术,也是唯一在世界上产生重大影响的中国古代民间传说。

2005年12月,汝南县被中国民间文艺家协会命名为"中国梁祝之乡"。2006年6月,汝南"梁祝传说"被列入首批国家级非物质文化遗产名录。

梁祝传说是中华文化的瑰宝。周恩来总理生前曾经指出,它不仅写出了悲剧,而且展示了理想。千百年来,梁祝传说以提倡求知、崇尚爱情、歌颂生命生生不息的鲜明主题深深打动着人们的心灵,因曲折动人的情节、鲜明的人物性格、奇巧的故事结构而受到民众的广泛喜爱。梁祝传说和以梁祝传说为内容的其他艺术形式所展现的艺术魅力,使其成为中国民间文学艺术之林中的一朵奇葩。

梁祝爱情故事博得了当时人们的敬仰,也博得了后人的仰慕。在历史发展长河中梁祝故事被编为戏剧传唱,被编为电影、电视传播,被谱写为小提琴协奏曲演奏,从而从民间逐步走向高雅的艺术殿堂。仅戏曲剧种就有30余种、曲艺20余种,更有上百首歌谣、几十种工艺品,以及电影和电视作品等。

河南的各类剧种和曲艺自然是少不了梁祝爱情故事。豫剧有《梁山伯下山》《梁山伯和祝英台》,曲剧有《梁山伯攻书》《梁山伯送友》,越调有《梁山伯送友》《马文才迎亲》,二夹弦有《梁祝》《红罗山》,曲艺河南坠子有《英台下山》《梁山伯和祝英台》,三弦书有《英台担水》《英台扑墓》等。

梁祝传说在流传的过程中,各地人民又不断丰富发展传说的内容,甚至还兴建了众多以梁祝传说为主题的公园、墓碑和庙宇等建筑。此外,梁祝传说还流传到朝鲜、越南、缅甸、日本、新加坡和印度尼西亚等国家,其影响之大在中国民间传说中实属罕见。**(陈军超　张广智　刘珊)**

原载《天中晚报》2017年9月15日

报道部分内容引用市县区地方志办提供资料

探访驻马店国家级非遗项目之"中国梁祝之乡"（二）
梁祝故事　凄美爱情

梁祝爱情故事在民间已经流传 1600 多年，被誉为爱情的千古绝唱。历史翻到今天这一页，虽然我们生活的这个社会物欲横流，很多人信奉金钱至上，但是如果细细品味梁山伯与祝英台的爱情故事，相信仍然可以打动很多人的心扉，冲击他或她心中那最柔软的部分，回过头来相信爱情、忠于爱情……

曹桥相见

祝英台的故居叫朱董庄，在今河南省驻马店市汝南县梁祝镇东南。传说，当时祝员外有个小女儿，聪明伶俐，爱好诗书，跟着哥哥们在私塾求学。因聪敏过人，老师赞她"女中英杰，才高如台"，故取名英台。

梁山伯故里叫梁岗，在祝英台故里西北 18 华里处的和孝镇。一千多年过去了，这里的群众提起山伯，仍称他"俺村的梁傻子"，就像称呼邻家小伙儿。

梁祝故事就从这两个正直进取、一心向学的少年前往十八里外的红罗山书院读书开始。

女扮男装的祝英台离了家，与书童说说笑笑，走了十八里路，累得气喘吁吁，恰巧遇到一座小桥，名曹桥。桥下流水潺潺，桥边有一凉亭，正是歇息的好地方。巧的是，这时走来了从梁岗前往红罗山书院求学的梁山伯。山伯虽一袭布衣，但玉树临风，气度不凡。两人一见，便如金风玉露相逢，言笑晏晏，撮土为炉，插草为香，义结金兰。

曹桥在今和孝镇境内，距当时的祝英台家、梁山伯家和红罗山书院各 18 华里。如今，桥边亭子早已毁弃，只有小桥依旧，流水脉脉，依稀投射着梁祝二人的身影。

红罗山在今常兴镇境内，高十多米，为商周遗址，当地百姓叫台子寺。这里绿树环抱，四面临水，环境幽雅，正是读书的好地方。梁祝二人在书院促膝并肩同窗共读3年，度过了美好的时光。

同窗共读

红罗山脚下有个鸳鸯池，碧草青青，蝴蝶双飞。鸳鸯池畔有眼小井，今叫梁祝井。红罗山书院的学子们曾在这里投石逗鸳鸯，轮流从井中担水，走几十层的台阶送到书院。英台投石子或担水的姿态，其吃力状极像女孩，惹来浮浪少年的嘲笑，梁山伯总能挺身而出，为英台解围。当时，英台是否已萌动了少女情怀？斯人已去，流水千载，栏杆拍遍，古人心思，无法追寻。

红罗山书院后面有棵银杏树，生机勃勃，参天入云，相传是梁祝读书时共同栽下的。这棵树，树阴百米，郁郁葱葱，十数人不能合围。在上世纪70年代被层层砍削，木材盖了一座礼堂，现在仅存树心。这刀砍斧斫的树身，见证了历史沧桑，也见证了梁祝的情谊，似在喻示着梁祝爱情历尽磨难、真情恒远。

红罗山书院东南100米，有邹佟夫妇墓。邹佟，陈留人，即今河南尉氏县人，当时是红罗山书院聘请的先生，梁祝的老师。传说，英台挑水时湿了衣衫，换衣服时被细心的师娘发现是女儿身，就在梁祝同睡的床上设了界牌。当地群众至今还在传唱祝英台踢界牌的故事。

三载同窗三载情，梁祝的身影早已映入红罗山的千年厚土。在红罗山的静穆和沉默里，我们看到了一块块晋砖，那一幅幅斑驳的晋时图案，似乎在描述着梁祝促膝并肩两小无猜的动人情景，诉说着那逾越千古也无法湮没的爱情绝唱。

楼台相会

十八相送，是梁祝故事中最辉煌又最富喜剧色彩的篇章。

梁祝在红罗山书院 3 年同窗共读，同吃同住同劳动，情谊深厚。但渐渐长大的英台越来越无法掩饰女儿身，只得告别老师和学友，在梁兄的护送下，走上了回家的路。

太阳出来紫蔼蔼，一对子学生下山来。
前面走的是梁山伯，后面跟着祝英台。

这是汝南传唱千年的小曲。

走一庄，又一庄，庄庄黄狗叫汪汪。
前面男子大汉你不咬，专咬后面女娥皇。

相送路上，英台充分展示了自己的聪明才智。她遇景设喻，一会儿把自己比作女娥皇，一会儿把两人比作鸳鸯，用一个又一个机趣生动的比喻，向山伯委婉地表达自己的爱慕之情。但憨厚质朴的山伯怎么也不往英台是女孩的思路上想。这也许是他们第一次出现的不和谐，直气得英台骂他是"桑树勾担榆木桶，千提万提提不醒"。

诸多流传于当地的民谣，曾被著名历史学家和民俗学家冯沅君于 1932 年搜集并在梁祝论文中采用，发表于《国学周刊》第二期。

都说山伯傻，其实，山伯只不过是纯净无邪罢了。包括英台，不也是这样吗？同榻三载，不肯暴露自己的女儿身，不也说明她的纯洁无瑕吗？英台追求的，不是现在所谓的"曾经拥有"。她所追求的，是不违背道德而坚贞纯净的感情，是完美而长久的幸福。梁祝爱情的美，也在于此。

英台无奈，只好谎称家中有一小妹，以为小妹做媒，约山伯日后楼台相会。

楼台相会，山伯才恍然知晓金兰结拜的英台"兄弟"竟是女儿之身，但此时已没有了相聚的欢乐与甜蜜，英台被父亲强许给马家。

当时的楼台，今天早已不见了踪影。天若有情天亦老，历史也不愿留存这伤心之地。

双双殉情

祝英台故里北 20 余里有一马庄，在今汝南县三桥镇境内，这是马文才故里。传说马文才是官宦之家的公子，生性浮浪，不学无术。他走亲戚时见到英台，便欲罢不能，非英台不娶。英台父亲觉得两家门当户对，就收下彩礼，把英台许配给马家。

生性刚烈的英台誓死不从，坚决抗婚。但这次不像出外求学那样能通融了，因为英台面对的是整个封建社会吃人的礼教，是当时等级森严的门阀制度。

可怜山伯从楼台归来，悲痛欲绝，神思恍惚，欲去马家说服易婚，又觉难以启齿。这时，风起雨倾，山伯跪在风雨里，疾呼苍天，发誓："生不能同寝，死也要同穴。"忽然膝下凹陷，杵地成潭，惊慌中，他把英台送的玉扇坠掉入潭中。山伯发疯般挖掘寻找，十指磨破，掘出一井，井水浑浊苦咸。后来英台到这里哭祭，泪水滴入井中，井水变清变甜，从此结束了原马乡镇没有甜水井的历史，后人把这口井叫作泪井。

山伯归家，一病不起，临终嘱咐家人把他埋在马北官道边的荒坟舍地里，好等英台出嫁时再看她一眼。

英台得知山伯死讯，自是痛不欲生。她向马家提出条件，一是出嫁时外穿红内穿白；二是到山伯墓停轿祭奠。

英台花轿来到山伯墓前，旋风挡道，不能前行。英台下轿哭祭，直哭得天昏地暗，风雨大作，人们惊慌失措，英台趁机撞柳殉情。霎时间，风停雨霁，彩虹斜挂，一对蝴蝶上下翻飞，形影不离。

英台被马家迎娶并未到家，不能入马家坟地，而对祝家来说，她又是出嫁的闺女，不能埋回祝家坟地，人们就把她埋在与梁山伯隔路相望的路东。于是就有了"梁山伯、祝英台，埋在马乡路两沿儿"的民谣。

汝南的梁祝双墓，在我国是独一无二的。正像历代学者研究的那样，越朴素、越原始的东西越接近历史的真实，没有结婚的男女在当时是不可以合葬的。

扑坟、化蝶的情节是后人浪漫而美好的想象，表达了人们对梁祝爱情的礼赞，表达了人们追求自由幸福的强烈愿望。

梁祝双双殉情，给了后人无尽的哀思和怀念。在梁祝故里，流传着很多关于梁祝的民风民俗。

梁祝双墓前有座白衣阁，供奉的就是祝英台。人们为祝英台的真情所感动，建阁纪念她。她死时身穿白色重孝，死后变成了白蝴蝶，人们认为，只有菩萨才配有这身洁白，所以叫白衣阁。

当地村民办喜事时，要到梁祝墓地烧纸、祈祷，希望保佑新婚夫妇天长地久，幸福美满。当地流传着"要想夫妻共白头，梁祝墓前走一走"的民谣。

农历七月十五是"中元节"，当地至今保留着为梁祝墓送白灯笼、送酒、烧纸祭奠的习俗。每年的这一天，人们从四面八方赶来，提着自制的白灯笼，点上白蜡烛，为心中的圣男圣女梁祝送灯，照亮他们相会的道路。梁祝墓上，灯影飘摇，烛光闪烁，天上明月孤悬，疏星寥落，人们以这种传统而美好的方式祈愿梁祝魂归故里，让他们在烛光中相会、起舞……（陈军超　张广智　刘珊）

原载《天中晚报》2017 年 9 月 29 日
报道部分内容引用市县区地方志办提供资料

天
／
中
／
地
／
理

探访驻马店国家级非遗项目之"中国梁祝之乡"（三）
梁祝文化　光耀千古

梁祝故事发生在西晋中晚期，距今已有 1600 多年了。梁祝传说中对爱情的专注和坚守在今天仍具有不可低估的社会价值。

1600 多年花开花落，世事轮回，多少人间聚散、悲欢离合已随风飘逝，多少风云际会英雄故事已被历史淹没，唯有梁祝，被人们一代代传唱，并越来越显示出撼人心魄的魅力，必将光耀千古。

梁祝传说千百年来魅力不减

梁祝传说，塑造了美丽聪慧、多情纯洁、温柔刚烈、亦孝亦义的人物形象，是历代人民群众心目中理想青年的楷模。英台这一人物形象身上所散发出的人性美的光芒，1000 多年来照耀着人们追求真善美的心灵。传说故事情节奇巧，曲折婉转，引人入胜。梁祝传说语言押韵流畅，多方言俚语，地方特色浓郁。这些构成了梁祝千百年来魅力不减、与日俱增的社会及美学价值。

河南省驻马店市汝南梁祝传说，是以口头民间故事的形式沿袭下来的非物质文化遗产，是历史的吉光片羽，是不可再生的珍贵资源，是我国优秀传统文化的重要组成部分，也是人类文化的重要组成部分，更是弘扬先进文化、建设和谐文化的重要基础。它不仅对民族文化的发展有重要意义，而且能够在民族认同、情感认同、和谐社会构建等方面发挥着积极作用。

1954 年 4 月，周恩来总理率代表团前往瑞士日内瓦出席国际会议，这是中华人民共和国领导人在国际政治舞台上第一次正式亮相，引起了舆论界的极大兴趣。为了让西方人了解中国文化和中国人爱好和平的传统，周恩来带着刚刚拍摄完成的彩色戏剧电影《梁山伯与祝英台》到会，并睿智地称其为《中国的罗密欧与朱丽叶》，在会上引起了强烈反响。随后，周恩来又把它送给了世界电影艺术大师卓别林，得到了卓别林的高度赞赏。

《梁山伯与祝英台》这部充满浪漫主义色彩的中国戏剧影片，成了日内瓦会议场外的热门话题，许多外交官感慨地说，周恩来不仅用艺术促进了外交，而且把外交变成了一门艺术。

基于此，汝南梁祝文化得到专家学者的广泛关注，同时受到市县两级领导的高度重视。从 1995 年开始，刘康健先生骑着自行车，在汝南遍访乡民，追寻梁山伯、祝英台的足迹，拂去千年风尘，挖掘梁祝独特的文化魅力。1996 年，他在《中州今古》发表了一篇关于梁祝故里的考察文章，在国内文化界、戏曲界、历史学界产生了巨大反响。

1996 年 9 月，中央电视台"文艺采风"栏目组来到汝南，由著名节目主持人周涛主持，以《千古绝唱出中原》为题，拍摄制作了 60 分钟的专题片，对梁祝故里进行了较为详细的报道。说也奇怪，拍摄时，只要周涛等人一来，天就下雨，采访结束，天就放晴。如此几番，周涛不得不打着伞、踩着泥泞完成了拍摄。当地人都说梁祝有知，这是感动的泪水。后来，只要这里举办梁祝文化活动，天一准下雨，梁祝镇更名仪式举行时，更是电闪雷鸣、风雨大作。

"汝南是梁祝传说的第一故乡"

中国民俗学会副理事长、河南大学文学院中原神话学家张振犁先生，历史学家、河南大学教授朱绍侯先生，《中州今古》杂志社社长、主编李国强先生，河南省地方史志办副主任王之勤先生和河南省地方史志协会副会长马紫晨先生，都曾到汝南考察。马紫晨先生先后发表了《梁祝中原说——梁祝故事本末、影响、价值及其发生地》和《历史与传说——关于"梁祝"学术论争的几点思考》等文章，明确提出：汝南是梁祝传说的第一故乡。

越来越多的学者和专家支持和赞同梁祝文化汝南说。在驻马店市副市长张德轩、汝南县常务副县长耿瑞、市文联副主席刘康健等领导同志奔走呼吁、不断努力下，2003 年 10 月，《梁祝》邮票首发式在梁祝故里驻马店市举行。2004 年，汝南县举办了规模空前的梁祝文化艺术节，举办了全国层面的梁祝文化研讨会。2005 年，河南电视台在汝南拍摄了电视专题片《永远的梁祝》。2005 年 12 月，汝南县被中国民间文艺家协会命名为"中国梁祝之乡"，这是国家权威机构对梁祝故里的首次正式认同。2006 年 6 月，梁祝传说被列入第一批国家级非物质文化遗产名录。同年，张德轩、刘康健先生主编的研究成果《中国梁祝之乡文集》结集出版。

2006 年 8 月，著名小提琴演奏家俞丽拿在河南省人民会堂举办了"梁祝回故乡"大型交响音乐会，在省内外引起强烈反响，并专程来到汝南，为梁祝雕塑揭幕。2007 年 4 月，经河南省人民政府批准，汝南县马乡镇更名为梁祝镇。这是我国首个也将会是唯一以梁祝命名的地方行政区。福建电视台不远千里，来到汝南拍摄《梁祝文化探秘》《千年古县》，对梁祝文化做了详细的解读。国际著名小提琴演奏家盛中国、钢琴演奏家赖田裕子夫妇来到天中，倾情演奏《梁祝》；大河网友上百人来到梁祝故里，栽下同心树，结下梁祝缘；越来越多的文人墨客来到梁祝故里，怀古思人，创作了许多感人至深的文艺作品，扩大了梁祝文化的影响。

诞生在天中大地，以汝南梁祝风物传说为中心的梁祝故事，随着勤劳勇敢的汝南人民在历代纷飞的战火中南移北迁，传遍全国，甚至传到朝鲜、日本等国。在国内，梁祝读书处遗址有 5 处，梁祝墓有 9 座。除河南汝南外，还有江苏宜兴、浙江上虞、宁波、杭州、山东邹县、济宁、安徽舒城、甘肃清水等地都有梁祝传说，都在宣传和弘扬梁祝文化。尽管方言俚语各不相同，名称地点亦有出入，但梁祝故事的基本情节保持不变，那撼人心魄的爱情基调永不褪色。

打造梁祝文化旅游特色镇

往事越千年，今朝谱新篇。以汝南、宁波、杭州、上虞、宜兴、济宁为代表的四省六地梁祝文化遗存地求同存异，携手共进，共同申报世界非物质文化遗产，梁祝文化焕发出勃勃生机。国内的"梁祝"戏剧、电影、歌剧、芭蕾舞剧、音乐等各种艺术门类的推动，使梁祝爱情故事更加瑰丽多姿，深入人心。一首小提琴协奏曲《梁祝》不仅已响彻世界，而且被带上太空，用那热情缠绵的"十八相送"和凄艳哀婉的"化蝶"，为地球人类寻找着宇宙知音。

厚厚黄土，掩埋了梁祝的尸骨，却掩不住梁祝的真挚爱情；沧桑岁月，改变着汝南的面貌，却改变不了人们对梁祝的记忆。汝南人正在为保护、发掘、利用好这一宝贵的文化遗产而不断地努力着。

自 1996 年以来，汝南县乡两级政府按照"保护为主，拯救第一，合理利用，传承发展"的方针，以规划保护为主，不断推进梁祝故里的开发与利用。汝南县编制了梁祝故里修建性详细规划，重点打造梁祝文化旅游特色镇。主要打造"一线三区三点"景观。"一线"，是指景观廓线，以现代农业特色示范园区建设为依托，打造4000亩的大地种植景观，主要从事休闲观光和花卉种植，分梁祝文化园和梁祝生态园两大板块。"三区"是指，草桥结拜区、红罗山书院区和梁祝化蝶区。"三点"就是梁山伯的家乡——梁岗村、祝英台的家乡——朱庄和马文才的家乡——马庄，通过对景点的重新规划、设计、包装，体现历史特色，形成可保护的历史文物，纳入省级文物保护规划。力求通过对梁祝故里旅游区的科学规划和合理开发，把梁祝文化旅游特色镇旅游区建设成可持续发展的文化体验、生态休闲型旅游区。

现在，梁祝镇已经修通了梁祝各文化遗址间的道路，对梁祝遗址进行修缮和保护，对梁祝文化里的民间歌谣、故事唱段等进行了录制、整理和保存。当地群众熟知梁祝故事，尊崇梁祝精神，说梁祝、唱梁祝、敬梁祝、拜梁祝，形成了很

好的梁祝文化氛围。

　　所有这一切，都在为古老的梁祝故事注入新的文化内涵，引领和影响着梁祝故里新的时代风尚。2008 年，梁祝镇在广州做保安的小伙子蔡小华，娶回了来中国任教的美国姑娘迪芬妮，在当地引起轰动，传为美谈。这位美国新娘说："我喜欢优美的梁祝传说。嫁到梁祝镇，华是梁山伯，我是祝英台。我们要将这段跨国现代版梁祝演绎得更美好。"（**陈军超　张广智　刘珊**）

原载《**天中晚报**》2017 年 10 月 13 日

报道部分内容引用市县区地方志办提供资料

走进红石崖探寻女娲遗迹

　　20 世纪 60 年代，著名作家吴伯萧游览河南省驻马店市遂平县红石崖地区之后写出了一篇脍炙人口的散文《猎户》。《猎户》在媒体发表后，被选入全国高中语文教材。从此，遂平红石崖的美名传遍全国。遂平古称"房国"，很多人知道遂平是房姓的祖居地，知道山西、辽宁等处都有女娲遗址和传说，却很少有人知道遂平还是人类始祖女娲的封地，更鲜为人知的是，女娲就是在遂平县红石崖地区，抟土造人、炼石补天的。

　　"你们看！"带我们上来的张俊亭老先生指向远方说。

　　"真美！"记者这才发现，我们此刻站的山顶处于群山环抱之中，夕阳从云彩后露出，远处的山峰仿佛沐浴在金色的佛光里，近处山坡上的树木镀上了耀眼的红色，山间的草坪和麦田闪烁着耀眼的金色，远处的一汪潭水波光粼粼，给人温暖而宁静的感觉，古老的寨墙则被染成了铜色，散发着古老的气息……

　　蓝天、白云，还有眼前这让人窒息的美景，瞬间，听不到风声、鸟鸣，此刻，时光似乎凝固了。

这，就是女娲曾经生活过的风山寨。

风山寨位于遂平县嵖岈山镇的红石崖村。红石崖是泌阳、遂平、舞阳、西平四县交会处，距县城约 30 公里。这里四面环山，丛林茂密。

"下去拍照。"摄影记者侯飞的一句话提醒了沉醉在美景里的大家。

风山寨寨墙外是错落险峻的峭壁，最上面的两层各能容一人立足。

"好了。"当同事张东方紧拉着摄影记者侯飞的背包带充当安全带，帮助她完成拍摄，示意大家把他们拉上去时，望着陡峭的山崖，站在寨墙上的人不约而同地松了一口气。

记者一行，是在遂平县张俊亭老先生的带领下由女娲遗址娘娘洞攀爬上来的。

传奇娘娘洞

娘娘洞就在歇子沟的南侧。

歇子沟村位于遂平县嵖岈山镇红石崖村西的一个山谷里，东西走向。村里随处可见竹林，村中央是条小河，被村民称为娘娘河。

因为女娲是风姓氏族，曾居住于娘娘河南岸的一座山上，这座山又叫风山。

4 月 14 日下午，记者一行沿着娘娘河南岸的一条小路，向旁边的风山攀登。

风山上长满了杨树、泡桐、乌桕、刺槐等，间或能看到裸露的红色石块。大家沉醉于清新的空气、清脆的鸟鸣中。

带路的张俊亭老先生出生于红石崖村的书香世家，曾荣获"德艺双馨艺术家""杰出书画家"等称号，是原红石崖小学的创办人，对红石崖一带的情况了如指掌。虽然老先生已 75 岁，但他耳不聋，眼不花，爬山越岭，脚步轻快得连小伙子都撵不上。张俊亭边走边向记者讲述歇子沟的来历。

张俊亭告诉记者，相传，新的宇宙将要形成时，女娲娘娘在红石崖炼五色彩石补天，和哥哥伏羲滚磨成亲后，住在歇子沟南山半山腰一个宽大的山洞里。有一天，女娲生了两个肉蛋，伏羲一怒之下，把这两个肉蛋扔到下面的山沟里。

一年后的一天，伏羲到沟里砍柴，见这两个肉蛋仍完好无损，很好奇，走近仔细观看时，发现肉蛋内似乎有动静。伏羲感到很蹊跷，就抡起斧头把两个肉蛋砍开。没想到从肉蛋里蹦出 50 个男孩和 50 个女孩。伏羲喜出望外，把他们一个个抱回山洞。这100个孩子就是女娲的后代。从那以后，那条沟就叫歇子沟。

"女娲住过的山洞叫娘娘洞。"站在一块空地上，张俊亭指着山上隐隐露出的一个洞口告诉记者。

娘娘洞前有一棵造型奇特的老构树，像一个倒立的"人"字。洞口3米宽、4米高。洞内有二三十平方米，洞尽头向下延伸，深不见底。张俊亭告诉记者，下洞深约两丈，使用工具才能下去，呈U形拐了一个弯，下洞洞的尽头和洞口平行。

娘娘洞往上爬到山顶，就是风山寨。洞口到山顶没有路。站在娘娘洞向上望，只能隐约看见红色的墙体。

风山寨寻古

紧抓山石缝隙中的树枝，脚蹬崖壁上的石窝微微移动，记者一行跟着张俊亭向上攀爬。张俊亭提醒记者，山石中伸出来的一些树枝有的是枯枝，一受力就会断裂，一定要判断准确再拉。侧望旁边的谷底，记者头皮发麻，跟在张俊亭身后，小心翼翼地向上攀登。

当一尺见方的石块垒成的寨墙映入眼帘时，满脸灰土的记者一行终于登上了山顶。

风山寨约有一个足球场大，东南方有口水井，山寨内长满了黄荆。号称"千年锯不得板，万年架不得桥"的黄荆树如今成了这个山寨的主人，每棵都有2米多高。

山寨占据风山山头，大石块围成的寨墙绕山头一圈，有些地方已经塌陷。吸引记者的是一个宽约3米、长约10米的大石台，坐在石台上可俯瞰山寨。石台紧靠寨墙，从石台上可登上寨墙。寨墙墙体呈古铜色，用大石块堆砌而成，最高处约有4米。站在寨墙上望下去，美景尽览无余。

张俊亭告诉记者，传说这是人们为祭奠女娲的功德，在山顶上修的石寨，这里原来还有一座庙宇，供奉女娲、伏羲、玉皇大帝及各路天神。

张俊亭指着远处一座山尖歪斜的最高的山峰说："传说，女娲就是站在那里，将最后一块五色石直接拍在了天上。所以，那座山叫拍天山。"

站在风山寨上，能清楚地看到红石崖的地貌是典型的丹霞地貌。山上山下，有很多大小不一、形态各异的红色岩体和红色岩石块。

"女娲在红石崖炼出10000块五色石，用9999块把天补好了，天上呈现出五彩斑斓的云和彩虹。而炼石补天的地方——红石崖的石头，都烧成了红色，历经沧桑岁月永没褪色。红石崖也由此得名。"张俊亭说。

风山寨充满神秘与怪异。从风山寨下山时，回首再望，不由让人大为惊叹，山顶寨墙有些地方镶嵌的石块高约2米，很难想象过去那些巨大的石块是如何运上山顶的。

"传说那里就是女娲造人的地方。"张俊亭指着南面山坡下的一处村庄说。

黄脸场村与女娲造人

黄脸场村北靠风山。

村口有一棵老槐树，村民王文成正在和邻居聊天。看到记者拍照，他告诉记者，没人知道这棵树有多少年了，他的爷爷曾说，村里最老的老人也说不清这棵树的来历。

王文成还记得，他小时候的夏天，经常在树下听村里老人讲古。印象最深的就是黄脸场村的来历了。

据老人们讲，一天狂风大作，将站在风山顶的女娲顺山坡刮到了山下。女娲两手着地，沾满了黄泥，便将黄泥抟成泥人，丢在身旁的石头上。说来神奇，泥人活了。女娲很喜爱，便不停地用黄泥捏泥人。

后来，女娲从风山寨石崖上拉下一根古藤，伸到泥坑内粘上泥，向外甩，甩出的泥点落地成人。这时，雷电大作，大雨倾盆而下，女娲慌忙用古藤将泥人往旁边的山石下扫，慌忙中，有的泥人被扫掉了胳膊、腿、脚，有的摔坏了耳朵、眼睛，这些人就变成了各种残疾人。这个晒黄泥人的地方，就叫黄脸场。由于人都是用泥捏的，中国人的皮肤就是黄色的。

王文成告诉记者，村里有7户人家，30多口人，60亩山地，年轻人大多出去打工了，没出去的在村里开了一个农家餐馆，生意也不错。村民们生活得都很好。

千风寺遗址与女娲文化

传说中女娲的遗迹，似乎无处不在，陕西省平利县、河北省涉县、甘肃省天水市秦安、山西省晋城市的泽州都有遗迹；河南省西华县有女娲捏土造人的女娲城、鄂西北边陲竹山县有女娲山、山西省洪洞县赵城镇东的侯村有女娲陵寝的传说等。遂平的女娲遗迹则与女娲文化相伴相生。

遂平县嵖岈山镇镇长徐俊启介绍，相传女娲迁徙到房地以后，在遂平西部山区的"千风躲"落地生根。女娲传说中的一些地名、山川、河流均可在现今找到实证。"千风躲"遗存至今依然可寻，这是女娲在遂平落户的"户口簿"。这里还有女娲居住过的娘娘洞、女娲墓、千风寺以及"前阳风寺"和"后阳风寺"等遗迹。

遂平县有不少风俗习惯也与女娲文化紧密相连，如小孩戴风帽、穿披风纪念风姓女娲，有求保佑平安之意；家家用铁鏊子烙馍，据说也是女娲娘娘传下来的习俗，名曰"补天"。

遂平人为纪念人类母亲的始祖女娲，还创造了象征女娲崇高、神圣、神秘的字符，将它绣在老人的衣帽上，刻在家具上，寓意富贵、长寿、吉祥；将它雕在屋宇、兵器上，希望能避邪。

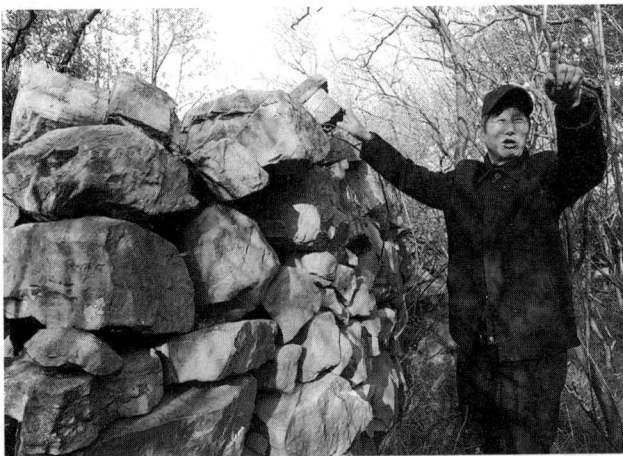

千风寺乃是女娲部族祭祀的地方，相传寺内供奉着风姓始祖女娲，后来女娲坐金莲升天，此寺又名金莲寺。

红石崖村西，记者在一处山湾里找到了千风寺遗址。在千风寺遗址入口的女娲广场，女娲雕像已基本建成。女娲雕像为铸铜雕像，女娲手托"五色石"，以"补天"传说立意，呈飞天姿势，身体如行云流水，形象端庄优美，仰望宇宙，抬手补天。

徐俊启介绍，去年3月，遂平县被中国民间文艺家协会正式命名为"中国女娲文化之乡"。如今，女娲文化与旅游业有机整合，已经成为发展地域特色文化、增强区域竞争力的有效途径。**(陈军超　余斌　侯飞)**

原载《天中晚报》2015 年 4 月 24 日

报道部分内容引用市县区地方志办提供资料

天 / 中 / 地 / 理

春探凤鸣谷

"向南看，那方碧水，就是板桥水库。"3月16日，站在打虎山上，河南省驻马店市遂平县凤鸣谷管委会副书记张国富指着远处告诉记者。

这天，记者一行来到距市区60公里的凤鸣谷，在古木参天的群山中找寻大自然的灵动和传说的遗迹。

伏牛山里的"基因库"

凤鸣谷位于遂平县西部。相传上古时，曾有龙凤相斗于此，凤鸣七七四十九天，后来女娲出面调停了它们的争执，所以，此处被称为凤鸣谷，凤凰休息的石头则被称为凤鸣石。这里层峦叠嶂，历史上许多仁人志士、文人墨客流连于此。不仅有将军峰、母猪峡等伏牛山自然风景，还有南斗寺、北斗寺、百泉寺、打虎山等带有悠久历史文化传说的景致。

来到凤鸣谷山门前，首先看到的是山门对面山体上的"将军马"。这其实是一长218米、高65米的象形山体，由岩石风化脱落的碎石组成。碎石体积小，棱角多，坐东向西，头朝南，尾朝北，似一匹挺立的骏马，在阳光下熠熠生辉。

挺拔险峻的将军峰，孑然独立，傲视群峰。在山脚下的凤鸣谷管委会李尧村宋沟组宋庄，记者看到很多村民家都翻建了新房。张国富告诉记者，在凤鸣谷有一片湿地，长2.5公里，宽2公里，面积约5平方公里。其中珍稀树种红心柳200余株，树影婆娑，形状各异。这里还生长着鱼腥草、柴胡、车前草、金银花、泽兰、夏枯草、黄荆、过江草、半边莲、寡老旦、罗布麻、黑点株、首乌等水生植物和中草药。山里人家靠山吃山，每年靠采药就能有一笔不菲的收入，日子如今都过得很滋润。

"凤鸣谷植被特别好。可惜现在刚开春，是枯水季节，有些景致看不到。再过三个月，来这里的人看到的就会是群山叠翠，溪谷幽深，林海苍茫。山里有野兔、果子狸、野猪、刺猬等野生动物，有数不清的各色蝴蝶、鸟类。五月万木峥嵘，百花竞艳；八月绿荫荡漾，飞瀑流泉；十一月金秋层林尽染、丹枫流霞；十二月银装素裹、玉树琼花。物种繁多，有各种植物2000多种、野生动物500多种，堪称生物资源丰富多样的'基因库'。"张国富说。

"这山里可有好多好东西，你们过来的时候，见到的枫杨有四五万棵，5公里长，是我们凤鸣谷一道靓丽的风景线。枫杨用途广泛，盖房时候能做檩条，还可做烧炭，或做成菜板、家具等，也是当地居民脱贫致富的主要收入来源。湿地的红柳也非常珍稀，《中国主要树种》上还未发现在我国其他地方有相同树种。"一路上，张国富边走边说，很是自豪。

突然，他停下来，指着远处那些高大的树木说："看见山上那些高大的橡树没？那都是将军橡的子孙后代。"

将军橡

将军橡是一棵老橡树，矗立在村民李贺民的屋后。

那深褐色的老树皮就像干涸后裂开大嘴的泥块，皱皱巴巴裹在树的主干上。张国富介绍，这棵橡树高24米，周长8.07米。记者一行5人手拉手都不能合抱。

老橡树的主干托举着七根水桶粗的枝干向空间四周延展，粗的、细的分支像群组树林或站立，或躺卧，或倒挂，挤满枝干。李贺民告诉记者，到夏天的时候，树冠东西遮阴 18 米，南北遮阴 20 多米，遮阴面积有 400 平方米。岁月的沧桑在干枝上留下了大大小小的树洞。令人惊奇的是，这些树洞竟然可以改变大小。

李贺民和张国富熟识。两人一边指着树洞让记者看，一边惊诧地说："原来小孩子可以钻进去，现在居然变小了。"记者看到的 3 个树洞最大的直径约有 15 厘米。按李贺民的说法，这些洞口比原来小了一半，我们不禁感叹老橡树的生命力。

李贺民说，村里的老人们都说，老橡树有 1400 多岁了，因为老人们坚信，这棵树是隋末农民起义军将领窦建德为纪念在此战死的两位将军所栽，所以称为将军橡。

"传说，当年窦建德手下的两位将军战死在这里，他们所骑的战马一匹突围而去，一匹在主人死后跳入山崖。为了纪念这两位将军和忠贞的战马，窦建德在这里种了三棵橡树。这棵最大的被称为橡老大，远处山坡上还有一棵是橡老二，纪念战马的那棵橡树在 1958 年大炼钢铁的时候被砍掉了。"张国富惋惜地说。

窦建德麾下是否有两位将军战死在这里无从考证，但是，宋庄的人坚信，这满山的野橡树都是这棵将军橡的后代。

李贺民告诉记者，橡实是许多野生动物重要的食物来源，仅有少数的橡实能够存活并长成树苗。通常四成的橡实会被吃坚果的昆虫所摧毁，剩下的绝大部分进了鸟类与哺乳类动物的肚子里。记者查阅资料发现，一些鸟类会把橡实散播到离亲代远至五百米外的地方。千百年下来，应该能够在周围生成一片橡树林。

据说，每当夜深人静，稍有风起，橡树就会发出嗡嗡的声音，长鸣不止，极像老人哭泣，又像有人"哼哼"，因此当地人又称这棵将军橡为"哭树"或"哼哼树"。

会哭的"神树"

"一般在入了秋之后到春天这段时间的晚上，这棵树都会发出奇怪的声音，尤其在北风大的晚上听得非常清楚。老人们都说，这棵将军橡活了千百年，早已有了灵性，是棵'神树'。"李贺民向记者介绍。

有村民认为，所谓的哭声，其实是风进入树洞中回旋所发出的声音。

李贺民说，他和他父亲两代人都是宋庄的倒插门女婿。打小，他就听岳父讲，这棵"神树"能保佑全村人平安健康，谁也不能随便折损老橡树上的枝叶，否则就会害眼病。有一次，他不信邪，觉得老橡树的枝叶伸到了他家屋檐下，就将那根枝条砍下来了，结果眼睛像被沙子硌了一样难受，到医院检查也没有发现毛病。最后，他按老人们教的方法，在树下祷告了一下才好。所以，这次，他们家翻建新房，他特意交代施工的人员，不要损伤老橡树一根枝条。

李贺民还说，他记得谁家小孩有个头痛脑热的，家里老人们都要到老橡树下烧香摆供，祈求"神树"保佑康复。村里还有老人说，碰到久旱无雨的时候，村里的人们会腰缠红布，敲锣打鼓围着老橡树转圈，祈求"神树"保佑天降甘露。在很多村民的心中，神就是老橡树，老橡树就是神。

对此，张国富的看法是，这是先人们为了保护树木而营造的传说，时间久了，子孙后代都笃信不疑。偶尔去折损老橡树枝叶的人，因为先有了这个心理暗示，才会在事后有不适的感觉。不过，正是因为有了这种传说，老橡树才得以完好地生存，并繁衍满山的后代。

百泉寺和白龙潭

沿着崎岖的山路上行，记者来到了张国富所说的高山湿地百泉寺附近。

离百泉寺将近200米的时候，记者发现路边有一汪泉水，泉边长着很多被藤缠绕的树木，造型奇特，形态各异。张国富告诉记者，这就是红心柳。红柳的嫩叶中间为红色，分布在百泉寺高山湿地1.5平方公里的区域内，共有287棵，全部为自生，是罕见稀有树种。

"如果是夏天，爬山的人即使热得满头大汗，一走到这里马上就会觉得凉爽无比。晚上在这里露营的话，就会感觉月光、水色、山景同古城古寺融为一体，构成一幅绝妙的山水画卷。"张国富说。

百泉寺面积不大，看上去已经有些破败。相传它始建于隋唐，宋元时期香火非常旺盛。因为寺院四周有大大小小近百处清泉竞相喷涌，终年不断，可饮可观，故名百泉寺。由于寺院地处遂平、泌阳和平顶山舞钢市的交界处，又有"山幽古寺远，钟鸣听三县"之说。

寺庙旁边有一处泉水。这处泉水旁边有一块石碑，上书"白龙堂"石碑最上方是飞龙的飞檐造型。上面介绍，此处的泉水是凤鸣谷百个泉水汇聚而成，泉水中含有白余种中药成分。此泉水与南面的黑龙潭遥相呼应。传说有白龙居住于此，所以，终年泉水不断，即使大旱之年也有泉水长流，惠泽方圆百姓，故称为白龙堂。当地人称其为白龙潭。

泉水上方有一个遮板，记者打开遮板，发现泉水异常清澈，取水饮下，感觉甘冽清爽。

在白龙堂不远处有一处明渠，记者发现在明渠中有一团团的青蛙卵。张国富告诉记者，百泉寺这里地形奇特，冬暖夏凉，严冬季节也能在明渠里发现青蛙卵。

"对面就是打虎山了，相传窦建德曾在此打死猛虎，人们为了纪念他，就把这座山称为打虎山。站在打虎山上，板桥水库清晰可见。前面的那块巨石则是秦琼、敬德比武时的摞摞石。"张国福说。

站在打虎山上，眺望远处像宝石一样的板桥水库，和山脚下绿树掩映的几户人家，想起凤鸣谷各种美丽的传说，记者感受到放逐心灵的轻松。**(陈军超　余斌　王瑞)**

原载《天中晚报》2016 年 3 月 18 日
报道部分内容引用市县区地方志办提供资料

一边水热　一边水凉
——探访神奇的泌阳温凉河

　　"双塔回龙寺,紧靠温凉河,一边水温,一边水凉,一边杀猪,一边宰羊。"这句话在河南省驻马店市泌阳县泰山庙镇,老幼妇孺耳熟能详。这句话到底什么意思?记者探寻后发现,它讲述的是三县交界处一种神奇的地质现象和一段神奇的历史文化传说。

泰山庙无山

　　4月20日上午,记者一行自泌阳县城西行,经赊湾镇,穿双庙街乡,行赊郭路25公里,来到一片膏腴之地——夏南牛和泌阳驴的主要产地,被称为"花菇之乡、烟叶之地"的泰山庙镇。

　　泰山庙镇流传着这样一个笑话:一群外地人慕名到泰山庙烧香,准备了登山杖、登山鞋等工具,到了以后,却发现这里根本就没有山。

　　泰山庙镇境内是一望无际的平原,并无山川,为何要叫泰山庙呢?

　　记者查阅了《泌阳县志》,发现上面有这样一段记载:"泰山庙,距县城30公里,明代集市设在街北二公里处的黄陂桥,明末清初在黄陂桥南边建泰山庙。'有庙则名、有仙则灵',聚人日多。清末民初修筑寨垣,迁集于此,农历双日集。农历三月十八有传统古庙会。此庙会属泌阳县规模最大、会况极盛的古刹庙会,盛会日达6万人;涉及四省10余县的香客前来朝圣拜佛。文化娱乐亦多,物资贸易茂盛……随社会发展与进步,古庙会祈神活动逐步终止,演变为物资交易大会,延续至今日……"原来,泰山庙镇以庙取名。

"泰山庙因供奉东岳大帝泰山神黄飞虎而得名。"泰山庙镇武装干事王万印告诉记者，原来的泰山庙位于泰山庙村东头。传说黄飞虎为西周开国名将，在兴周灭商的战争中，他首举义旗，兴兵讨伐商纣王，威行天下，义重四方，人人敬仰。死后，他被姜子牙追封为五岳之首的东岳泰山天齐仁圣大帝，总管人间吉凶祸福。

据泌阳旧志记载，泰山庙建于明代，迄今约有 450 年的历史。院内有房舍数十间，正殿坐北朝南，分前后主殿，四周卷檐翘起，殿内雕梁画栋，殿外金碧辉煌，庙内供奉着东岳大帝黄飞虎。黄飞虎塑像高约两丈，金童玉女站立两旁，八位将相分列左右，充分展示了我国古代庙宇及雕塑文化之精华。

泰山庙在 20 世纪 50 年代初被改建为泰山庙小学，1969 年成为泰山庙公社机关办公地，也就是现在的泰山庙镇政府所在地。

在泰山庙原址北约 200 米处，记者看到了重建的泰山庙。

王万印告诉记者，这是本世纪初由当地数十名村民自发捐资重建的。大殿当中是黄飞虎的塑像。大殿两侧的廊坊内，是十殿阎罗及小鬼判官，还有一些雕塑形象展示了传说中十八层地狱的种种酷刑。

"双塔回龙寺，紧靠温凉河，一边水温，一边水凉，一边杀猪，一边宰羊。"泰山庙中有几位老人告诉记者，距泰山庙街南 5 公里处的小乔庄，曾建有一座双塔回龙寺庙，此庙紧靠的一条河，河水一边热，一边凉，被称为温凉河。

神奇的温凉河

泌阳县泰山庙镇油坊村小乔庄村口向南是一片高岗，青翠的麦苗仰头接受着春雨的洗礼，一些年轻的村民正在高岗下的空地上冒雨种烟叶。在村头闲聊的几位老人，听说记者一行是为温凉河而来，纷纷围了上来。

"双塔回龙寺，紧靠温凉河，一边水温，一边水凉，一边杀猪，一边宰羊。说的就是我们这里。"66岁的乔广荣老汉笑呵呵地向记者介绍。"边走边说，我带你们到河边看看。"72岁的齐富廷老汉热情地说。

边走边比画，两位老人一路上向记者讲述了温凉河的来历。

温凉河位于石河寨村西北、小乔庄东南部、黄棚村东边，因洪河与石河汇流后水温落差大而得名。

夏季的晴天，洪河和石河交汇处的河段有一种很奇怪的现象：下午2时到5时，北边的水热得烫人，南边的水非常冰凉。到了晚上，则刚好相反，北边水温低，南边水温高。这种现象向下游延续一二公里地。因为杀猪褪猪毛用热水，宰羊则需凉水，这里素有"河边一边杀猪，一边宰羊"之说。这一奇特的自然现象，成为当地一大景观。

"这就是温凉河了。"齐富廷老汉指着前面说。

高高的岗丘自北向南延伸至小乔庄的南面戛然而止，出现在记者眼前的是一片碧绿的水面，两条南北而来的河流在此交汇后向西而去，绕过岗丘后转过几个弯，又蜿蜒向南。

"从北面过来的是洪河，从南面来的是石河。"乔广荣说。

发源于官庄镇石门水库的洪河，是条沙河，河道宽阔。发源于官庄镇一座山里的石河，河道狭窄，水较深。洪河和石河在此交汇后的河段，就是温凉河。

"原来洪河流到这里后，沉淀下来的沙特别厚，河水只到小腿肚深，沙子吸热，很快被太阳晒透。夏天日头毒了，站在温凉河北边的河水中就觉得烫脚。而南面来的石河水深几丈，加上上游河道狭窄，太阳晒不透，水温很凉，就形成了温凉河一半是热水一半是凉水的现象。"油坊村村支书谷德拴向记者解释道。

站在高岗上眺望，温凉河静静地向西而去，岸边青青的小草随风摇曳，远处岸边传来山羊的铃铛声，只是河北侧被挖开而裸露的河床破坏了她的静谧。

"挖沙破坏了温凉河的原貌，河水也没以前清了。小时候我们都用河水漱口洗脸，那时候河水很清澈。想吃鱼了不用网，下河用舀子一上午就能逮五六斤。"齐富廷遗憾地说。

村里的老人告诉记者，20世纪50年代，县文化馆曾在石河打捞出一根长近一米、最粗处若碗口、已近破碎的象牙。以往每逢雨季，河水中还会冲出一些发黑的木头，捞上来当柴火，易燃、火势很旺。

双塔回龙寺

温凉河向西后环抱高岗逐渐下落的南端，乔广荣说，这就是回龙寺的遗址，前些年地里还有些残砖碎瓦。

当地人说，这处高岗由羊册镇而来，长约几十公里，被称为四十五里长沙阵。当地传说，古时候曾有人在被温凉河截断的高岗上打井，结果打出来的水红得像血一样。后来才发现这是一条白龙化成的高岗，被扎到了龙眼。正将头探入温凉河饮水的白龙大吼一声回头一望，顶起了两块巨石，这里便叫作回龙岗，而回龙寺就建于落岗处。

当时寺院香火旺盛，有前殿、后殿两座院落，并各有配殿。后院禅房里还有僧官居住。邻近两县善男信女也多来上香。寺院还有不少庙产。

齐富廷老人说，他的一位亲戚曾是回龙寺最后一任主持的义子，曾向他讲述过回龙寺的传奇。

寺内最后一任主持姓赵，被当地人称为老赵罗。老赵罗对寺内众僧赏罚分明。不料，寺里出了一名恶僧屡犯清规，不服管教，被老赵罗逐出寺院。

恶僧被赶出寺院后当了土匪。他怀恨在心，一直伺机报复老赵罗，但是寺庙三面环水，只有一座吊桥可以出入，恶僧一直没有找到机会。

明末清初，善于卜卦的老赵罗对弟子们说，他卜的卦象显示，近期会有南阳的石大人、童大人两位官员到寺内拜访，让他们小心伺候。恶僧得知这个消息后，带领喽啰在夜间冒充石大人和童大人进入寺内，杀了老赵罗和弟子们，洗劫了寺院，并纵火焚毁了这里，偌大的回龙寺只剩下东墙外的两座高耸的佛塔。

"双塔都是砖石结构，听老辈人说两塔高十几米，间隔五六米。我七八岁的

时候还见过塔基。"乔广荣老人说。

1932年，双塔被拆除，其砖石被用来建造学校了。当地开明绅士李智宽将拆除的双塔砖石和回龙寺的残垣用来建石河学校，培养了无数栋梁之才。泌阳石河学校，曾一度与付庄乡梅林中学南北齐名。

"泰山唱戏唐河看，跑到社旗去吃饭。这里属于三县交界处。"乔广荣老人说，温凉河南岸东是唐河县，西是社旗县。这两市的三县都流传着"朝廷都知道回龙寺"的传说。

传说明朝正德年间的大宦官刘瑾，是陕西省兴平县人，但这三县都认为刘瑾是社旗县朱集乡刘坟当村人。而社旗县是1965年，方城、唐河、泌阳各划出一部分组成的。

传说刘瑾刘老公公为了取悦皇上，说焦阁老焦芳的家乡泌阳是如何如何的好：

泌阳县，景致多，
焦家牌坊第一座；
出南门，倒流河，
二十五里到大磨。
双塔回龙寺，
紧靠温凉河。

其中的"焦家牌坊"说的就是阁老焦芳家的牌坊，其他的都是泌阳县的景观。

宫里一位娘娘听刘瑾这么一说，便动了心，遂在焦芳回乡探亲时和他一起去观瞻佛寺。可是这却被焦芳的政敌用来攻击他，结果皇帝一发怒，就把他给杀了。尽管正史里记载的是"芳父子竟良死"，可这段传说却反映出当地百姓对回龙寺的自豪和对焦芳的怀念。**(陈军超　余斌　闫宏伟)**

原载《天中晚报》2016年4月22日
报道部分内容引用市县区地方志办提供资料

天／中／地／理

057

棠溪源探幽（上）

有人说，它是一部线装的史书；有人说，它是一堵石刻的碑记；更有人说，一踏进这里，脚上就会沾满文明的碎片。它，就是棠溪源。

在河南省驻马店市西北角，距西平县城 42 公里的出山镇境内，一处伏牛余脉与广袤平原的衔接地带，棠溪源上承崇山峻岭之豪放，下纳千里沃野之坦荡，集绮丽秀美的自然风光与厚重深沉的炎黄文化于一体，被当地人称为"祖之源、剑之源、水之源"。

棠溪峡、蜘蛛山、跑马岭、棠溪湖。在这里，你可以上天梯钻古洞，双龙瀑边看蝶舞、青山谷中听蝉鸣……近期，本报记者将带你逐一揭开棠溪源神秘的面纱。

水之源九天仙女倒油篓

棠溪河是西平县境内的一条主要河流，源头一段也被称为龙泉，发源于棠溪源的伏牛山脉。棠溪源内有很多肉红色砂岩山体组成的山岳景观。这里虽然地处伏牛余脉，但有太行之雄浑，有很多奇特的地貌，茂芽山、蜘蛛山、油篓山等山峰座座相连，众多奇石飞瀑、溪流湖泊把棠溪源点缀得格外神秘。

"传说九天仙女看到人间百姓生活贫苦，就偷偷把天帝的油篓偷出来，带着侍女，在一位天将的保护下，下到凡间，在西平西南的山上停住云头，把油篓里的油洒向人间。由于怕玉帝发现，倒完油后，九天仙女就匆匆离去，油篓的盖子随后被丢弃，落在棠溪峡附近，形成了一座山。后世的人们为了纪念九天仙女，就把这座山叫油篓盖。"指着旁边的一座山，出山镇月林村王庄的赵自洲老人给记者讲起村里老人口口相传的传说。

5月13日早上，记者一行在赵自洲的带领下，向棠溪峡深处攀登。

登山的路上随处可见倾斜的岩石层面，还有一些岩石上面有水状的波纹。据赵自洲介绍，这是古代湖泊边缘风吹细浪留下的水波纹状沉积岩石。伏牛山脉大都是沉积岩石，还有一些岩石面上是古代水生植物根系化石和疑似古代恐龙脚印化石。

"那里下去有块响石板。"赵自洲边说边沿着路边的石头下到旁边的沟里，跳到一块七八平方米的石板上。他在旁边随手拿起一块石头在石板上敲起来。

"咚咚、砰砰……"随着赵自洲的敲击，在石板不同的地方，发出不同的声音。记者也忍不住跟着敲击起石板，发现有的地方能发出美妙的声音，有的则发出和普通石块撞击的声音。赵自洲告诉记者，原来这块石板被一人多高的水淹着。小时候，他和同村的伙伴经常游了泳后到这里休息，偶然间发现这块石板"会唱歌"。"现在这里的水干枯了，石板的声音没有以前清脆了。"赵自洲很遗憾地说。

双龙瀑与春谷蝉鸣

棠溪峡中，山、瀑、石、林相映，植被茂盛，林木遮天蔽日，步入其中，就像进入天然空调地带，凉爽宜人。

记者突然听到一阵响亮的"唧唧"的叫声。赵自洲告诉记者,棠溪峡有一种很奇特的自然现象,就是在春季晴和天气,上午10时许,春蝉遍野,蝉鸣声响彻山谷。到下午5时,蝉鸣声戛然而止。

我国古人按蝉的出现时间分为春蝉、夏蝉和寒蝉。春蝉出土最早,古书称为"宁母"。夏蝉中有一种叫蟪蛄的,寿命不过数天到数周,所以,古人曾说"蟪蛄不知春秋"。最迟出现的是寒蝉,要过寒露才"鸣",因声音哀婉凄惨,不如夏蝉嘹亮,甚至使人误以为是哑蝉、雌蝉,成语"噤若寒蝉"就是指它。而每年的3月底,棠溪峡的春蝉就会钻出地面,爬上树梢,在山谷中万蝉和鸣,告诉人们万物复苏。

站在棠溪峡的山谷中,听着清脆的蝉鸣,记者寻到了"双龙瀑"。

河谷中,一处陡壁上有两处自上而下分布着青苔,状若飞龙。赵自洲说,山里很久没有降雨了,夏天,山水会顺着青苔飞溅而下,非常漂亮。尽管没有看到飞溅而下的瀑布,记者在陡壁下溪水边看到了很多紫色的蝴蝶在飞舞。

赵自洲带着记者顺着陡壁攀爬而上,寻找攀岩的快乐。

手足并用地从双龙瀑下来,深吸口山中弥漫的荆条的香味,我们顺着天梯继续向上攀登。

沟西第一个山头上立着一座石房子,战争时期,山民曾在房内放置一些干粮、清水,支援解放军,是军民鱼水情深的见证。如今,一些放牧的山民还会在那里生火做饭。

登上山顶,向西北能看到远处的水库如一颗绿色的宝石。向北还能看到远处一座天然城堡,形状如巨龙遨游、万马奔腾,令人叹为观止。"天然城堡"位于茅芽山的东南,即仓峰,在紫红色页岩与薄层细砂互层岩石属地壳运动中自然形成。它与茅芽山相对,二山相距200余米。在造山运动中,天然城堡区抬升较快,周边地区发生过板块断裂,形成较大的地质裂缝,经过千万年风吹日晒,雨水冲刷,天然城堡周围的岩石不断风化,造成岩基疏松,后经多次地震影响,周边岩石逐渐崩塌,形成现在的城墙模样,故称天然城堡。

剑之源天下第一炉

记者一行到达了西平县出山镇酒店村南500米的棠溪湖附近,这里南系龙泉河，北接棠溪河，棠溪冶铁遗址就位于这里。

《资治通鉴》记载："棠溪之金，天下之利。"《方舆纪要》有云："平县城南七十五里冶炉城为战国韩铸剑处。"《中国通史简编》中提到："西平有冶炉城，有棠溪村，都是韩国著名铸剑处。"

西平自古就是中国冶铁铸剑文化的发祥地，拥有 2700 多年悠久厚重的历史，曾一度辉煌了 1700 多年。西平西南山区的棠溪，不仅是利于藏兵布阵的战略要地，还是春秋战国至唐代末年享有盛名的全国四大冶铁中心之一和唯一生产宝剑的"天下第一兵工重地"。

棠溪峡并没有丰富的铁矿资源，为什么在此铸剑呢？这是因为和棠溪峡相邻的舞钢有非常丰富的铁矿资源，却没有铸剑的水，而棠溪峡具有史书上记载"淬刀剑特坚利"的棠溪水，水中含有特殊的微量元素，用于热处理效果极佳。此外，棠溪河两岸的山体上，丛生着繁多的棠棣木，木质坚实纹理细腻，是制作剑鞘的上佳材料。

这里面有一个美丽的传说。传说很久以前，棠溪河岸边住着一位青年，他靠打卖农具为生，有一天在出去卖农具的路上救了一条小蛇，这条小蛇其实是龙王的女儿。为了报答铁匠的救命之恩，她就把一颗龙珠放到了棠溪河水里，棠溪河水从此淬的刀剑特别锋利、坚韧。

1958 年，当地民工在棠溪附近修挖水库时，发现库底有多座圆柱形、高三四米的"怪物"。20 世纪 50 至 90 年代，国内有关专家张静安、范文澜、李景华先后多次到西平考古、考察，从这些"怪物"中发现 2000 多年前韩国保存完好的冶铁炉，并在棠溪河下游，出山镇境内九女山麓发现冶炉城遗址、何庄遗址共计8 处。遗址均呈现原生态性。其中，最为著名的是位于今出山镇酒店村南 500 米处的棠溪湖南岸、杨庄村西侧的棠溪峡冶铁遗址。1987 年 11 月，河南省文物研究所和西平县文化局联合对该遗址进行了抢救性发掘，测出遗址文化层厚为 1.5 米，还发现冶炉残块、铁矿石、陶罐等残片。

被棠溪河环绕的冶炉城村，据说是战国时期韩国铸剑冶所。1949 年，村西有座青龙庙，庙内有石碑记载：昔有龙泉水，淬铁胜于钢。冶铸龙泉剑，锋利世无双。

棠溪湖南岸遗址内发掘出的冶铁残炉呈椭圆形，残高 1.35 米，直径为 1.7~2.1 米，炉内烧结铁厚 0.5 米。该遗址发掘后，立即引起国内著名专家的高度重视，具有极高的学术价值，被称为"天下第一炉"。它对追溯我国的冶金工业史的渊源及冶金科技史、军工技术史等有很大帮助。

1989 年 5 月，中国社会科学院院士、学部委员、著名冶金史学家柯俊、韩汝芬亲临西平，对该遗址进行考察后，称它是"世界上发现存世最早、保存最为完好的冶铁遗址，不仅是中国的宝，而且是全世界的宝。" 1996 年 11 月，这一遗址被列为全国重点文物保护单位。1999 年，国家文物局拨来专款 20 万元予以保护，建保护房一座，并有专人看管。西平县文化局特制订出"十五"期间保护实施方案，拟设立防护堤和加固炉体、栽植棠棣树，固化表土等。

棠溪河下游的河南省文物保护单位冶炉城遗址。遗址东西长 700 米，南北宽 500 米。遗址的东北角现残留着古城轮廓，现存城墙长 1340 米、高 7.4 米，上宽 21 米，基宽 25 米。城墙剖面均有推土夯筑工程，每层垫土 20 到 50 厘米，夯窝直径 7 厘米左右。与冶炉城相邻的何庄遗址，面积为 11.4 万平方米。

鼎盛时期，棠溪冶铁铸剑规模达 480 平方公里，域括西平县的西部，舞钢市的全部，遂平县的西北部，泌阳县的东北部，舞阳县、郾城县的部分地域。中心部位形成棠溪城、合伯城、冶炉东城、冶炉西城，商业手工业发达兴旺。

故此，有学者认为，西平棠溪冶铁铸剑文化实际代表了中国的剑文化之源。

祖之源最早的安全提示语

相传西平是柏皇氏后裔的封地，是中华民族始祖根之一，棠溪源的蜘蛛山又被称为始祖山。

蜘蛛山位于出山镇南 10 公里，海拔 520.8 米，又称"诸石山""冥山"。古史记载，伏羲氏的祖族之一信奉的图腾为"蜘蛛"。这里又称"伏羲山"。《古史考》云：伏羲氏作网。

蜘蛛山东北坡小石棚上方，竖排着 3 行文字，从右至左为"此山有好石造磨亦能强""平下人安""大和元年草董石感记"，字为楷书。先传为鬼谷子遗迹。但是，从年号看，当属晋唐时代的石刻。石刻提示工匠们注意安全生产，是中国最早的安全生产的纪律铭文。

蜘蛛山东南侧，有一个被当地百姓称为"妖精洞"的石洞。洞内泉水叮咚，清泉长流。传说山下有一妖女，到祖师殿烧香，被祖师爷识破打入此洞，面壁修行。距离此洞不远还有个石灰岩溶洞，洞口小，洞体不大，可容纳数人，洞内有石钟乳景观。

从始祖山北，遥望其陡壁，形状像一位伟人长眠，枕西向东，十分逼真。有人说，这是柏皇始祖的化身。始祖卧像东西长达500米，仅头部就60米长，高耸的鼻头，挺起的胸膛，非常形象，连缕缕长髯、高挑的浓眉都清晰可辨，被称为始祖安卧蜘蛛山。

据传，嫘祖是九天仙女下凡。西平棠溪河一带是嫘祖故里，西平县民间有许多与蚕神嫘祖有关的传说。旧时，西平家家户户植桑养蚕、供奉蚕神，还唱大戏祭祀蚕神。

相传，嫘祖降生时下了三天三夜大雨，发了洪水，淹了村庄田地。西陵氏头领听信巫师之言，把嫘祖当妖孽扔进了西草河。王母娘娘命神仙变成神鸟救出嫘祖。头领给她取名累祖，嫘字的女旁是后人加的。

嫘祖15岁时，貌若天仙，心灵手巧。她发现蚕丝虽细，但很结实，就成天摆弄蚕丝，想做点什么。头领被巫师挑唆，就重责了嫘祖。嫘祖一气之下，跑到棠溪源西南的山里，一住三年。等她下山时，身披彩衣，美丽非常。女人们争相向嫘祖讨教彩衣是如何做成的。嫘祖就教她们养蚕取丝做衣裳。从此，人们走出了裸身露体的荒蛮时代。后来，北方不远的有熊国黄帝听说了此事，就派人把嫘祖迎娶到轩辕丘，封为正妃，命她教民养蚕，使人类走向文明。

伏羲氏师蜘蛛，制绳结网，以利于猎。西陵氏养蚕丝，发展了纺织业。人们认为，棠溪源亦是人类的祖之源。

从蚕神嫘祖到春秋知名工匠干将、莫邪；从楚国纵横捭阖的政治家鬼谷子到先秦法家人物韩非……无数传奇人物，在棠溪源留下种种传说和足迹，也留下了荡气回肠的千古绝唱。**（陈军超　余斌）**

原载《天中晚报》2016年5月27日
报道部分内容引用市县区地方志办提供资料

天／中／地／理

棠溪源探幽（下）

　　"山峰大气，峻岭奇幻，林木幽深，植被葱茏，景色壮美"——这是河南省一些专家给棠溪源的评价。

　　6月的棠溪源飞红滴翠，鸟语花香。走进棠溪源郁郁葱葱的山中，记者丝毫不觉得炎热，入目可及的高大竹林与紫色、黄色、白色的野花相映，耳边淙淙的流水声和鸟鸣声相和，直让人以为误入了桃源仙境。

　　空气中弥漫着一股特殊的草木清香味。河南省驻马店市西平县出山镇月林村王庄的赵自洲老人随手从路边折下一枝绿色的枝条，告诉记者："这叫荆条，散发的香味非常浓郁。"

　　"这是鱼腥草，那是桔梗……"老人如数家珍，边走边把路边的植物指给记者看。

　　同行的西平县文化馆工作人员翟华玲告诉记者，棠溪源的植被非常丰富，既有橡树、黄斛等高大冠木，又有棠棣、紫荆等低矮丛棘；既有千亩毛栗沟、千亩核桃坡和众多柿树、山果，又有何首乌等药材植物；既有飞瀑流泉，又有淙淙小溪……其中，国家级保护植物 9 种。国家重点保护动物有水獭、大灵猫、青羊、麝、鸳鸯、天鹅、大鲵、苍鹰等。常见的有狼獾、野兔、野猪、雉鸡、松鼠、果子狸等，素有天然野生动物园的美誉。此外，神秘古洞和仕女图、寿龟石等千年奇石也不胜枚举。

唐代仕女图

经过长期的地质演化、构造变化和风化剥蚀，大自然的鬼斧神工把棠溪源雕塑成类型多样、形态奇异，既有观赏价值又具科学价值的地质遗迹博物馆。

记者注意到，棠溪源的岩石是一层一层的，岩石面都是倾斜的。有的像美丽的翻卷书页，有的像一株大树被人从底部剖开，表面上好似树的年轮，还有一些红色砂层像席卷的波浪。

翟华玲介绍，这是因为伏牛山脉大都是沉积岩石，也有少部分是火山岩石。沉积岩石由地球风化产物、火山物质、有机物质等经过风或者水流搬运、沉积后作用而形成。沉积作用会发生数千万年，每年都有一层沉积，所以，我们看到的岩石是一层一层的。较厚的岩层说明这段时间降雨量较大，冲刷泥土多；较薄的岩层就说明这一时期降雨量较少，冲刷的泥土也少。原本水平的沉积岩石层面经过千万年的沉积以后，变成了沉积岩。地球板块的移动形成了造山运动，岩石板块相互挤压，岩石层面不均匀抬升，造成现在我们看到的倾斜的岩石。

一路走来，记者发现，棠溪峡内峭壁嵯峨，很多巨石似从天而降，有的立在崖边，摇摇欲坠；有的巨石像遨游天空的雄鹰，威风凛凛；还有的像孙猴子逗八戒，憨态可掬……

最神奇的当数唐代仕女图。

山间道路旁，有一个天然的石景。一块巨石上竟是一惟妙惟肖的唐代仕女像，看上去脉脉含情、仪态万方。见此者无不啧啧称奇。

仙女池和"连心树"

古栈道下就是仙女池。仙女池的一泓清碧，让人联想起仙女乘五色彩云降落在此沐浴的传说。

相传天上一位仙女经常偷偷到人间沐浴，久而久之，与茅芽沟一位姓汪的小伙子相识。两人经常在老君洞约会。玉帝知道这件事后，就把这位仙女打下凡间，成全了他们。

有一年当地疫病流行，汪家夫妇上山采药，治好了老百姓的病。后来，夫妻俩双双羽化成仙，和他们朝夕相处的金牛在一泉边化作一石永留人间，旁边的泉水被称为金牛泉。金牛泉对面就是令人惊奇的千层岩，由于地质结构的独特性，这里形成了自然奇观。

汪家夫妇在人间时，给老百姓行医治病，受到老百姓的爱戴。人们为了纪念汪家夫妇，就在茅芽沟为他们建造了汪神仙庙，汪家夫妇挖的井也被命名为仙女池。仙女池至今还有水，旱不枯、涝不溢。

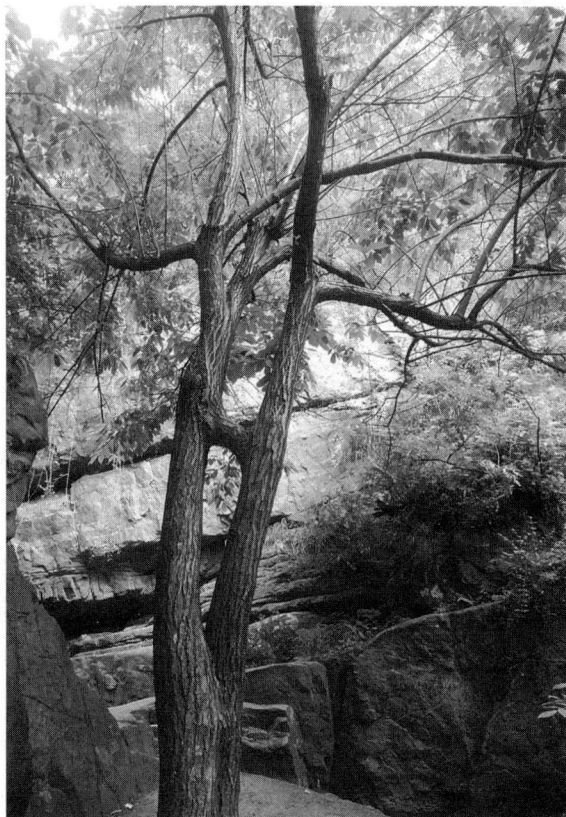

仙女池旁边有相传是汪家夫妇亲手种下的同心连理树，也是他们爱情的象征。

连心人种连心树。千年古树很多人都见过，同心连理树相信很少有人见到。

它有近20米高，树干苍劲有力，到上面分成两株，在树干中部，其中一棵树的树枝长于另一树干内。传说古时候，很多刚结婚的新人都会到这棵树下叩拜，以示永结同心。

连理树像两个人伸开双手互相拥抱，难分难离相依为命一样，被称为同心连理树，也有人叫"连心树"。

蜘蛛山的传说

蜘蛛山上有紫荆林，山下是板栗林。选一个凉爽的清晨，记者一行爬上蜘蛛山，对着山岭，大声喊道："喂，我们来啦!""来啦，来啦!"声音在寂静的山谷间回荡。

蜘蛛山的来历颇具传奇色彩。相传祖师爷修行 9999 年成仙，一日下凡游至西南大山，只见山峦叠翠，云雾缭绕，溪水潺潺入耳，棠梨花开飘香，蜂蝶翩翩起舞，野兔跳涧百鸟鸣。祖师爷不禁叹道："名山大川无数，不比此山。"于是落下云头，在此山一块巨石上盘腿打坐闭目修行。

守山的蜘蛛精见祖师爷降临，以为是自己的仙缘来了，欣喜若狂，围住祖师爷连转三圈。法力深厚的蜘蛛精每转一圈，这座山就长高一层。当蜘蛛精转完第三圈的时候，祖师爷醒了，见蜘蛛精围着自己打转，大山也拔高了，误以为打扰了下界精怪的修行，蜘蛛精不欢迎自己，便立即驾云而去。

看着祖师爷远去的背影，来不及解释的蜘蛛精气得身体炸裂，当场死去。蜘蛛精气死时产生的怒气把山都炸裂了，形成了乱石坡。蜘蛛精的尸体则化成至今仍栩栩如生的一硕大蜘蛛石。

此后，老百姓就把西南大山称为"蜘蛛山"。

当地人说，蜘蛛山颇有一点灵气，曾有民谣说"蜘蛛山戴帽，小伙计睡觉"。就是说，只要蜘蛛山上有云雾，就一定要下雨了。从蜘蛛山东侧向上走，就是棠溪源风景区海拔最高的水面"天池"。它有南北两坑，方圆 40 多平方米，水深1.5 米，池中水清澈见底，鱼儿嬉戏。绿叶碧水，清秀亮丽。越过天池，向上数十米，就是柏皇氏始祖当年居住的地方——古寨。

这座著名的古寨，传说是柏皇氏部落所在地。为了缅怀始祖的功德，人们于1342 年在此修建了正殿三间、东西殿各两间的祖师爷庙。几百年间，方圆四五百里的香客常到此敬香焚纸，车水马龙，蔚为壮观。尤其是每年的三月三祖师爷庙会，更是人来人往，络绎不绝。由于久经战乱，此庙于 1884 年秋被匪徒放火烧毁。但从山上石壁依稀可辨的雕刻、题诗，足以证明昔日古寨的辉煌。

黄瓜钥匙和藏金洞

当地还流传着这样一句话："山里银子十八锅，不在前坡在后坡"。

赵自洲老人给记者讲了这样一个发生山窝里的传说。

听老辈人讲，古时候有一家人姓黄，住在黄瓜川的山窝里，种了一亩黄瓜。这一天，一位南方商人路过。黄老汉给他摘了几根黄瓜解渴。临走时，南方商人指着瓜园里一根黄瓜对黄老汉说，"这个黄瓜你别卖给别人，让它长够一百天，到时候要多少钱我都给你。"

此后，黄老汉十分精心地看护这根黄瓜。等黄瓜长到第九十九天的时候，黄老汉出门了。他的老伴儿急着犁地，看到园子里长得异常粗大的黄瓜，心想差一天就100天了，应该没多大问题，就把黄瓜拔了。黄老汉回到家发现黄瓜已经被摘掉也无可奈何。第二天，南方商人来了。一听说黄瓜没长够一百天，他连连跺脚，"你婆娘坏我大事"！他付给黄老汉一百两银子后就朝山里走去。

黄老汉觉得奇怪，就悄悄尾随南方商人来到一个山崖前。黄老汉看见南方商人在崖壁上找到一处内陷的孔洞，将黄瓜插进去正转三圈，倒转三圈，嘴里念念有词，只听"吱呀"一声，山崖上现出一道打开的石门。原来，这根黄瓜是打开这个隐形藏金洞的钥匙。

只见洞里金光四射，一头金驴拉着一盘金磨，正在磨金豆子。旁边放着金面柜，墙上挂着金丝罗，一个金人正在磨金面，嘴里唱："山里银子十八锅，不在前坡在后坡。"

南方商人走进藏宝洞，这也想要，那也想拿。就在他犹豫时，只听石门响动，原来是黄瓜钥匙差一天没有长够一百天，顶不住石门。眼看石门就要关住，南方商人慌忙抓了一把金豆子，跑了出来。刚跑出，就听一声巨响，石门关了起来，吓得南方商人一身冷汗。

经过这场风波，南方商人再也不敢在此逗留，灰溜溜地跑回南方去了，从此再也无人敢打蜘蛛山宝藏的主意。

记者看到山里野生葡萄长势喜人。赵自洲告诉记者，到夏天，选一个清凉的早晨，来到这里，拨开枝叶，就会看见一颗颗亮晶晶、又大又圆的野葡萄，像成串的紫玛瑙一样在眼前晃动。摘下一串塞进嘴巴，刹那间，那酸甜酸甜的汁液、那浓浓的果香，会让你欲罢不能。

有的野葡萄枝蔓攀附在崖壁上，有的枝蔓爬到树顶，从一棵树向另一棵树上蔓延。一株葡萄藤的主干比碗口还要粗。葡萄原产于欧洲、西亚和北非。中国汉代开始栽培葡萄。主干这样粗的葡萄，不知已经在大山里默默生长了多少年。

这些棠溪源的一草一木，都和亘古无语的大山一样，见证了棠溪源的喜怒哀乐和这片热土的沧桑巨变。**（陈军超　余斌）**

原载《天中晚报》2016 年 6 月 24 日
报道部分内容引用市县区地方志办提供资料

天
／
中
／
地
／
理

探秘佛脚印岛

自 20 世纪 80 年代有人称发现水怪后，位于河南省驻马店市泌阳铜山脚下的铜山湖名声大噪，成了媒体和各路专家关注的地方，然而，铜山湖众多小岛中有两个奇特的岛却鲜为人知。一个岛上有着神秘的巨大脚印，另一个则长满了北方地区罕见的野生仙人掌。

7 月 22 日，记者一行寻访了这两个神秘的小岛。

站在铜山湖岸边，记者举目望去，但见雨后镶嵌在群山中的铜山湖烟波浩渺，水天一色。

铜山湖原名宋家场水库，属长江流域的唐白河水系，始建于 1959 年，1969 年建成，是一座以防洪为主，兼有灌溉、发电、养殖及旅游的综合型水库。湖中有岛，岛上有林。

记者一行乘船驶向湖的深处行去，一路上看到许多小岛延伸到湖中，湖岸边是密密麻麻的橡树林和松林。一个被黑松林环抱的小岛出现在记者的视野里。船主告诉记者，那是有成千上万只水鸟栖息的原生态鸟岛，面积 220 亩，有鸟类天堂之称，鹭鸶、白鹭、苍鹭、野鸭、鱼鹰等鸟在岛上和谐相处。

石上现大脚印　仙人掌满小岛

掠过鸟岛，船继续向远处驶去。远处，一叶小舟静静地泊在湖边，偶尔有几只鱼鹰盘旋着从远处飞过，黑色的翅膀在半空中划过一道优美的弧线后又没入水中，轮船快速前行，荡起的波纹泛起层层涟漪，远处的小岛、树木，显得那么迷人。

　　清风拂过，站在船头的人顿觉心旷神怡，心里充溢宁静、平和，整个人都轻松了许多。突然，这种平静被一阵欢快的鸟鸣声打断，佛印岛已在眼前。

　　佛脚印岛形状不规则，岛上有一奇石突起，从湖中远眺极似沉睡的大佛。未到岛上先闻鸟鸣，上了岛发现到处是低矮的灌木，视野比较开阔，却难寻鸟的踪迹。岛上散落着紫色、白色、红色的野花，长了很多极像蒲公英的植物。

　　岛上突起的巨石向外延伸出不同的形状，沿着巨石向上，记者发现这块远看像佛沉睡的巨石向外有两个巨大的突起，左边的形状像鸟类，右边的则像没有了龙头的龙身。

　　巨石上面，有一个巨大的脚印。脚印深 5 厘米、长 1.6 米左右。几名登上岛的游人有的站在脚印里用步伐丈量脚印的大小。在大脚印不远处，有几道细长的深深的"爪痕"，看着既像鸟类的爪痕，又像某种动物的脚趾印。

　　站在岛上可以遥望铜山。当地人传说，每年的三月三，站在佛脚印岛上，能看到铜顶佛光。铜山古代为佛道两家圣地，有"南朝金顶（武当山），北谒铜山"之说。《泌阳县志》记载："达摩东来面壁，泌阳大湖山（大佛山）得道，善驯虎，世远失纪，今山岭有遗迹。"据考证，520～526 年，菩提达摩从印度泛海来到广州，被崇信佛教的梁武帝请到金陵，后又渡江北去洛阳，过大湖山时，见山清水秀，曾面壁修行三年。因达摩在此修炼，铜顶在云雨后有时会出现"佛光"。

　　乘船在湖中驰骋，记者希望能惊醒湖中水怪，但惊醒的是一群鲢鱼。

　　离开佛脚印岛，记者一行很快登上了不远处的仙人掌岛。岛上长满了高大的松树和橡树，树下落满了厚厚的树叶，散落着橡子和松果，和一些颜色异常鲜艳的蘑菇，岛上遍布仙人掌。与我们想象不一样的是，这些野生的仙人掌非常矮小。岛上的仙人掌是一种深沉的绿，形态各异，有的像手掌，有的像动物的小耳朵，还有的像长长的毛毛虫，一簇簇依偎在一起。铜山湖中很多小岛，却只有这个小岛上长有仙人掌。

佛脚印岛的巨大脚印从何而来？旁边的脚趾印又是什么？

仙人掌，为什么遍布在铜山湖中的这个小岛上呢？

船主说，铜山湖附近的村民对大脚印的情况最为了解。

记者驱车沿周边的山路寻访，几番询问，找到了山湖环抱处的姚庄村。铜山乡罗沟村姚岗村是距离佛脚印岛最近的村子。

记者往深处走，发现路的尽头有一户人家距离湖边最近。在这里，记者见到了正在吃午饭的姚如坤一家人。姚如坤今年65岁。他告诉记者，村里有20多户人家100多口人，他们是距离铜山湖最近的。

姚如坤吃了饭后向记者讲述了种种关于大脚印和仙人掌的传说。

祖师爷留脚印　王昭君思家乡

"老一辈们都说，这是祖师爷留下的脚印。睡一睡可以活100岁，踏一踏可以活到98岁。"姚如坤说，关于佛脚印的传说是口口相传的。传说古时候，泌阳这里有一个小国，有继承权的弟兄俩都沉迷修道，谁也不愿意继承皇位。最后，俩兄弟一起到铜山一山洞修道。

很多年过去了，修道的日子漫长而清苦。兄长觉得成仙无望，就下山游历，经过铜山湖时，看到一位老婆婆在湖边磨铁杵，非常奇怪，就上前询问她为什么这样做。老婆婆笑着说："铁杵磨成针，功到自然成。"兄长听后豁然开朗。这时，老婆婆突然现出真身飘然而去。原来，是王母娘娘特意下凡来点化这位兄长。这位兄长回到山中潜心修炼。1600年后，他和弟弟一起羽化成仙，被当地人敬奉为祖师爷。

姚如坤说，因为兄弟二人一起成仙，附近的庙里原来都供奉了两位祖师爷的神像，当地也有正副太子成仙的戏曲。祖师爷中那位兄长得道成仙后，下界旧地重游，从城顶寨一路走来，一脚踏在铜山湖的一个小岛上，一脚踏在盘古山上，最后登上了桐柏的太白顶，在这些地方留下了深深的脚印。传说祖师爷走到哪里，哪里的一方老百姓生活也会好起来。因此，这个岛也称"富脚印岛"。

"岛上的五个脚趾印也有个传说。"姚如坤说。当年王莽追杀刘秀到此，刘秀刚逃到岛上，急追而至的王莽抡起大刀就砍。危急时刻，一道白光闪过，刘秀毫发无损，一个大脚趾头被砍下，从巨石上滚落至铜山湖底。原来，是湖底的水怪救了刘秀，自己的脚趾却被砍掉。刘秀称帝后，为感谢水怪的救命之恩，封其为铜山湖大王。水怪的脚趾被砍落处，留下了那5道深深的爪痕。

"佛脚印石上还有龙凤石，你们看到了吗?"姚如坤问。原来，巨石上那两个突起就是当地人传说中的龙凤石。"时间久了，石头都风化了，没有以前看得清楚。最可惜的是龙头被撬下来了。"姚如坤说。

原来，当地流传这样一个故事。古时候，由于祖师爷从这里经过，风水奇好，有一名非常有钱的外地人来到此地以后，把佛脚印石上的龙头撬下来，请人做成了一个巨大的石碾盘，想带回家乡让子孙沾沾福气，不料一位高人看后，对他说，龙头被"割下"后，已经没有了灵气，此后，这块石碾盘就被留在了村子里。

姚如坤带记者到村边的一块田边，掀开一块篷布，露出了一个直径有一米多的石碾盘。

"你们要五六月来，就能看到岛上开满的黄花了。"提到长满野生仙人掌的那个小岛，到姚如坤家串门的一位中年人给记者讲了一段美丽的故事。

相传仙人掌岛上的仙人掌是四大美女之一的王昭君栽下的。当年，昭君被选入宫，途经铜山脚下。王昭君十分想念家乡的山水，到了铜山湖一看，这里的山水和湖北老家一样美，就在铜山湖的小岛上住了几日。并让人栽下从家乡带来的仙人掌，从此仙人掌便在这岛上坚韧地生长起来。

传说总归是传说，大脚印和仙人掌到底是怎么来的呢?

河南省第五地质工程院高级工程师王新民认为，巨石上的脚印不是湖水冲刷自然形成的。他说，从照片上看，湖中岛上的巨石是花岗岩体表面。花岗岩是侵入岩。在长期的地质构造运动作用下，热液岩浆顺着构造带向上入侵。在岩浆运动终止时，岩浆捕获了一形似脚的石块，石块很快被溶化，并与岩浆溶为一体，冷却、凝固形成岩体。在造山运动作用下，岩体露出地表，在漫长的地质历史过程中，岩体经过风化、剥蚀，形成了独特的地质景观。

　　驻马店市园林管理局技术人员告诉记者，仙人掌类植物原产南北美洲热带、亚洲热带大陆及附近一些岛屿，部分生长在森林中。明朝末年被引入我国。铜山湖的这个小岛上如果长满野生仙人掌，有可能是通过鸟将种子带来，也可能是许多年前哪位过路人从外地带来仙人掌到此，自然繁殖而成现在的野生仙人掌群落。(**陈军超　余斌**)

　　　　　　　　　　　　　　　原载《天中晚报》2015 年 7 月 31 日
　　　　　　　　　　　　　　　报道部分内容引用市县区地方志办提供资料

清溪飞蝶古栗园

——探秘云梦山林场

8月上旬的一天黄昏，记者在河南省驻马店市驿城区蚁蜂镇橡林村庙下组采访时，无意间见远处山间云雾缭绕，山谷间有几股轻烟袅袅升起，忍不住朝前寻去。不一会儿，那青烟随风化去，旁边一位村民看看山间的云雾，笑着说："要下雨了。"一会儿，狂风大作，雷声滚滚，瞬间下起瓢泼大雨。记者接了几个电话，提前返回。行至白龙泉附近的同事表示，没有见到降雨，市区的朋友也打电话说，非常闷热，没有丝毫下雨的痕迹。村民张群虎告诉记者，这里是云梦山林场，植被非常茂密，一旦山间云雾缭绕，那就是要下雨的征兆。

太行山的云梦山峰峦叠嶂，气象万千，飞瀑流泉，鬼斧神工，素有云梦仙境之称，号称战国时期鬼谷子隐居地，孙膑、庞涓、苏秦求学圣地，中华古军校。在驻马店驿城区蚁蜂镇，伏牛山系的云梦山上也流传着鬼谷子的传说。云雾缭绕、犹如仙境的云梦山林场，更是给记者留下了深刻的印象。那里到底还有什么？

8月25日，记者一行在张群虎的带领下，走进了云梦山林场。

碾冲寺与万棵古栗树

张群虎家临路而居，房前是两人环抱的古栗树，沿着通往山间的水泥路前行，不时见到这样有年份的古栗树。向南前行几公里，有一条小路蜿蜒折向西南。路口东边的崖壁下是一片空地。据张群虎说，这里就是碾冲寺遗址。金顶山林场场长鲁三群说，相传这座几百年前建立的寺庙是庙下村得名的缘由。

当地人口口相传，古时候，山里的这座寺庙里有一个大石碾，这座庙被称为碾冲寺。神奇的是,一斗谷子用这个石碾可以碾出一斗米。附近的人争相到寺庙碾米,很多人就在山间缓地居住,久而久之,形成了一个村落,被称为庙下村。

庙里有一个奇特的规矩,庙里的和尚无论出去化缘或者到山间历练,都要点穴种下野栗种子,这些种子后来都长成了参天大树,云梦山林场也因此到今天有了上万棵古栗树。

一路上,记者看到众多古老的板栗树盘根错节,形态各异,胸径平均在 80～90 厘米。鲁场长介绍,云梦山林场也是一个古栗园。

记者一行顺着青檀沟向上走。据鲁场长介绍,这条山沟附近原来有很多美丽的檀树,因此,这个沟被称为青檀沟。

经过一处护林员暂住的房子时,记者发现一棵"栗树王"。据说,这棵树的树龄在 400 年以上,是山上野板栗树的元老。它的胸径超过 1 米,粗大的树干裂为几瓣,树干中可同时站数人。

这棵古栗树被称为"和尚栗"。相传很久以前,青檀沟有一条黑蛟作怪,导致山中连下几日暴雨,形成泥石流,给百姓带来了极大的灾难。碾冲寺里有位高僧与黑蛟大战三天三夜,终于打败了这条恶蛟,高僧也因筋疲力尽而幻化成一棵板栗树,当地百姓为了纪念他,把这棵树尊称为"和尚栗"。

望着枝繁叶茂、挂满果子的古栗树,记者问当地人是否有打栗子的习惯,张群虎笑了:"不用打,中秋以后只要进山,随手就能捡到,我们什么工具都不用带,只是捡栗子。"

曾被历代文人墨客赋予许多美好含义的栗子在这里俯拾皆是。据说,古代在当地婚嫁，栗子还是不可缺少的吉祥物。一般由德高望重的老人将栗子缝在被子的四角，希望新人早生利子。

山路弯弯蝶伴花

"这片树叶会跳舞。"前面有人叫道。记者仔细一看，原来一只极像枯叶的蝴蝶停在树叶上，一阵风吹来，树叶簌簌而动，这只蝴蝶不停地忽闪着翅膀。

顺青檀沟而上，溪水潺潺，溪边是长满青苔的石头，溪水入手，感觉如丝缎细腻，水底是一层细沙，清可见底。据张群虎说，大雨过后，这里的溪水也不浑浊，照旧清澈。溪水中偶见彩色的石头，用手捞起，可见石头上有点点红色，如鸡血洒在其上。

不时有蓝色、黄色、白色、紫色的野花映入眼帘。记者一行每走过一处溪涧或野花丛生处，总会惊起一片"紫雾"。原来，这样的地方都有一群指甲盖大小的紫色蝴蝶聚集在那里。有人经过，蝴蝶便会被惊起。行走到一转弯处，一只大的翅膀上点缀着蓝色斑点的黑蝴蝶居然落在了记者肩上。

一路走来，这样的景象屡见不鲜。山中的植被异常茂密，板栗树、棉枣树、皂角树、白檀树、黄楝树枝繁叶茂，不时传来山鸡的叫声，偶尔听见啄木鸟"笃笃"啄树干的声音。鲁三群介绍，云梦山林场中不仅有丹参、柴胡等几十种中草药，还有獾子、松鼠、野猪等野生动物。

在树木的掩映中，记者发现了一处石头房子的断壁残垣。据张群虎介绍，听老人讲，这里是老张家的四合院遗址，房子在几十年前已经废弃。在"老张家"十几米处的一棵树下，一个碓碓窑无言地诉说着曾经的历史。

石半升和妖精坑

沿着山石攀爬，不时见紫色的野葛花散落，突然发现一块青石从中间裂开，就像被神兵利器从中劈开一样。

张群虎告诉记者，这叫"试刀石"。相传李闯王曾路过此山，在这里安营扎寨，恰逢属下敬献一把宝刀，李闯王顺手将宝刀劈向旁边的一块青石，"轰"的一声，青石应声而裂。这块石头就被称为闯王的"试刀石"。

从"试刀石"向上不远就攀到山顶，一块形状如升的石头立在一块巨石之上，张群虎说这就是石半升。传说，碾冲寺衰落以后，具有灵气的石碾就飞落到这个山顶，化成了升的模样。

记者小心越过"石半升"，发现在这块石头后面，有一个状如蛇首的石头向前探出。这块石头叫"蟒蛇出洞"。传闻这条蟒蛇原来守护庙中的石碾，石碾化为石升以后，蟒蛇也飞落山顶化为石像，继续守护在石升身边。

站在山顶，指着山下东南处，张群虎告诉记者，那里就是妖精坑。远处就是三架山，山顶的楚长城向东蜿蜒到乐山，向西则到白云山。

妖精坑是一个清澈见底的大水坑，看上去有一米深。坑底全是细沙，坑边也是松软的沙子，记者站在水边拍照，站的地方突然陷了进去，被水弄湿了鞋子。

"这是'妖精坑'，水坑上是三层石阶。"张群虎说。随后，他向记者讲述了妖精坑的传说。

"原来这里可以游泳，是一个大水潭，至少有两米深。"张群虎说。他说，从小就听村里人讲妖精坑的传说。传说，很久以前，有一个山民在山里砍柴，到妖精坑附近时，看坑水清澈，想下去洗把脸。突然，一声巨响，水坑里浮出一辆马车，好奇的山民骑着自家的马跟在马车后面，来到了蚁蜂庙会，从马车里下来两个美貌的女子，一个像小姐一个像丫鬟。"那两个女人是妖精。"山民大喊。听到喊声，这两名女子和马车忽然不见了。山民喊着其他村民一起来到水坑边，发现水坑中漂浮着一个巨大的扁嘴尸体，一条巨大的黑鱼从水坑中跃出，突然不见了。村民们都说，这是个妖精坑，扁嘴精是妖精水下洞府的守卫，黑鱼精是主人，因为扁嘴精没有看好门户，被人类发现了秘密，被主人处死。

妖精坑上去就是五道沟，沟里长满了野桃树，鲁场长说，每年春季，山沟里开满了桃花，香飘十里；秋季，青檀沟中则是红叶片片，美不胜收。

植被茂密的云梦山，也和太行山的云梦山一样，流传着鬼谷子的传说。山中还有鬼谷子当年居住过的山洞。传说鬼谷子"尝入云梦山采药得道，颜如少童，居清溪之鬼谷"。鬼谷子的踪迹已无处可寻，住在这里的庙下村人正依靠丰富的自然资源致富。

村里很多人发展农家饭店等项目，还带动了当地蜂蜜、土鸡、山羊等的销售。给记者当向导的张群虎就是其中的一员。他和妻子不仅开起了山泉农庄，还利用山坡散养了几百只鸡、一百只羊，并在山中养蜂，山下河床的一处山泉则被他引水养鱼。因为纯朴实在，很多在他家吃过饭的市民来游玩时不仅会提前预约订餐，节假日还会订购散养土鸡等。"生意兴旺，主要是云梦山林场的美景带动的。"张群虎说。(**陈军超　余斌　闫宏伟**)

原载《天中晚报》2015 年 8 月 28 日
报道部分内容引用市县区地方志办提供资料

原始　古朴　美丽
——小邓庄村蕴藏的文化基因

这个小山村距河南省驻马店市区只有 30 公里，原始、古朴、美丽的妆容令人陶醉。原来，巍峨的老乐山耸立在这个村子的东部，山高林密，百步九折，"连峰去天不盈尺"，无路可行；横亘在村子南面的云梦山，云雾缭绕，沟壑纵横，"猿猱欲度愁攀援"，把这个小村庄包裹得严严实实。现在不一样了，美丽传说蕴藏着文化基因，原生态无污染农产品走上城市餐桌，进而使得这里的山山水水、淳朴村民变得更美了。

这里就是"藏在深闺人未识"的驻马店市驿城区蚁蜂镇小邓庄村。2016 年 12 月 19 日，该村被市环境保护局命名为市级生态村。

千百年来行路难

5 月 28 日，37 摄氏度的高温炙烤着天中大地。记者慕名来到驿城区蚁蜂镇小邓庄村，瞬间陶醉在这里的美丽景致之中。据市财政局驻小邓庄村第一书记方亚娜介绍，小邓庄是村委所在地，所辖 8 个自然村多不叫"庄"，环顾周边的村子不是叫"冲"，就是叫"沟"，或者叫"湾"，紧邻小邓庄叫"湾"的就有 16 个。

小邓庄属驿城区蚁蜂镇管辖，千百年来"行路难"。静谧的深山里，只有一条条横卧在山梁间的小河汩汩流淌着，呼唤着大山的觉醒。人们想出大山，不是一件容易的事儿。翻过云梦山是确山县的瓦岗镇集市，村民丰富的农副产品要到那里出售，生活用品要从那里采购。虽然只是一山之隔，但想翻过去却比登天还难。这里没有出山的路，祖祖辈辈令人愁，做梦都想有一条康庄大道。

云梦山下的段湾村属小邓庄村委管辖，村委副主任段孔军告诉《天中晚报》记者，过去，这里的人穷在没有路上。因为没有路，人们吃过不少苦头。相传从前段湾村的羊跑到了邻村财主家地里，吃了人家的庄稼。财主欺负段湾村没有路，就说："你们没有路，就把羊扛回去吧！"他让村民把羊扛回去，与其说是惩罚他们，不如说是羞辱他们。为把羊弄回家，村民只好动员全村老少爷们，扛到天黑，才把羊一只只扛回村里。

锯阶石的传说

方亚娜说起小邓庄村的自然景观和人文景观如数家珍。据她介绍，小邓庄村东临金顶山的后山，在小邓庄村延绵的山叫云梦山，也就是说云梦山就在小邓庄村辖区内，小邓庄处于云梦山的山头。这里的民间传说多发生在小邓庄村，这里有自然景观"龟石"，即一块大石头上面有像龟壳的花纹一样，附近还散落着一些"龟蛋"，甚是可爱。

山里的百姓想路盼路，过去只能寄托在传说中。云梦山北麓有一段锯阶石，远远望去像漂浮在半山腰的石墙，走近瞧，一条条石头阶梯像用钢锯锯成的一样，人们称为锯阶石。这段短短的锯阶石有个传说，相传天帝看到云梦山下的百姓行路难，就派两个大仙来到云梦山，让他们在陡峭的山梁上锯出一条路来，方便百姓出行。为了不影响百姓生活，天帝命令两位大仙一夜锯成，并约定时间，鸡叫之前锯好，公鸡一叫，要马上收工回天庭。

当天晚上，恰巧有两位过路的商人，走到云梦山下。半夜时分，一人想督促另一个人抓紧时间赶路，就学着公鸡打鸣唤醒同伴。正在山间锯石头路的两位大仙听到鸡叫，急忙收工，路没有锯好就遵命回了天庭，使得云梦山至今有几级锯阶石路。如今这段天然石阶已经成为旅游景点，是人们休闲旅游争相一睹芳容的必到之处。

孙膑与庞涓对弈

小邓庄村的云梦山上有一块"棋盘石"。据村里的老年人讲，相传孙膑与庞涓死后，他们所做的事感动了上天，因此成了神仙。一次闲暇之时，他们骑着神驹出来云游，走到一处风景极美的地方，将神驹放开两人在此下棋。只见他们抚袖后，一块大石之上棋盘陡然而生，两人便盘膝而坐开始下棋。就在这时，一个十多岁的牧童在此放牛，不知不觉来到了他们下棋的地方。牧童凑上前看棋，很入迷，看着看着感觉腹中饥饿，见棋盘旁边有二位老人吃剩下的桃子，就捡起来吃。就这样不知过了多久，牧童睡着了。当牧童醒来时隐约感觉天正在下雨，漫山是雾。朦胧中看见两位老人驾雾飞入一个石洞之中。

牧童这时起身下山回家，找不到自己的牛，却发现了一个地方，平时是没有石头现在多了一块石头，仔细一看像一匹卧着的马。牧童找了半天找不到自家的牛，只好下山。可是到家后什么都不一样了，村里的人都不认识他了，同样他也不认识村里的人了。他这才恍然大悟，原来他看的是仙人下棋，并且天上一日地下一年，已经不知道过了多少年了。

为啥说庞涓和孙膑在这里下过棋？方亚娜说："因为下了山离我们村不远处有一个村庄叫庞阁村，它不属于小邓庄行政村，是另外一个行政村。这样一联想，可能是庞涓在此路过，且在哪个地方居住或休息过。"

这里还有一块"北极石"，像指南针一样齐刷刷地立在那里，上面有一些碑文，已经模糊不清了。这里也有"石人山"，很多石头像人一样，远看像石头在行走。还有座桥，一块块的方石，是为了架天桥而来的，从这个山头要跨到另一个山头，但是没有建成，旁边遗落有各种规格的有规则的方形石块。据老辈人讲，王母娘娘要给小邓庄建一座天桥到那个山头，石头也弄好了，但有一个条件，仙人必须赶在鸡叫之前把石头摆好从天上跨过，但是鸡一叫这个桥就要塌，所以说晚上不要骚扰他们，让这几个仙人好好搭桥。这期间有一个人多事，晚上学鸡叫，仙人的桥没垒好就塌了，石头便遗落在这里。

村民走上致富路

要致富，先修路。修四通八达的道路是小邓庄村村民千百年来的愿望。

据方亚娜介绍，两年前，这个村连一个合作社都没有，基础设施建设近10年内没有得到过任何项目资金。深晓农民酸甜苦辣的驻村第一书记方亚娜，听得懂大山的呼唤，把得准小邓庄的脉搏，决心带领小邓庄1180名村民修出一条脱贫路，实现村村路相通、户户路相连，让山里的百姓梦想成真。人心齐，泰山移。不到两年功夫，梦想变成了现实，就连大山窝里的段湾，家家也通上了水泥路。有了路，山里一下子活跃起来，丰富的资源变成了百姓鼓囊囊的钱袋子，一个个订单农产品合约，成了百姓的钱串子。

现在小邓庄村在蚁蜂镇数一数二了，基础设施和产业发展不再落后。该村已经成立了3个合作社，1个与驻马店市政府唯一推介的"来村网"网络平台订单农业战略合作签约，接的单是陶华碧老干妈辣椒酱原料的订单，种植了8万亩辣椒。再一个是种植黄洋葱，黄洋葱已经丰收了，去年试种的，如果今年卖出去效益不错，就大面积种植。第三个是缠丝鸡蛋，属驻马店市非物质文化遗产项目。它的鸡蛋黄是一层一层、一圈一圈的，把这个项目招商引资到小邓庄村，带动了一些贫困户致富。还有订单西瓜摆进了广州超市，一批批土鸡、山猪、山羊、肉牛一出栏就售罄。

近年来，小邓庄村把"乡村大舞台"建设作为推动农村精神文明建设、加快农村和谐发展的重要载体，按照"一村一品"的特色品牌创建要求，着力将"乡村大舞台"打造成乡村文化高地和群众文化生活领地。自举办"文艺下乡活动"以来，消失已久的民间艺术团体如雨后春笋般兴起。农民喜闻乐见的秧歌、舞狮、传统戏剧等，重新被搬上舞台，群众在家门口就享受到了文化大餐。同时，该村去年底还对一部分好婆婆、好媳妇、90岁以上的高寿老人进行了表彰。（**陈军超　张广智　张全新**）

原载《天中晚报》2017年6月2日
报道部分内容引用市县区地方志办提供资料

美丽乡村　生态常庄

　　位于溱头河上游的河南省驻马店市确山县瓦岗镇常庄村，是一个一直保持原始、古朴、美丽的原生态小山村。8月16日上午，一阵噼噼啪啪的鞭炮声，惊醒了这个小山村的酣梦——在喜庆的鞭炮声中，由驻马店市乐山旅游开发有限公司重点投资兴建的瓦岗镇常庄村美丽乡村建设工程破土动工了。这是市委书记余学友8月14日在老乐山景区调研景区5A创建、特色小镇、美丽乡村等组合项目推进落实情况后，该景区迅速启动的项目之一。

　　在确山县瓦岗镇东南方向有3个临河而建的行政村，分别叫芦庄、常庄和冲口，薄山湖上游的溱头河就从这里淙淙流过。

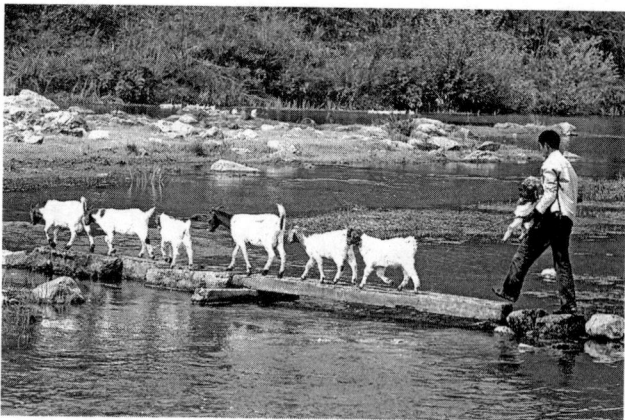

　　常庄村被定为河南省乡村旅游示范村后，确山县、镇两级政府因势利导、积极谋划，把溱头河沿岸的常庄村规划为确山县美丽乡村示范点，由驻马店市乐山旅游开发有限公司重点投资，对常庄村沿河的5个村民组重点包装和打造，以旅游产业带动当地经济发展，帮助困难群众脱贫。

　　溱头河畔，一年四季变换着不同的景色。溱头河在崇山峻岭间蜿蜒游动，像一根纤柔、明亮的丝带把瓦岗镇西南大大小小的山岭串连起来。夏末时节，这里山上绿意盎然，满山就像披上了一层绿地毯。偶尔，也有一树两树的火红，在这幅浓墨重彩的地毯里燃烧。溱头河便是这幅流动的画册里的舞者，袅袅娜娜，叮叮咚咚，仿佛无忧无虑的乡村少女向着薄山湖缓缓而去。

溱头河岸沿河盘山公路在山间蜿蜒，路边的白杨树巍然屹立，一行行，一排排，像屹立在路旁的哨兵，守护游人和来往车辆的安全，长成一道山间迷人的风景线。

常庄村深处的爬头寨曾是新四军剿匪处，战争年代的硝烟早已散尽，椅子形的山峰层峦叠嶂，草木茂盛，风光旖旎。

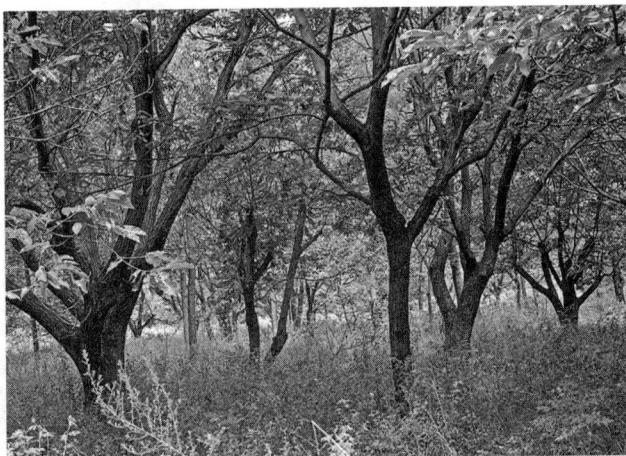

猴儿崖又是一处迷人的自然风光。群峰倒影在水中，俨然是一幅浑然天成的水墨山水画。登高远望，远处巍巍矗立的山峰历历在目；低首俯视，近处碧绿的庄稼尽收眼底。菜园里农妇在采摘着新鲜的蔬菜，河岸边牧羊人悠闲地哼着小曲，远山，水影，湿地，树林，白鹭，此情此景，不由让人吟出"采菊东篱下，悠然见南山"的诗句来。

溱头河畔好风光，杨柳成荫栗成行。鱼儿跳跃野鸭欢，农家宾馆菜飘香。

浓郁的自然风光，纯朴的乡风民情，厚重的历史积淀，使溱头河岸的常庄村吸引了无数城里人周末来此休闲度假。

经过此次精心打造的美丽乡村常庄村，在不久的将来一定会成为确山县西南部山区一颗璀璨的明珠，成为城里人旅游、观光、休闲、度假的又一好去处。

（陈军超　张广智　李璞）

原载《天中晚报》2017年8月18日

报道部分内容引用市县区地方志办提供资料

天／中／地／理

藏在"深闺"的黑石山

"藏在深闺人未识",是当下河南省驻马店市泌阳县下碑寺乡黑石山的真实写照。

西出驻马店市 40多公里,就是位于伏牛山、桐柏两山余脉之间的下碑寺乡。下碑寺乡政府往北驱车 7 公里余,就到了黑石山脚下。

5 月 13 日的温度特别高,光照特别强烈。记者一行在下碑寺乡文

化中心主任张军旺的带领下,先从黑石山的西麓攀援而上。由于此地人迹罕至,不大一会儿就找不到上山的路了。无奈,我们只好翻山沟、爬岩石,拽住树枝艰难而行。

一到山腰,进入"深山不见人,但闻鸟语声"的境地,我们被黑石山的美丽景色惊呆了。这里其实就是另一个"中原盆景"嵖岈山,让我们领略到一个不一般的奇石王国。

黑石山远观形似雕塑群,山峰不仅绝崖突兀、奇峰巍立,峰峦之间还犬牙交错、峥嵘嵯峨,群峰竞艳,蔚为奇观。

山上奇石遍布、浑然天成，让人叹为观止，流连忘返。飞来石简直就是天外来客，稳稳地坐在那里；"风化的记忆""阅"尽亿万年沧桑，已经成为奇石中的标本；"鹿回头"倏然回眸，深情一望千年；"攀山熊"憨态可掬，正缓缓地向你走来；"企鹅归来"仰天长啸，吼得珍禽异兽四处逃窜；"石猴望月"形神兼备，高高耸立在山岗上……

据了解，黑石山北部与舞钢市交界，西边是角子山，东边与板桥水库、白云山风景区相连，处在南北气候的过渡地带，交通较为便利。春天，这里山花烂漫，鸟语花香。盛夏，这里绿树成荫，泉水叮咚。金秋，这里漫山红遍，层林尽染。隆冬，这里银装素裹，冰清玉洁。

当地农民告诉记者，这里之所以叫黑石山，是因为20世纪80年代以前，山上的石头还全部呈深褐色，经过长年的风雨剥蚀，以及近30多年的大气污染，山石的深褐色逐渐褪去，变成了现在的与周边山上的石头并无二致的样子，黑石山的名字也就名不副实了。

黑石山是一块还没开垦的处女地，有着天然的优越条件，具有广阔的开发前景，如果走出"深闺"，肯定是不愁"嫁"的。(陈军超　张广智　周豫琳)

原载《天中晚报》2015 年 5 月 15 日
报道部分内容引用市县区地方志办提供资料

天 / 中 / 地 / 理

嵖岈山百丈崖瀑布

　　素有"中华盆景""奇石王国"之美誉的河南省驻马店市遂平县嵖岈山山峰不仅绝崖突兀、奇峰巍立，峰峦之间还犬牙交错、峥嵘嵯峨，蔚为奇观。然而，缺水一直制约着嵖岈山这个 AAAA 级风景区的发展。为此，嵖岈山风景区于 2014 年 5 月在嵖岈山北麓开辟了一条峡谷休闲旅游线路。

　　琵琶湖景区是嵖岈山休闲旅游线路的重要组成部分。嵖岈山中的琵琶湖景区有着典型的花岗岩地貌景观，秀美的湖水，天水一色使人陶醉。水依山愈秀，山衬水愈美，将山的静态美与水的动态美神奇地融为一体。沿着琵琶湖往东，是地质科普园。再往东，就是著名的百丈崖瀑布了。

　　沿着北坡断续起伏的崎岖山径，很快就看到石壁突兀垂立，陡峻如斧劈，形若半环，百丈崖瀑布沿着丹赭色的石缝从天而降。水流汇

集诸多山泉，水势渐次增大，流至百丈崖，倾泻直下，形成瀑布，故称"百丈崖瀑布"。自下仰望，溪水循着蜿蜒如蛇的幽谷流下，流水分合回环，忽而漩入地下，嗡嗡作响；骤又从深坎涌出，急流而下，颇为奇妙。

百丈崖瀑布水流喷薄吞吐，如云似絮。汇集崖下，水势湍急。由于岩口高低不平，迫使水流分散，数瀑争泄，激浪翻滚，犹如群龙戏水。近看若万匹白练悬挂绝壁，遥望似银汉倾斜自天而垂，崖下浪花翻腾，如迸珠溅玉，声似沉雷轰鸣，震荡山谷，远闻数里，气势浩大，景象极为壮观。只因百丈崖下，水花四溅，如积雪一般，即使在盛夏到此，亦觉凉气逼人，故而成了游人探秘嵖岈山的好去处。**（陈军超　张广智　王莹）**

原载《天中晚报》2015 年 7 月 24 日
报道部分内容引用市县区地方志办提供资料

神奇古树繁盛深山上千年

古树名木树龄一般都是数百年，有的长达数千年。古树名木是历史的见证、文化的载体，同时也是气象、地质、水文、林业、考古等领域科学研究的活标本。

7月10日，记者随河南省驻马店市人大常委会相关负责人对古树名木保护条例开展立法调研，近距离感受到这些古树名木的神奇，那历经万劫而苍翠的千年古树令人心生敬畏。这些古树，每棵都有一个传奇的故事。其中，最让人流连忘返、给人留下印象最深的，是河南省驻马店市泌阳县黄山口乡山庄村的千年"夫妻树"以及葫芦头村那棵拥有约1500年树龄的黄楝树。

山庄村千年"夫妻树"

泌阳县黄山口乡山庄村，山环水绕，土壤肥沃。村东头的小河岸边东场旁耸立着两棵千年古黄楝树，雌雄一对，距今已有 1200 多年，被当地人称为"夫妻树"。

据市林业局副局长姚堆介绍，北边的为雄树，南边的为雌树，这对黄楝树长势伟岸。风起时，树枝哗哗，涛声大作，恍若千军万马奔腾激扬；风息时，静若潭水。两棵古树长相稀奇，盘根错节又融为一体。

保护树的围墙下面是一条小河，可以清楚看出树根的土层流失的状况。千年的风雨淘光了根基下的泥土，"夫妻俩"依然不离不弃相互鼓励，形成了根系空中展现的奇观。人们能自由地从树下穿越。

这对老黄楝树像夫妻一样共守着沧桑岁月。相传长年无子的夫妻，到此处叩拜，就会有奇迹出现。

当地村民在"夫妻树"旁边建起一小庙，把它们当作神灵敬护。这又给"夫妻树"蒙上一层神秘的面纱。

葫芦头沟的大黄楝树

小暑时节，雷雨初歇，山间的树木沐浴着温风、阳光，繁茂生长。记者来到黄山口乡山庄村葫芦头沟，探访了山崖边的这棵神奇的古树。

沟里的溪水顺着高山而下，四季潺潺，清澈见底。站在树下平地上，耳边都是风吹树叶的声音，宛如一曲强劲的交响曲。枝条如龙蛇舞动般的大黄楝树背靠岗头，南临溪水，根系强健，如虬龙盘绕。裸露的根多比水桶还粗，无半点苍老状。地面以上的盘根约占大半亩地，让树身看起来多了一份美感，偌大的树冠亭亭如盖，也是一番独特的景致。

带记者前往黄山口的是当地人大、林业部门的同志及黄山口乡党委书记徐德合等人。徐德合指着大树告诉记者，这棵老黄楝，树龄约 1500 年，树高 16.7 米，胸围 3.9 米，生长在葫芦头村唯一入口处的路边。树下是坚硬的石板和潺潺的小溪，西北为一黄土岭，其主根就扎在石缝内，九条侧根则沿黄土岭向上如虬龙向西北方向延伸。正因为北边又粗壮又稠密的根系，才使古树历经千年风雨，依然威武地站在这里。其主干需几个人合抱，整个树冠面积约 300 平方米。

这棵古树隔河与狮子岭相对，被青山绿水环绕，像一名威武的大将军守护在原生态风景区的门口，在山间崖边吸纳日月精华，恣意生长，受到当地群众的喜爱和保护。每到春天，一侧首先发芽，而另一侧为枯枝，在不知不觉中整个树冠绿意葱葱，叶繁茂盛，这年复一年的神奇变化，给人们留下许多的遐想。

植树护树成自觉行动

千百年来，为了生活，山里的村民们免不了砍树建房、烧柴取暖。当然，在砍树的同时也不断地栽植新的树木，通过不断的伐树、栽树维持着生态平衡。要知道长在村口的树，无论是卖钱还是当烧材都是首选便利，但这些古树名木树完整地保存了下来，本身就是奇迹。"靠山吃山，靠水吃水。"山庄村属于山村，村民的生活习惯很多依赖于山、依赖于树。村民们修房搭圈、烧饭取暖都离不开树，树还是做家具的好材料。但千百年来这些树没有被砍伐，一直保留至今，枝繁叶茂地自由生长着。

据泌阳县人大的同志介绍，古树名木是森林资源中的瑰宝，是自然界和前人留下来的珍贵遗产，需要我们去保护。"黄山口的古树大多在山里，最怕火灾或者人为破坏。为保护这些古树，我们落实了专门的管护单位和个人。""绿水青山就是金山银山。"多年来，村民们不断地植树，更新着这片山林，保护着满眼的绿水青山。而这些生长了上千年的古树名木，像是大自然的神笔一挥，为这青山绿水画卷抹上一笔重绿。这些古树在村民的保护下，如今更加恣意地在山间舒展生长。

据了解，2006 年，泌阳县开始对全县的古树名木进行登记造册，挂牌保护。

近年来，泌阳县采取得力保护措施，为泌阳古树名木颁发了"身份证"。林业部门组织技术人员，深入全县各个乡村，逐树登记造册，从中精心筛选出了 563 株作为全县首批重点保护的古树名木进行归类、建档、立卡，设立标志。聘请保护人员，编著《古树名木图集》，并对盗卖古树名木的违法犯罪行为坚决打击，有效地促进了古树名木的保护工作，形成了全民植树、自觉护树的新局面。(陈军超)

原载《天中晚报》2019 年 7 月 12 日
报道部分内容引用市县区地方志办提供资料

全国特色景观旅游名镇——蚁蜂

蚁蜂的美，体现在山水相依，风景宜人。

河南省驻马店市驿城区蚁蜂镇位于驻马店市区西 20 公里处，三面环山，形如盆地，东、北与胡庙乡接壤，南与确山县瓦岗镇、竹沟镇隔山相望，西与老河乡为邻，森林覆盖率达 65%。

7 月，素有"豫南小盆地"之称的蚁蜂镇，被住房城乡建设部和国家旅游局命名为全国特色景观旅游名镇。

这是一片神奇的土地，山为屏，林为骨，水为魂，钟灵毓秀；这是一个天然的宝盆，良田万顷，林壑幽美，有"中原粮仓"之美誉；这是一幅秀美的画卷，山石嶙峋，峡谷奇观，青山绿水，如梦如幻。

蚁蜂镇交通便利，位置优越。黄溪河与蜜泉河交汇向北流入遂平县境内的南汝河。商桐路与七蚁路在镇政府东 1 公里处交会贯穿全境。

蚁蜂镇立足丰富的森林资源优势，建立了金顶山风景区。金顶山风景区拥有地文景观、生物景观、水体景观、自然现象、人文景观五大景观。自 2004 年开放以来，档次逐年提升，2008 年金顶山风景区被评为 3A 级风景区，今年着力创建 4A 风景区。在此基础上，相关部门包装打造了云梦山古栗源大峡谷景区、蚁蜂生态文化园、驻马驿养生文化城等项目，带动了乡村旅游的发展。同时，立足山水资源、农业资源和历史文化资源，逐步发展山地游、水乡游、文化游、生态游等。

蚁蜂镇境内锦绣如画，林壑幽美，钟灵毓秀。金顶山风景区以葱林秀水和天然氧吧闻名遐迩。云梦山古栗养生园以古木参天、淙流溪水而享誉胜名。蚂蚁山

以毛公山及亘古传说而彰显神秘与奇特。蚁蜂镇以其古朴而又清新的仪态曼妙于
天中大地，成为驻马店人周末旅游、休闲、度假的乐园。

近年来，蚁蜂镇先后被命名为驻马店市林业生态乡镇、卫生乡镇、文明乡镇、十佳魅力乡镇。2009 年被评为河南省民间文化艺术之乡和河南省十佳魅力城镇。2012 年被河南省住建厅和河南省文化厅命名为河南省特色景观旅游名镇。2014 年 7 月被列为全国重点镇。2015 年 7 月被住房城乡建设部和国家旅游局命名为全国特色景观旅游名镇。(陈军超　张广智　王莹)

原载《天中晚报》2015 年 8 月 21 日
报道部分内容引用市县区地方志办提供资料

天 / 中 / 地 / 理

中国传统村落——确山县竹沟镇竹沟村

近日，住房和城乡建设部等部门正式公布了 2015 年列入中央财政支持范围的中国传统村落名单，全国有 491 个中国传统村落入围，河南省有 26 个中国传统村落入围。河南省驻马店市确山县竹沟镇竹沟村榜上有名，这也是驻马店市唯一入围的中国传统村落。日前，记者在竹沟镇党政办主任卓继承的陪同下，到竹沟村进行了采访。

据卓继承介绍，竹沟镇竹沟村仍保留着明成化十三年形成的老街（现名延安街）550 余米，青砖路面，为传统民族风格，历史上连接东、西寨门，贯穿城区东西的主要街道，也是区域东西交通要道。

竹沟位于确山县西32 公里的伏牛山、桐柏山余脉交错的小盆地内，竹沟河由北向南蜿蜒而过，省道 S334 路、新（蔡）（沁）阳高速公路横贯全境，距新阳高速竹沟出入口不足 1 公里，交通十分便利。

竹沟素以"簧竹茂盛"而得名，历史悠久。5000 多年来，竹沟村一直是人群集居的地方。起初，由于河岸竹林茂密，过往商人、行人等多在此驻足休息，进行简单物资交换及商品交易，逐渐发展形成一定规模。

据在竹沟镇西 400 米竹沟村西南角两座土丘下挖掘出来的大量石镰、石刀、石箭头、陶制纺轮及夹沙红陶鼎等文物推断，早在新石器时代这里就有人类聚居活动。

5000 多年来，竹沟虽历经沧桑，却一直是汝、宛之间陆路交通枢纽和商业中心，原为明清时期东西南北毗邻县区交通要道，商贾云集，后来商人经商地转移，部分落户于当地，房屋为其后代所有，形成集镇。古民居主要位于竹沟延安街两侧，为明清时期山西、陕西商人来此经商所建，有山西、陕西民居风格，青砖灰色小瓦，重梁起架，八砖扣顶，硬山屋脊，木门木窗，房屋有雕刻的盘头修饰，现大都保存良好。

卓继承告诉记者，竹沟村属于历史文化、建筑遗产和具有革命历史型的村落。竹沟历史悠久，宋以来是战略交通要道和文化重地，史载"竹沟，明成化十三年设巡检司"。

竹沟是著名的革命根据地，被誉为中原"小延安"。竹沟镇 1989 年被河南省人民政府公布为历史文化名镇，2002 年被河南省建设厅命名为"中州名镇"，2005 年被评为全国百家"红色旅游"经典景区。2008 年 10 月 14 日被中华人民共和国住房和城乡建设部、国家文物局公布为第四批"中国历史文化名镇"。

现村域内国家级、省级等文物保护单位众多，并遗存大量古民居和历史街巷。

在延安街采访时，卓继承告诉记者，竹沟村至今仍保留着较好的建筑景观风貌，交通功能则转移到北部 200 米的 334 省道上。村落典型的明清风格民居建筑集中在中共中央中原局旧址及延安街两侧。村内仍有大量明清风格建筑遗存，但大多较为破旧，居民仍在居住使用，房屋建筑质量不高，较多的民房已翻新改造，急需保护。(陈军超　张广智　王莹)

原载《天中晚报》2015 年 10 月 16 日
报道部分内容引用市县区地方志办提供资料

千年杜沟　见证上蔡沧桑巨变

　　记者近日在河南省驻马店市上蔡县采访时得知，上蔡人熟知杜诗，敬仰杜诗，是因他在任汝南都尉期间，带领上蔡百姓兴修水利，发展农业，提高人民生活水平，受到人民的尊敬和爱戴。因此，上蔡百姓尊杜诗为"杜母"，将他与西汉时同样爱民的上蔡长、后任南阳太守的召信臣称作"前有召父，后有杜母"。其后，人们便称爱民的县官为"父母官"。到北宋时，"父母官"便成为地方官之代名词了。杜沟是上蔡岗岭东纵贯南北的五条大沟的总称，是洪汝河水系，南马肠河的支流。杜沟的由来，是为纪念"大禹式父母官"杜诗，而以他的姓命名的。名臣杜诗深受百姓拥戴，杜沟被誉为"杜母沟"。

兴利除弊"杜母沟"

　　东汉光武年之前，芦岗以东至蔡岗之西，洪涝过后，顷刻变成泽国，庄稼淹没，沼泽遍地，蒿草齐腰，狐兔出没，饿殍盈野。"夏秋大水，田禾尽没"，"岁饥，大疫"等，上蔡旧志中多有记载。

　　建武初年，时任上蔡长的杜诗历经勘查、规划，率上蔡百姓兴水利，分别在城东五里、十里、十五里、二十里、二十五里处，自北向南开挖出来的，逐次叫做杜一沟、杜二沟、杜三沟、杜四沟、杜五沟，流域大水分流，以治洪患。挖沟修渠，并非一劳永逸，此后的千百年间，杜沟曾历沧桑。

　　清康熙年间，杨廷望任上蔡知县。他常怀忧民之心，遍寻沟河故道，用了五年时间，组织上蔡百姓，大兴水利，康熙二十五至二十六年，先后疏浚杜一、二、

三、四沟等沟河，或高筑堤防，以拒水害；或固势疏导，深浚河身；或开挖新沟，巧分水势，以解决河道壅淤之患，民众受益匪浅。

1949年后，杜沟又经历过四次大规模的疏浚。杜沟流经上蔡县和汝南县境，边界水利纠纷难以避免。20世纪50年代，因汝南县留盆乡在杜二沟上筑坝蓄水，引起汝南、上蔡两县排水纠纷。当时，信阳地委高度重视，积极协调，本着团结治水，上下游兼顾，反对以邻为壑的原则，使纠纷得以妥善解决。

1959年、1964年，汝南、上蔡两县先后两次共同协商局部疏浚。终因治理不系统，"一丈不通，百里无用"，未能彻底消除涝灾。

按三年一遇除涝标准治理后的杜沟，源于上蔡县齐海乡孙庄北，流经上蔡县五龙乡、杨屯乡、汝南县留盆镇的夏庄南入南马肠河。源于上蔡县齐海乡肖庄北的杜一沟，按三年一遇标准进行过全线治理。流经五龙镇、杨屯乡，至汝南县留盆镇大冀桥

之南二公里许，入南马肠河。杜一沟变成了名副其实的安澜一方地域百姓的"杜一河"。

"75·8"洪水时期，上蔡县邵店镇任庄村以东水势下泄仅日许，而洙湖镇以东则水滞四日之久。这足以佐证了杜沟所起到的分洪作用。

驻马店地区行署领导主持，汝南、上蔡两县共同设计，1978年冬至翌年春，对杜沟进行治理。终因下游开挖地较窄，又在冀店建一座以桥带闸工程，但仍不理想。

其后，上蔡县动员了齐海乡、杨屯乡、五龙乡、邵店镇，对杜一沟进行全面清淤覆堤。2000年冬，出动民工5000余人，动用各类机械160多台，用时近一个月，治理12.7公里。治理后的杜沟行洪能力大为增强，杜沟的疏浚，实施北入蔡河南泄马肠河的南北分洪，导致邵店以东、洙湖以西、汝宁以北的大片泽国变为良田。

造福乡里施善政

近年来，饱受商品经济大潮的冲击，农林牧渔等诸业并举，生活生产中的余弊也浸染着杜沟，城镇的生活污水和工业废水也多排泄于此，造成河水恶臭，水草不生。流域内城市发展和工业生产以牺牲环境为代价，既破坏了流域的生态文明，又严重影响着居民生活和健康，这样有悖于政策规定，老百姓不答应，引起了上蔡县委、县政府领导的高度关注。

上蔡县委、县政府领导决定，2007 年上马污水处理厂，之后又筹资 4000 万元，完善城市生活污水排放设施、管网，在县城东紧邻杜一沟处，美洁污水处理厂二期工程顺利建成，污水就地转化循环，实现规范达标运行。

杜一沟流域水污染治理迫在眉睫，上蔡县开展了集中整治。涉及乡镇加强对辖区沟段的整治监管，清理沿河岸堆放的垃圾，拆除沿河违章建筑，对河内漂浮物进行打捞，对沿线的饲养场排污管道进行了拆除和封堵。

上蔡县水利局积极争取安全饮水项目，杜沟沿线的高白玉村、张宇村等 13 个村都打了深水井，解决了 4 万余人的吃水难问题。

治理后的杜一沟水质变清，四季长流，重生水草茂盛，芦苇丛生，沿岸绿树成荫。四下眺望，满坡庄稼，瓜果飘香，环境宜人，这得益于县里重视，得益于环保意识俱增的群众的支持。

杜一沟上原仅有砖拱桥，多数翼墙或挡上墙损坏严重，砌砖风化，有的孔径过小，阻水不畅。对此，经市政府、县政府协调，争取建桥项目，拆除重建桥梁14 座，造福乡里百姓。

百姓出资立石碑

政府真心为民办事，百姓诚心立碑感激。在上蔡县杨屯乡张宇村与邵店镇任庄交界处，新立一块石碑，其碑文曰：

东汉建武十三年汝南都尉杜诗（今卫辉市人）来蔡率乡民在县城东开挖五沟，以泄芦岗之洪水……任桥始建于某朝代无据可查，重修任桥现有建桥碑两块，是大清道光三年坐落在任家沟入杜一沟的南岸，距任庄一华里处，一座白石条建筑的一孔桥，美观大方，是杜一沟上的所有桥之首。1969 年，在县委、县政府的领导下，开挖杜一沟，在原沟八米宽的基础上扩建 30 米，杜一沟变成了"杜一河"，原任桥往南移动 160 米处，坐落在邵店至五龙的公路上，是一座青砖三孔桥，定名为"险峰大桥"，又是杜一沟上所有桥之最。根据形势的发展和水利、交通的需要，经驻马店市政府决定，原桥拆除重建一座钢架混凝土大桥，长30 米、宽 6 米。为保护好此桥，由本村农民工张改政捐资立碑一块，望过路行人和本村广大群众携起手来共同爱护此桥，积德行善，发展生产，搞活经济，为早日实现小康生活水平而努力奋斗。保护好大桥是建桥的重中之重，受张改政重托，宋改名、张云、戴德政、张宏负责立碑工作。

2016 年农历岁次丙申仲春月十九日立。

农民们自愿捐款刻碑，以纪杜沟，意愿有三：一则感激政府为民善政，谋求福祉；二则整治杜沟，改善生态，承先贤之愿，造福当今百姓；三则道路修通，大桥横架，实乃便民富民之举，护桥之责理属众望。当地群众自发立碑一事，在十里八乡传为佳话。

杜诗美名传千载

开挖杜沟是杜诗的业绩。杜沟是古蔡史上了不起的水利工程。它的规模不大，历经千年沧桑，依然能够灌溉。有了它，旱涝无常的一方土地变成了沃野良田。

杜诗与上蔡有缘分，缘于一纸任命。在杜诗的头脑里，担任地方官的意义就是为民消灾、濡养。挖沟辟田是他的政事儿，具体而质朴。他是上蔡长，完全可以闲待官衙，不必问津荒野；完全可以讨巧作秀，不必潜心谋事。而他的使命是什么？为国效力，为君分忧。他的梦想是什么？治地安宁，万民殷实。为此，他需要恪尽职守，尽心竭力。他生活的时代，多战乱少劳力，人背肩挑，实施工程难度可想而知，他知民力，问政乡野，找出治水方法，"深挖沟，洪宜疏"，历经千辛万苦，沟渠终得修竣。其后，"民安其业，户口滋殖"。

杜沟是一种灵动的文明，演绎出悠久水利文化。它像一老母偏居一隅，从不炫耀，只知贡献。这不正是杜诗为政的风格吗？治上蔡、管汝南、守南阳，辖区内"政治清平、政化大行"，"大行水利、省受民役"。《后汉书·杜诗传》里载明："奉职无效，久窃禄位"，"愿退大郡，受小职"，"贫困无田宅，丧无所归。"

杜诗为官清正廉洁，也难怪世人誉他为"前有召父，后有杜母"。无论什么朝代，民众需要的是廉吏。杜诗真的是醒者、悟者、睿智者。他的一个举措、一次任内的行动，改造了古蔡的土地，濡养了上蔡的黎民。

新编七场历史剧《砸御匾》，演的就是当年杜诗巧除洪患救蔡民的故事。杜沟的故事传千载，杜母口碑留美名。杜诗这样的人，难道不值得人们纪念吗？答案是肯定的。

记者再踏着杜诗的足迹，探寻千年的杜沟，不禁自问，历史可以刻印在史书中，书写在厚重的土地上，也珍藏在老百姓的记忆里。"人去政声后，民意闲谈中"，不就是这个道理吗？**（陈军超　张广智　段晓波）**

原载《天中晚报》2016 年 8 月 5 日
报道部分内容引用市县区地方志办提供资料

能 "高歌" 会 "流泪" 的白果树

很早就听说，河南省驻马店市泌阳县象河乡五峰山余脉龙王掌山下，有一棵神奇的白果树，这棵白果树不仅能 "高歌" 还会 "流泪"。

这到底是怎么一回事？1 月 22 日，记者在泌阳县象河乡文化站站长段志轩的带领下一探究竟。

象河乡位于泌阳县最北部，地处方城、泌阳、舞钢 3 县（市）交界处，距泌阳县城 56 公里。这里的五峰山被探险者和旅游爱好者称为 "中原张家界，天中太行山"。五峰山位于泌阳县象河乡东部，春秋时期，五峰山是强大的楚国与北方诸国的边界线，如今，它是泌阳和舞钢市的分界线。五峰山南侧就是龙王掌山谷。

刚到象河乡陈平村，凛冽的北风夹杂着一片片雪花飘落，给远处的原野和山峰披上了一层银白的外套。

记者一行沿着布满石英岩砾石的河床向西走。时值枯水季节，河道宽数十米，乱石密布，错落堆积，大的如桌面，小的如拳头，奇形怪状，姿态各异，颜色丰富，有红，有白，有紫，有黄，有青，或兼而有之。

沿着河床，绕过一条之字形的山谷，记者来到了龙王掌山下。终于看到了那棵丫杈环绕、枝干苍劲的白果树。

千年白果树

放眼望去，高大的白果树伫立在四面环山的深谷中。紧贴树干有许多碗口粗的小白果树，像是守卫这棵老树的"保镖"。

这株生出 9 枝巨大枝丫的苍劲大树，记者一行 5 人试图环抱，只围了树的一半。

段志轩告诉我们，这棵树高 31 米，9 个成年人才能环抱。

9 枝巨大的枝丫就像是白果树的 9 个孩子，被白果树紧紧环绕着。尽管严冬看不到繁茂的枝叶，可是从它粗壮的树干和从根部生长出来的密密麻麻的枝干上，能感受到这棵千年白果树的勃勃生机，可以想象夏季时它枝繁叶茂、浓荫蔽日的景象。

段志轩说，从小他就知道龙王掌山下有棵神奇的白果树。

夏天骄阳似火时，枝繁叶茂的白果树像一把巨伞，树荫有 320 多平方米。白果树年年结果，果实挂满枝头，用力一摇枝干，黄灿灿的白果就如金色的珠子掉落下来。每年 11 月，白果树叶变黄并脱落，宛如无数金色的蝴蝶在空中飞舞，飘然落入大地怀抱，残存枝头和地面的树叶在冬日暖阳中如金子般耀眼，成为初冬一道亮丽的风景。

记者抬头望去，看到的是硕大的树冠、粗壮的树枝和密布的细小嫩枝。遗憾的是有一个碗口粗的树干断了，垂落下来，像龙王的触角要触摸土地。树上有 4 个鸟窝，段志轩说，以前山里的孩子会爬上树干掏鸟蛋。

段志轩说，当地人曾在树下发现几块残缺的石碑。从石碑上看，该碑立于明成化年间，碑文《重修盈福寺碑记》中的记载表明，白果树已有千年之寿。

这棵白果树经省文物部门鉴定，已经有 1400 多岁"高龄"，是目前我市树龄最长的古树。至于这株白果树栽于何年，是何人所栽，附近村民没人知道。

年年岁岁，岁岁年年，白果树静静地注视着从山上奔流而下的小河，注视了 1400 多个轮回。

神奇的"树泉眼"

白果树上有一个洞,人称"树泉眼",内有清水,长年不断。据说,"树泉眼"四季有水,即使抽干不久又会流出来,大旱之年也不干涸。

曾经终年存水的位于树枝与主干的交叉处,距地面约 7 米,洞口直径 24 厘米、深 50 厘米。一般来说,树身上有洞,又长年积水,容易沤烂树身。而龙王掌白果树树身没有腐蚀,且生长茂盛,不能不说是个奇迹。

段志轩说,20 世纪 80 年代中期,这棵白果树夏季还有水溢出。洞中的水清澈见底,孩子们和好奇的驴友有时会舔树干流出的水,非常爽口。

有人认为"树泉眼"流水的原因,是下雨时存到树上的水顺着树洞冒出来的。理由是,树洞中的水除接纳部分大气降水外,主要是大树本身生理过程中渗出的水分。大树粗壮高大,根系发达,生命力旺盛,自身就像一台巨大的抽水机。此外,还与周围环境有关。这里地处山麓之南,迎东南季风,降水丰富。大树巍然独立于河岸,附近是松散的河砂砾层,丰富的地下水为大树提供了充足的水源。大树本身及周围环境造就了一个神奇树泉。

对此,河南省第五地质工程院高级工程师王新民有不同的看法。

王新民认为,白果树大根深,根部和承压水层连通,承压水层有压力,形成了一个喷头,白果树内部腐烂后,洞穴为地下水打开了一个通道。这处承压水层的水向上喷出,在地下水喷到六七米高的时候,压力为零。夏季雨水丰富,地下水位高,树洞的水就会溢出,而如今,地下水位下降严重,洞穴内就看不到水了。

更令人称奇的是这还是一棵会"唱歌"的白果树。

白果树在每天固定的时间发出声响,能传百米之外。在早些年过年时,有小孩子的家庭会带着孩子到大树下剃头,祈求大树保佑孩子健康成长,也有村民到树下祈福许愿,希望来年风调雨顺、五谷丰登。

记者在白果树边滞留了一会儿,并没有听到声响。

段志轩说,有人说发出声响多在傍晚前后。有时像演大戏时打鼓的咚咚声,有时像和尚念经的声音。还有人说,大树发出的声响,像飞机飞过的声音,在对面的山上都能听见。

记者目测了一下,对面的青山距离大树约有 300 米。

山里人家说不出大树是哪个部位发出的声响，他们说站在树下感觉整个树都在响。

有人推测，如果声音能传出百米之外可能与周围的地形有关。因为白果树长在一个面积不大，四面青山环绕的山谷中。这里的地形构成一个天然"音箱"，使大树发生的声响传至较远的地方。

然而，白果树为什么会在固定时间发出声响，至今是一个谜。

白果树的神奇之处目前无法解释，但是，很多人肯定地说，白果树种在盈福禅寺前，和盈福禅寺有关的那个传说是可信的。

盈福禅寺的传说

记者看到了正在复建中的白果树广场。当地部门正在着手寺庙的复建。

据说，盈福禅寺兴盛于唐代，毁灭于明代末期。几年前还能看到盈福禅寺遗址。遗址内到处是古寺庙毁坏后留下的残破佛像、建筑构件、石碑以及古陶瓷残片。白果树下有尊石像，坐姿半米高，雕刻精美，遍生苔绿。

传说，很早以前，有位公主到天下九大名关之一的象河关游玩，游兴正浓时，发现了一头梅花鹿。公主追赶到龙王掌山下，却不见了梅花鹿的踪影。

公主正在懊恼之际，看到这里山清水秀、百花盛开，心情大好，到天黑也不愿离去。想想宫中重重约束，公主越发迷恋这秀美的山水。最后竟让随从在此处搭了个帐篷住了下来。第二天公主让随从告诉父王，她决定在此处修行养道，不回宫了。如果父王顾念父女之情，就给她在这里建一座庵堂。

庵堂尚未建成，却来了更多的人马，也要在这里建庙院。公主让宫女问过才知道，是公主未嫁的驸马。

原来，公主对御赐的婚姻并不满意，也有意逃避婚姻。而驸马对公主情有独钟，不愿离开公主，在听到公主要出家的消息后，决定陪公主一起出家。

由于当时对佛教十分推崇，又感动于驸马对公主的痴情，所以，皇上就命人在这里大兴土木，修建了宏伟的庵堂和庙院，供公主和驸马一起修行，并且给这座庙院起名叫盈福禅寺。

由于佛教有规定，出家的男女不能同床共枕，驸马和公主就在盈福禅寺旁边栽下了一棵白果树，当作他们的子孙。

盈福禅寺毁于何时,无从考证,盈福禅寺辉煌的盛况,难以叙说,只有那千年挺立的白果树,见证着曾经的历史。

山里人家和老龙树

沿着白果树前的河道向北走,住着一户姓曹的人家,户主叫曹群东。

曹群东老人今年 78 岁,精神矍铄。记者走进他们家时,他正在用柴刀削一根树干的皮,准备做农具。

曹群东老人子孙满堂,几个孩子有的在外地,有的在县里,如今,山谷深处就他和儿媳妇带着 3 个孩子留守。

"十来代了,从清朝那会儿就迁过来了。"曹群东告诉记者,这山里就他们一户人家,靠山吃山,除了种庄稼,他还养了 9 头牛、几十只羊,闲暇的时候就到山里采药。

曹家房前有一棵核桃树,据说是当年迁移过来的先人种下的。"这棵不算啥,河沟对面那儿的一棵老龙树有些年头。"曹群东说。

老龙树?记者朝对面望去,果然见山上有一棵极像龙头的树,顿时来了兴致,沿着河沟边高低不平的石头,来到了对面的山上。

老龙树是一棵野生的核桃树,枝干粗大,如一位玉树临风的王者,又像一尊威武的战神,古老凝重而神圣,点缀着这片贫瘠的山谷。

据了解,当地政府正在规划五峰山风景区建设,按国家 AAAA 景区规划建设,包括盈福禅寺复建工程、白果树广场、龙王掌度假酒店、望京楼等景点建设及移民安置新农村社区。

在泌阳县象河谷景区总体规划及重点项目设计中,象河谷景区的定位是——"梦幻五峰山、风情象河谷"。规划目标是:将象河谷景区打造成具有异域风情的微型田园都市,使其成为泌阳县、驻马店乃至中原地区的新型城镇化以及生态旅游综合体示范区。

景区建成后,静谧的山谷或许会吸引游客纷至沓来,但白果树不言,只会把沧桑岁月默默记录在年轮里。**(陈军超　余斌　闫宏伟)**

原载《天中晚报》2016 年 2 月 19 日

报道部分内容引用市县区地方志办提供资料

天
/
中
/
地
/
理

107

开源湖畔春来早

丁酉年初春的天中大地乍暖还寒，阴晴不定，但清新的空气、泥土的芳香，根本挡不住市民寻春的脚步。记者在河南省驻马店市区几个公园、游园看到，踏春的市民摩肩接踵，到处是一派悠闲自在的景象。尤其在市民面前亮相不久的开源公园里，更是游人如织，春意盎然。

开源公园位于驻马店市中心城区北区铜山大道、置地大道、开源大道和盘古山路合围区，骏马河自南向北穿园而过，公园内竖有标志性雕塑、中国优秀旅游城市标志"马踏飞燕"。开源公园总占地面积 208.2 亩，园区内的开源湖水面面积 35.5 亩，园区内拓宽后的骏马河水面面积约 7 亩。

春回大地，走在开源湖的岸边，望着平静的湖面静思，每一段水路、每一个景点都让记者陶醉。开源公园依托开源河、骏马河两条市区内河道，打造完整的滨河绿地风光带，将古典园林、湿地花田、下沉广场等景点点缀其间。蜿蜒在公园内的骏马河里栽种有睡莲，位于公园西北隅的开源湖内栽植有荷花，园区内栽植香樟、元宝枫、桂花、樱花等乔灌木 4000 余株，红叶石楠、八仙花等灌木约 2.7 万平方米，草坪约 3.4 万平方米，为广大市民营造了一个绿草如茵、花香四溢、碧波荡漾的优美环境。

开源湖湖面平静而美丽。没有起风的时候，无声的开源湖静如处子，淡雅、柔情似水。朦胧之中，平静的湖面，更像一面不曾打磨的镜子，显得那么和谐。雨雪后的开源湖更显美丽，空气泛着甜润的味道，平静的湖面笼罩在一层薄薄的水汽之中，犹如柔顺的面纱，笼罩着天中美丽少女的容颜。

开源公园地处驻马店西部高铁新区，位于高铁商务中心和行政文化中心之间，是城市形象的重要展示区。这一项目的建设，对提升驻马店城市品质、展示驻马店城市形象、满足新城区居民休闲需要起到至关重要的作用，是驻马店市政府的惠民工程之一。公园的景观布局和建设质量为我市的游园建设树立了榜样，市民盛赞政府又为群众提供了一个休闲、健身、娱乐的好去处。

驻马店位于河南省中南部，古为交通要冲，因历史上南来北往的信使、官宦在此驻驿歇马而得名。这里历史悠久，人杰地灵，名胜古迹众多，自然风光秀美，是华夏文明的重要发祥地之一，素有"豫州之腹地、天下之最中"的美称。

开源公园以"驿城印象·天中新韵"为主题，突出亲水性和休闲体验功能，完善和提升了公园景观品位，使之成为一个集中展示城市形象的综合性公园。开源公园的整体设计风格既通透现代气息，又富有传统文化意蕴，受到了广大市民的称赞。**（陈军超　张广智）**

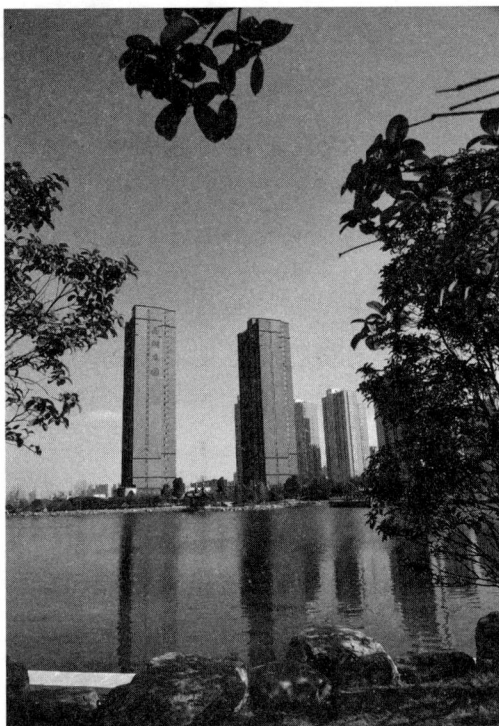

原载《天中晚报》2017 年 2 月 10 日
报道部分内容引用市县区地方志办提供资料

上蔡建了蔡国故城遗址公园

　　入春以来，河南省驻马店市的天气时阴时晴。春寒料峭中，几场淅淅沥沥的小雨滋润着初春的麦苗，偶尔有阳光普照大地，暖洋洋的，加之湿润的空气弥漫周围，让人感觉非常舒适。

　　清明节前夕，记者慕名来到上蔡县蔡国故城遗址公园，瞬间被公园里美丽的景致所吸引。跨进公园的大门，映入眼帘的是返了青的小草、细嫩的竹子、黄灿灿的迎春花和洁白如雪的玉兰花。走进这美丽的公园，映入眼帘的是一片茂密的竹林，往里走，就仿佛进入了一个绿色的世界。穿过竹林，一个高大而宽敞的凉亭出现在眼前，几个人悠闲地坐在里面聊天。

　　记者在公园里悠闲漫步，看到这里有各种各样的植物，有高大的树木，也有矮小花草，还有一簇一簇的灌木。它们的叶子形状各异，只有那绿色是共同的特征。公园的西边是曲曲折折的木桥，尽头有一个造型奇特的大亭子。亭台边、楼台下、灯台旁，青年男女在互诉衷肠，还有一些老人在打太极拳，年老的妇女则坐在木椅上摆"龙门阵"。公园里环境优美，真是一个谈情说爱和男女偶遇的好地方。小河边，柳树下，山石上，都有他们成双成对的身影。

据上蔡县炎黄文化研究会副会长柳书波介绍，上蔡古称蔡国，是联合国地名专家组命名的"千年古县"，也是河南省"十大古城"之一。这里有全国保存较为完好的始建于西周时期的蔡国故城墙，有古人工烽火台、现存建筑最早的古瓮城遗址。蔡国故城是西周和春秋时期蔡国都城，作为蔡国都城长达500年。今存蔡国故城遗址，是我国现今保存最完好的西周古城，1996年被国务院公布为全国重点文物保护单位。

蔡国故城位于上蔡县蔡都街道蔡侯路西段，始建于西周早期，是西周至春秋时期重要诸侯国蔡国的都城遗址，历经500余年。城址平面略呈长方形，东西略短，南北稍长，现存城墙高4米~11米，宽15米~25米，周长近10.5公里，总面积约8.86平方公里。南面

尚存城门遗址3处，城墙底宽60米，顶宽15米，高4米~11米。西、南城墙保存较为完好，是用黄黏土夯筑而成，小夯窝圆底，每层厚8厘米~14厘米。基层为小环底，直径2厘米~3厘米；上层为平底，直径4厘米~6厘米。城墙内部从上到下明显分为三个层次，为修复加高所致。宫殿区在城内中部，出土有许多春秋时期陶片、筒瓦、板瓦等建筑构件及古井、陶制的排水管道，这证明当时有庞大的建筑。还有铸铜作坊和制骨作坊遗址及墓葬区。城内外出土有铜编钟、鼎、壶、剑、车马器和蚁鼻钱、金银币等。城外有护城河环绕，河宽约百米，其规模之宏大、工艺之考究，在当时的诸侯国都城中堪称一流。

为传承古蔡文化，更好地发挥文化资源优势，近年来，上蔡县通过招商引资打造文化旅游新亮点。柳书波告诉记者，蔡国故城遗址公园由鹏宇投资集团开发建设，该项目位于城北新行政区蔡侯路南侧、鹏宇国际城对面。公园全长480米，

占地 3 万平方米，绿化面积 1.8 万平方米，水域面积 6000 平方米。该项目定位为历史文化景观、城市街头绿地，共分为观赏休闲活动区、水上休闲活动区、入口活动广场、休憩娱乐广场、休憩下沉广场、文化休闲下沉广场等区域。公园充分利用上蔡丰富的文化遗产，用带有地域特色的文化符号，营造出悠久古远的文化氛围，为上蔡人民打造休闲、娱乐、学习的自然和谐的生态公园。**（陈军超　张广智　孙小辉）**

原载《天中晚报》2017 年 4 月 7 日
报道部分内容引用市县区地方志办提供资料

古代农耕文明的活化石

——探寻龙眼岗"古代粮食加工厂"

巨大的石碾旁，七八个人席地而坐，传推着一米多长的碾杠。石磙飞转，一人在旁协助，谷物源源不断地被放入石碾里……这种劳作场景，曾在河南省驻马店市泌阳县春水镇龙眼岗上演。

日前，一则消息在坊间流传：泌阳县春水镇发现了一处古代农耕文明的活化石——古代粮食加工储存遗存。

这个发现将撬开哪些不为人知的秘密？这处遗存里，究竟隐藏着怎样的古代文明信息？

6 月 19 日，记者在泌阳县春水镇党委委员陈国明的带领下，来到了春水镇西2 公里处的魏庄村尚庄村龙眼岗，见到了这里的"古代粮食加工厂"。

龙眼岗的传说

"龙眼岗的这处遗存原来保存得很完整，可惜石板在 1958 年建万头猪场的时候被破坏了，龙鳞石都被附近的老百姓撬走砌房子了。"73 岁的尚天广老人遗憾地对记者说。

龙眼岗是一片由很多青石和土组成的高岗。

据尚天广介绍，龙眼岗的由来，还有一段美丽的传说。

很久以前，此地百日大旱，庄稼绝收。东海龙王派一条青龙到此降雨。青龙连降六天喜雨，为百姓解除了旱情，自己却因体力不支落在村庄附近一处大石板上。周围百姓纷纷提桶端盆向龙身泼水，救护青龙。临走之际，为答谢民众救护之恩，青龙龙角树立，龙泪如泉，打在大石板上，形成两个龙眼坑和两道青龙眉，龙麟则落到石板上形成无数块龙鳞石。从此，此处被叫作龙眼岗。

为感激青龙降雨之恩，龙眼岗附近的民众在两个龙眼坑北约6米处建造了一座长宽高各3米的青龙庙。传说，青龙庙香火鼎盛，附近民众常来祈福上香，祈求青龙保佑风调雨顺。有意思的是，来庙里祈福的人都手提瓦罐，祈福之后，会在龙眼坑的左眼坑内取一罐清水，回去供全家人洗脸。相传，右眼坑水是用来淘洗粮食的，左眼坑水会预知天阴下雨。

"我记得庙内墙壁中央绘有一条青龙飞天的画像，供桌上还供奉一尊头向东的青龙塑像。"尚天广说，遗憾的是，青龙庙在1958年被破坏，已经荡然无存。

尚天广曾任魏庄村支书，一直致力于龙眼岗上这片遗存的保护工作。

"这里就是龙眼。"尚天广指着一处小水潭说。记者看到，在一块巨大平坦的青石板上，有一处细长的像眼睛形状的水潭，潭水深约1.5米。

据尚天广介绍，这就是传说中的右眼坑。"我小时候老一辈人都说这有泉眼，后来被碎石和土堵住了。5年前，这里还是个土坑。我带着儿子一起挖，最后挖出了这个小水潭，还挖出了两个碓碓窖。"尚天广说，"另外一个我还没挖，这里就是。"记者注意到，尚天广所指的那处没有开挖的龙眼附近长有很多茂盛的草木。

两个龙眼坑，分别东西长6.6米，中间宽2米，龙眼上方各有一道长1.5米、宽1米、深50厘米的龙眉坑。

按照尚天广的说法，已经挖开的龙眼的泉水这几年从未干涸过。

尚天广说，老辈人都说，这两处龙眼是龙眼岗古代粮食加工储存遗存的一部分。

龙眼岗加工储存粮食的遗存，通体由一处 30 余亩的石板构成，石板有效使用面积为 5.12 亩。据尚天广介绍，根据老辈人的说法，这里分为庄稼储备区和加工区，储备区由 4 块面积不等的石板组成，面积 3.92 亩；加工区有场面、龙眼坑、碾盘，由一个完整的石板构成，面积 1.2 亩。

记者看到，尚天广所指的庄稼储备区在龙眼岗西部，由两块大石板、两块小石板构成。按照老辈人的说法，这些石板是古代人用来晾晒收割后的庄稼的，简单晾晒码垛后的庄稼则会被运到场面。

场面在龙眼岗顶部，是一块长 19 米、宽 9 米的平坦石板。记者用石块敲击，石板发出咚咚的声音。人们在此摔打庄稼，用石磙碾轧、扬场、晾晒，完成最初的粮食加工。再把初加工的粮食运到龙眼坑，用坑内的水淘洗干净，再用石碾盘碾轧。

记者看到，青石板南部有一个巨大的碾盘，直径为 3 米。石盘边缘圆润，表面有明显的规则弧度，盘中心低凹。仔细端详可以发现，盘面并不光滑，有着许多条纹和坑坑洼洼的"斑点"，中央有一个四方口形碾桩窑，深约 11 厘米，碾盘边沿高 6 厘米。石磨外圆留有一处流槽口，弯向左面，宽约 5 厘米。

尚天广介绍，石碾盘年代久远。他的先祖是明末清初从山西洪洞县迁移来的，至今已繁衍生息近 400 年。先祖迁移过来时，这里就有了这个石碾盘，先人就用它碾轧粮食。

碾轧粮食时，碾桩固定在碾窑内，在碾桩上安装碾框、石磙，碾框上留有两个圆形框眼，插上碾杠，可供七八个人相互合作，传推碾杠，另外还有一人供料打杂。最后，用碾盘围碾出来的粗糙谷粮，经过在碓碓窑中用擂臼捶打后，用筛过箩成面粉，被加工成各种食物。

由于如今早就废弃不用，石磙、碾桩等已无处可寻，当年尚天广从龙眼坑里挖出来的两个石头碓碓窑如今尚存。随后，记者随同尚天广来到尚庄。在尚天广家的院中和村南的耕地里，记者见到了两个大小不一、被废弃的碓碓窑。

尚家院内的碓碓窑，高 40 厘米，外围长 140 厘米，上面刻有古朴的花纹。在村南耕地的碓碓窑则没有任何装饰，高 60 厘米，外围长 160 厘米。两个碓碓窑各有一个弧形的出料口。

当地人深信，这里就是古代粮食加工储存的地方，先人们曾经用过的这个偌大的石碾盘和碓碓窑就是最好的证明。这里还流传着"一遍碾，两遍碓，三遍四遍能下锅"的顺口溜。

"老辈人讲，每到收获的季节，龙眼岗周围村子的群众都会把收获的庄稼集中到此。击鼓石一敲，大家就都来了。"尚天广回忆，青龙庙前原有一块击鼓石，高出石板 10 厘米，一米见方，石内中空，用石块敲击时会发出咚咚声。清晨用石块在击鼓石敲三下，附近几个村的村民都能听见。当地有"击鼓石会喊人"的说法。

"大家一起打场、淘晒、碾轧、碓臼、筛箩，庄稼最后被加工成可供食用的粉面。原来碾盘附近的青石上还有三间石头砌成的房子，可以储存粮食。这些后来都被毁掉了。"尚天广说。

古遗存亟待保护

有闻讯到此的市民认为，这处遗存是古代农耕文明的活化石，甚至有可能是古人类留下的村落遗址。

龙眼岗遗存有可能是古人类留下的村落遗址吗？当年到底是用来做什么的呢？市文物管理所的专家表达了自己的看法。

"没有实地考察，无法得出明确的结论。但是，我国早期的碾盘多不大。目前，我市还没有发现过这么大的石碾盘，省内也没有听说过。根据照片可以推断的是，这个遗存和粮食有关。文化遗存往往和传说有很大关系。这么大的碾盘对村落里的人而言，用起来不便，估计是祭祀或者驻军用的。考虑到制作这样的碾盘需要铁器，它出现的时间可能在汉代以后。我们去泌阳县的时候会去实地考察一下。"看了记者拍摄的龙眼岗遗址的照片，市文物管理所副所长王岩说。

国内其他地方有没有类似的遗存

记者在网上查询后发现，2011 年 5 月 29 日，《重庆商报》曾刊发一则《"钓鱼城之战"指挥部找到了？考古专家首次披露钓鱼城三大重要发现》的新闻，文中出现过类似龙眼岗遗存的"身影"。

报道中称，被称为"东方麦加城"的重庆合川钓鱼城曾出土过石碾盘并刊发了图片。当地考古队对钓鱼城的发掘已进行了八年，对这座小城价值的揭示也只是冰山一角。考古专家后来发现，在石坑的附近，有直径近 3 米的石碾盘，很明显是农用，而从深坑的形状来看，应该是作春米用的——石春安装在这里，一头用力踩，一头将米碾碎，然后再将糙米和细糠分开。清代嘉庆年间，白莲教盛行，于是，钓鱼城成为抗击白莲教的据点，而对于钓鱼城这样的弹丸之地，当时粮草成为战争胜败的关键，用石碾碾米、石春春米，解决了粮食问题。从图片中看，这个钓鱼城的石碾盘的形状与大小，都与龙眼岗遗址上的石碾盘很相似。

　　尚庄村曾经饱经磨难，百姓曾遭军阀屠杀，村庄曾被日军焚烧。1949 年前，村民大多过着颠沛流离的苦难生活。而如今，特别是改革开放以来，村里大多数人家通过勤劳致富，过上了幸福生活，成了远近闻名的小康村。

　　尚天广家的十五亩果园就在古代粮食加工储存遗存附近。

　　"我用好地换薄地，用十几年的时间把这附近的地换成了自家的。"尚天广说，从 2002 年起，他挨个儿走访拥有古遗存附近责任田的村民，用自家的好地和对方的薄地调换，把这处遗存附近的地都换了过来，原因只有一个——

"看到这里被破坏，心疼！我想最大限度地保持这处遗存的原貌。为了防止水土流失，我还在岗上种了几百棵油桐树和杨树。"

　　"每天我都会来到这儿看看，在青石板上坐一会儿。我希望这处记录着农耕文明的遗存能尽快被保护起来。"尚天广认为，文物古迹作为一项重要的文化资源，是不可再生的，一旦受损，很难恢复原样，保护利用好这处遗存，使其尽量完好无损地传承下去，让更多的人了解我们祖先的文化是他的责任。（**陈军超 余斌**）

原载《天中晚报》2015 年 7 月 3 日
报道部分内容引用市县区地方志办提供资料

天 / 中 / 地 / 理

探访王祥卧冰遗址
"卧冰求鲤"在遂平

著名的二十四孝之一王祥卧冰的故事，在《晋书》《二十四孝》等书中多有记载，几千年来更是在中华大地广为流传——河北鹿泉市羊角庄村、山东临沂、山西盐城、河南洛阳等地都有"卧冰求鲤"的遗址，但记者在采访中发现，河南省驻马店市遂平县和兴乡金刘村王庄的万泉河才是王祥"卧冰求鲤"之处。

卧冰之处不结冰

万泉河，穿越遂平县和兴乡金刘村王庄和刘店村，这条和幸福河相交，东西流向、蜿蜒数里的河流，也因一段千古流传的故事"卧冰求鲤"而为当地人所津津乐道。

一座半圆形的石拱桥立于王庄村西南200米处的万泉河边。5月25日，记者在万泉河边采访时，正巧遇到了推着自制的独轮车带着孙子在河边种花生的马成功老人。

"这座桥就叫王祥桥，石桥西的河面就是王祥卧冰的地方，那儿有瓢那么大的地方从来不结冰。老一辈人都说，自从王祥卧冰用身体暖化厚冰，为他继母求得鲤鱼后，那里的河面就再也没结过冰。"79岁的马成功老人指着万泉河告诉记者。

马成功是刘店村人，当记者向他打听王祥卧冰的传说时，"十里八乡的人都知道这事。"老人打开了话匣子。

马成功说，老一辈的人口口相传，晋朝初年，王庄有个叫王祥的孩子。他生母早亡，父亲娶了继母。有一年冬天，王祥的继母得了重病，卧床不起，很想喝鲜鱼汤。寒冬腊月，河里结很厚的冰。王祥来到村西头石桥下万泉河边，用镢头使劲地刨冰，一刨下去只是一个白点，半个时辰只刨了一个小洞，根本无法捞鱼。王祥情急之下，就倒身卧在冷得刺骨的冰上，想用身体暖化厚冰，为继母捉条鱼。他的孝心感动了河里的龙王。龙王化开冰河，救醒了王祥，还给了他两条很大的鲤鱼。继母被王祥的孝心所感动，从两条鱼身上各刮一个鳞片熬汤，让王祥把鱼放回河里。继母喝了鱼鳞汤后，病渐渐地好了。王祥后来以孝出名，官拜太保，位列三公。

王庄村前那条万泉河，每到寒冬季节，都要结上一层厚厚的冰，而从此以后，王祥卧冰求鱼的地方再也没有结过冰，至今仍如此，成为这里远近闻名的一大奇观。

"再旱的天，这万泉河的水也没干过。"马成功自豪地说。

"原来王祥桥西边还有一座石碑。桥下河边有棵大柳树，柳树下有一块石板，石板上有王祥的鞋底印记。老一辈的人说，因为王祥当年是从那里下河的，后来为了纪念王祥，就做了这块石板，并在板上做了印记。"马成功指着旁边的桥说。

"可惜现在不见了，能拍张照片多好！"记者感慨道。"我家有半块石板，你们可以去看看。"马成功给了记者一个惊喜。

沿着河坡上去，顺着河道向西，记者来到了马成功家。在后院的门前，记者看到了那半块石板。石板有50厘米宽，90厘米长。石板上有一个动物的半像，从剩下的半幅图案看，很像蝙蝠纹样铺装。"蝠"谐音"福"，多用于古代浮雕中，被看成是福的象征。

"如果政府需要，我愿意把这半块石板捐出去。"马成功说。

据马成功说，他家的地曾经就在王祥墓旁，老一辈的人都说，古代官员路过王庄都是文官下轿，武官下马，先拜王祥桥，后祭王祥墓。

王祥古墓今犹在

"这就是王祥墓！"记者一行来到王庄王祥庙前，王祥"卧冰求鲤"传说非物质文化遗产的传承人王文广告诉记者。

眼前的王祥墓直径约有 12 米，高约 3 米，旁边有棵柏树。

王庄村的王德重老人告诉记者："王祥墓旁边原来就是王祥祠，墓前原来有两块石碑，再旱的天，这块石碑上也会往下滴水。"

王祥墓前的石碑和王祥祠 1958 年扒庙建学时被拆掉了。

如今，这两块石碑被竖在 2006 年在王祥祠原址上重建的王祥庙内。

记者一行走进王祥庙，看到整个王祥庙坐北朝南，大殿一座，东西配殿各一座。

王祥庙大殿屋顶由四根朱红色的柱子支撑，房梁檩条笔直排列，雕有祥云和游龙，画工精细，色彩鲜艳。殿内高约 3 米的王祥像，线条流畅，栩栩如生。大殿左右两侧墙壁上各有一幅图画，分别是"卧冰求鲤图"和"加官晋爵图"。

正殿前右侧竖有两个石碑，一大一小，一个呈黑色，一个呈土黄色。黑色的石碑碑文上记载有"祥，晋人也……"，是民国三年王祥的百代玄孙为其整修墓地而留下的佐证。另一个土黄色的小石碑上刻有王祥的半身画像，顶端有一只仙鹤叨着一条鲤鱼，据考证是隋朝时期镌刻的石碑。

据王文广说，这两块石碑就是原来王祥墓前的石碑。1987 年，当地一个叫王天义的老汉和几个儿子在家门前的水塘里打捞出了这两块石碑，这两块石碑才重见天日。

王文广告诉记者，1998 年，遂平县政府和当地群众曾收集到四块石碑。这其中有王天义父子从淤泥中打捞出的两块，还有一块被王庄人收藏，上面刻有"皇帝万岁"字样，背景为二龙戏珠、祥云图案。另一块不知道是什么年代的，后来被王庄人扎根脚时埋在地下。

王祥"卧冰求鲤"的传说在当地广为流传，民间甚至衍生出"王祥墓前出瓷器""王祥墓上骨碌治腰疼"等光怪陆离的传说。

围绕王祥墓的种种离奇传说，印证出王祥卧冰的传说在当地流传已久，也折射出当地百姓对孝文化的推崇。

每年农历春节，当地乡民会到王祥庙举行隆重的祭祀仪式，他们希望子贤孙孝，平安幸福。每年的农历十月十二，王祥庙还会举行庙会。这一活动从晋代开始，延续至今。

民歌广为流传

记者在采访中发现，遂平作为王祥卧冰求鲤故事的发生地，不仅有王祥墓和王祥祠遗址，还有大量的传说故事和文史资料可以互相印证。"卧冰求鲤"传说最早以民间故事和民歌的形式传承。

"二十四孝有王祥，高堂本是继母娘。不幸继母身染病，终日卧病在榻床……净光身子寒冰卧，喜得红鲤精一双。继母喝下鱼汤后，病情见轻喜心上。王祥卧冰一段事，万古千秋美名扬。"这首由民间艺人传唱的《王祥卧冰歌》曾在遂平广为流传。1988年，遂平县委宣传干部杨忠欣，根据一位叫刘保运的民间艺人的传唱将此歌收录进了《遂平县志》。

记者查询资料发现，清代《遂平县志》对王祥"卧冰求鲤"的传说都有记载，福建省泉州市历史博物馆馆藏的《闽王氏族谱》对王祥出生于吴房（遂平）卧冰求鲤也有记载。

遂平县作协主席王中明认为，王祥"卧冰求鲤"的故事应该发生在公元前210年左右的遂平。

他认为，除了王祥墓外，至少还有三点能说明王祥卧冰发生在遂平。首先，遂平是古房地，汉高帝于此置吴房县。据《王氏琅琊祖金陵祖世表》载：王融，字巨伟，居吴房，官至南康尹。初娶贾氏，生子祥（三十一世也，以卧冰求鲤，二十四孝之一），继娶朱氏，生子览。当时，王祥一定跟着父亲居住在吴房。属汝南郡的吴房治所，是兵家常争之地，战争连年不断，民不聊生。王祥的弟弟王览6岁的时候，其父王融在吴房去世，王祥只好扶母携弟，去朱氏的老家庐江避乱。据《晋书》及有关资料记载，王祥扶母携弟去往庐江后，一住就是二十年（也有说三十年的）。由此可以推算王祥从庐江避乱，到被举孝廉，当上徐州的别驾，正好五十多岁。王祥被举孝廉当上别驾后，王祥的孝行，便在吴房和庐江等地渐渐流传开来。王祥不仅加官晋爵，位列三公，还在死后被赐谥号元，册封睢陵公。

王中明说，其次，有关王祥"卧冰求鲤"的故事许多先哲都给过赞美，史书上也多有记载。别的不说，柳宗元在他的《弘农公以硕德伟材屈于诬枉左官…谨献诗五十韵以毕微志》里这样赞扬王祥："故友仍同里，常僚每合堂。渊龙过许劭，冰鲤吊王祥。"王中明认为，故友、同里……许劭、冰鲤、王祥同时出现在这里，很可能就是柳宗元认为，许劭和王祥是汝南郡的同乡。

王中明认为，第三，王祥是个大孝子，还是通过举孝廉出来做的官，所以王祥的一举一动，都关乎着王氏的名声。正是由于这种思想的支配，王祥的子孙也一定会在王祥死后，把他葬于吴房，陪伴长眠于吴房的父亲。

河水为何不结冰

传说终归是传说。万泉河为何有处河面从来不结冰呢？记者就此采访了河南省第五地质工程院高级工程师王新民。

王新民解释，如果万泉河这处河面确实存在冬天不结冰的现象，那很可能是因为河床下有地下泉。地下泉的温度略高于地表水的温度，呈点状辐射，就会导致上面的河面冬天不会结冰。

记者在采访中发现，万泉河因河底泉眼多而得名。结合王新民的看法，很有可能就是这个原因导致当年万泉河此处不结冰或冰层较薄容易化开。几千年前的冰封季节，孝子王祥也因此能化开此处的寒冰，钓到鲤鱼。

王中明介绍，近年来，为保护、抢救该文化遗产，群众自发收集有关物证，修建一座简易庙宇，县乡两级也制订出了切实可行的保护计划，加大了对遗址修复保护经费的投入。王祥"卧冰求鲤"的传说虽有大量的资料，但还有很多有价值的东西没有保存下来，在老年艺人逐步谢世的情况下，王祥"卧冰求鲤"的传说也面临断代，濒危状况十分严重。

2008年3月，"卧冰求鲤"传说被列入市级非物质文化遗产名录。2009年6月，"卧冰求鲤"传说被列入河南省级非物质文化遗产项目。

"卧冰求鲤"的传说不仅传承了中华民族传统意义上的忠孝文化，还寄托了人们向往尊老爱幼，人与自然和谐相处的美好意愿。

万泉河边的乡民们传承着祖先的孝文化，在这片土地上耕耘不息，他们希望将这里连同王祥墓、王祥庙建设为集休闲、亲子教育于一体的忠孝文化教育基地，使市民多一个休闲娱乐、了解历史文化的去处。**(陈军超　余斌　闫宏伟)**

原载《天中晚报》2015年5月29日
报道部分内容引用市县区地方志办提供资料

宝贝庄真的有宝贝?

——记者探访遂平县宝贝庄

昨日，记者了解到，7月初在河南省驻马店市遂平花庄乡流水店村出土的古墓是明代古墓，进行抢救性挖掘的我市考古挖掘工作人员告诉记者，据分析，该墓主人身份不算很高贵，像此规模的墓葬在我市不是孤例，但保存如此完整的并不多见。

7月初，一则遂平宝贝庄真的挖出了"宝贝"的消息在网上流传。有网友爆料：遂平西张台的宝贝庄发现了古墓，当地村民认为，有可能就是传说中的刘员外的墓！

网上流传的宝贝庄传说

网上很多媒体挖掘了关于宝贝庄的传说，都和一位刘员外有关。

传说很久很久以前，宝贝庄有个刘员外，家业很大，有良田万顷，牛羊如云。刘员外只有一位夫人孟氏。

刘员外虽说很富有，但为人低调和气，富有慈爱之心。每当遇到灾荒、青黄不接时，他都慷慨解囊，开仓放粮，世人都叫他刘菩萨。

然而，天有不测风云，人有旦夕祸福。刘员外的夫人孟氏体弱多病，一次她偶感风寒，竟一病不起。刘员外请了一位江湖道人看病，道人看后，说娘娘是蟾蜍精转世，此乃气数已尽。刘员外一听当时就昏过去了。醒后的刘员外向道士乞求解救的法子。道士说只有员外广建庙宇才能化解。于是刘员外就在风景优美、奇石林立的嵖岈山上修建庙宇，于是有了现在的包公庙。说也奇怪，孟氏从此不治而愈。岁月如梭，一晃又是数年过去了。一日，孟氏躺在刘员外怀中竟然一睡不起。刘员外肝肠寸断，痛不欲生，把家财全分给村里百姓，所以村里人一下富了起来，个个家里都有一两样宝贝。村庄也就改了名字，叫宝贝庄。附近有个村的村民，羡慕得直流口水，所以宝贝庄的人给那个村起了个外号：口水庄。这个村子后来被改名为流水店。

玉米地里发现古墓

7月23日，记者一行到遂平县花庄乡流水店村宝贝庄采访，因为不熟悉当地的情况，不时下车问路。几乎被问到的每一个人在给我们指路前，都会问："你们是去宝贝庄看古墓吧？到了找张建国就行了。"这些当地人称，他们都知道前些日子宝贝庄发现了古墓，也都跑去看了，但大多不知道宝贝庄是否有宝贝的传说。只有一位姓韩的老汉告诉记者，他就住在宝贝庄旁边的村子里，小时候听说宝贝庄有一位大将军的墓地，应该就是出土的这个。

网上流传称古墓是刘员外的，韩大爷说是大将军的，这个古墓到底是怎么回事？又是怎么被发现的呢？老一辈人所说的宝贝庄里有宝贝是真的吗？

记者带着疑惑把宝贝庄转了个遍，在村民的引领下，终于找到了当时发现古墓的张建国。

面色黝黑的张建国今年57岁，是一位非常朴实的农村老汉。记者到他家时，张建国正在看护孙女。听记者道明来意，老汉憨厚地笑了："发现古墓的地方就在我家花生地边，我带你们去看看。"

原来，张建国家的花生地和邻居朱家的玉米地相连。7 月初的一天，张建国到自家花生地拔草，突然发现和邻居玉米地相连的地边有几块砖。"我们这里以前在挖地的时候也经常挖出砖。"张建国说，"因此，当时，我也没在意，以为是邻居家的。"

巧的是，4 天后，张建国在村外偶遇了玉米地的主人朱家媳妇鱼玲，就对她说："快把地弄平，把砖搬出去。"对方一头雾水，不知道怎么回事。鱼玲回家后将此事告诉公公，她公公到地里一看，发现自家玉米地和张建国花生地的交界处被挖了一个大洞。

很快，这个消息传遍了村里，很多村民都跑去看。张建国听说后害怕自家的花生秧被踩坏，也赶了过去。到地里一看，张建国发现眼前和他 4 天前所见大不一样，一个直径六七十厘米的洞出现在眼前。张建国意识到，这是一个盗洞，很快报了警。

顶着烈日，记者来到了当初发现古墓的玉米地里，看到古墓已经回填。张建国向记者讲述了当时的情景。

"警察和文管所的人都来了。当时古墓被挖开后，墓室有十几平方米大，里面有一个石棺。"张建国对记者说。"网上关于刘员外的那些说法都是误传！"张建国说，事情发生后，一些村民看到了网上关于此事的报道，讲给他听，他才知道还有这么一个荒唐的"传说"。

"宝贝庄的名字来历确实和宝贝有关，但不是什么刘员外，而是和一口大石磨有关。"张建国说。

神奇的石磨和宝贝庄

张建国领着记者来到村头，在荒草间，找到一个直径为 1.5 米的石磨。张建国指着石磨上两条很长的痕迹对记者说："据说这是金鞭留下的痕迹。"

相传，宝贝庄以前还是一个没有名的小村庄。形成村落没多久，突然有一天，在村东头出现了一个巨大的石磨。

村民们发现，这磨盘非常神奇，一斗谷子倒进去后能碾出来一斗米。村民们有时候还会看到两只金翅鸟从磨盘口飞出，欢快地鸣叫。

这个磨盘被村民视若珍宝，村里有宝贝的名声也逐渐传了出去。日子一长，这个村就被十里八乡的乡亲们称为宝贝庄。

宝贝庄的村民们依靠这个大磨盘过上了好日子，宝贝庄里有宝贝的说法也不胫而走。有人开始觊觎这盘磨。

有一天，一伙人闯进村里，用一条金鞭猛抽石磨，抽两鞭之后，一只金翅鸟从磨盘口飞出，化为一道金光消失在天际，另一只金翅鸟飞到村西，落地而亡。村民们把落地而亡的金翅鸟偷偷地埋在了地里，并用马莲草做了记号。

当那伙恶人在村里四处寻找金翅鸟的时候，村里的知情者都缄口不言。这伙恶人寻找不到金翅鸟的下落，只好悻悻离去。

等这伙人走后，村民们到用马莲草做记号的地方寻找金翅鸟，却发现村里长满了马莲草。

此后，金翅鸟飞出的石磨上留下了两道深深的痕迹，再也没有了神奇的功能。但是，村里遍开的具有清热除湿、解毒功效的马莲草在此后的很多年给村民们带来了不少福音，成为村民的宝贝。不再依靠神奇石磨的村民靠自己勤劳的双手也过上了富裕的日子，而宝贝庄的名字则一直流传了下来。

宝贝庄的古墓

邻村韩大爷说村子里有个将军墓又是怎么回事呢？

"没听老辈人说村里有将军的古墓，不过倒是有关于大冢的传说。"张建国说，相传古代有一位京官病死在任上，他的儿子扶棺还乡。传说当时有八匹大马拉着马车。奇怪的是，马车走到宝贝庄附近一块荒地时，马车的缰绳突然断了。当马夫把断的马缰弄好后，马车一往前走，缰绳又断了。如此，反复八次之后，京官的儿子突有所悟，对陪同的人说："看来父亲希望埋骨此处。"这位京官就被葬在此处，当时圈了很大一块地，墓也建得比较高大。后来，村子里也陆续有人在此建墓，有人就称此处为大冢。

宝贝庄发现古墓后，我市考古挖掘人员对古墓进行了抢救性挖掘。8月23日，他们告诉记者，宝贝庄明墓为长方形砖室墓，由长方形墓道、墓门墙、前室和后室组成，墓室东西壁设有小拱形壁龛，前室设有供桌，后室放置棺床，上有石棺。墓门、供桌、棺床均为石质，墓室为竖形券顶，为两平两竖，厚 0.6 米，墓室墙壁厚 0.5 米。墓门墙用汉代花纹墓砖和明代青砖砌成。由于该墓严重被盗，只在墓道内发现明代瓷碗残片 3 块，在墓室内清理铜钱数枚。

从墓葬的形制和券砖不统一分析，该墓主人身份不算很高贵，像此规模的墓葬在我市不是孤例，但保存如此完整的并不多见。宝贝庄古墓主人的身份已经无法考证，但是宝贝庄的传说会和宝贝庄村民的勤劳朴实的精神一直流传下去。(陈军超　余斌)

原载《天中晚报》2016 年 8 月 26 日
报道部分内容引用市县区地方志办提供资料

根于上蔡枝蔓全球的蔡姓

天下蔡姓源于河南上蔡，是不争的事实。蔡姓是中国近万个姓氏中前 100 个大姓之一，分布很广，约占全国汉族人口的 0.46%，居第 44 位，尤以广东、江苏、浙江、四川等省居多。在 3000 多年历史长河中，蔡氏子孙不断繁衍壮大，如今犹如一株参天大树，根于上蔡，枝蔓全球。那么，蔡姓的起源、播迁及原因是什么，蔡姓的主要支系和蔡氏名人有哪些呢？10 月 27 日，河南省驻马店市上蔡县炎黄文化研究会副会长、著名文化学者武晋豫向记者详细讲述了蔡姓的起源、播迁的来龙去脉。

蔡姓的起源

据武晋豫介绍，"蔡"字作为姓氏的标识，是源自古代上蔡的地名和蔡岗及蔡国国名。蔡氏出自姬姓，为周武王的后裔。据古籍和蔡氏家谱记载，蔡人的姓氏来源是以国为姓。唐代林宝《元和姓纂》："蔡，周文王第十四子，蔡叔度，生蔡仲胡，受封于蔡，后为楚所灭，子孙以国为氏。"太史公《史记·管蔡世家》："武王克殷纣，封叔度于蔡。"《集解》引《世本》曰："居上蔡。"班固《汉书·地理志》："上蔡，故蔡国，周武王弟叔度所封。度故，成王填充其子胡。"宋人郑樵《通志·氏族略》在转引《史记》关于蔡国的记载："相承二十六世，为楚所灭，子孙以国为氏，这就是蔡姓。"《姓氏考略》上说："周文王第十四子蔡叔度生蔡仲胡，受封于蔡，子孙以国为氏，晋有蔡墨，秦有蔡泽，望出济阳。"

蔡氏家谱也有同样的记载。1649 年《通谱》："盖自我周武王子蔡叔度为有熊氏，五十一代孙由武王封于河南汝宁上蔡，成王复封于新蔡，爰以国为氏。"《蔡氏世系源流》序："武王乃令同母叔度封于蔡，国名蔡，是为上蔡，在河南汝宁上蔡县，后迁之郭邻，叔度有子胡，是始之祖而源流也。"明代的归震川《华亭蔡民新谱序》把蔡氏的来龙去脉交待得更清楚。该序文记载："蔡之先出于周文王。而蔡叔度，武王同母弟，以武庚之乱迁。其子胡，能改行，率德驯善，周公举以鲁卿民，复封于蔡，尚书蔡仲之命是也。其后平侯徙居今新蔡，昭侯徙州来，今寿县是也，后二十六年灭于楚。"

以上表明蔡国自公元前 1046 年周武王姬发封叔度于蔡到蔡平侯迁都于新蔡，在上蔡共历 18 位国君，长达 500 年，也说明蔡姓在得姓之初主要繁衍在上蔡一带。

蔡姓的播迁及原因

武晋豫告诉记者，蔡姓在得姓之初主要在今河南上蔡繁衍，之后，受楚国所逼，几次国破家亡、多次迁都。根据《蔡氏总谱》记载："自殷以来，我蔡氏迁徙情况是：上蔡—新蔡—下蔡—固始—济阳。"原因大致有以下几个方面。

一是春秋战国时，蔡国因受楚国所逼被迫迁都。蔡人首次较大规模的迁徙是在蔡国第一次亡国时（前 531 年）。当时楚军攻破蔡国都城，灭亡蔡国，俘获蔡太子友（隐太子）。而后，楚国又在陈地、蔡地和不羹筑城，以公子弃疾为蔡公镇守，同时将部分蔡人强行迁入楚国内地。后来，这支蔡人的一部分，于蔡国复建于新蔡时随蔡庐（平侯）回归蔡国，剩余的蔡人则辗转迁徙到楚国西境的群山之中。因其地偏远闭塞，久而久之，他们与中原故土失去了联系，后又寻机立了一个小国，在今天的湖北巴东县、建始县一带，直至楚宣王八年（前362年）复被楚国灭亡。

蔡人第二次大迁徙是蔡国迁都到下蔡（今安徽凤台）时。当时蔡昭侯为了躲避强楚胁迫，决定从新蔡东迁。此举遭到国人的普遍反对，有许多国民不愿移居淮南低温之地，于是纷纷出逃，有相当一部分人逃入楚国内地，一部分人留在上蔡、新蔡原地或迁居于中原其他地区。据有关资料记载，在蔡国亡国前后，这支蔡人迁入楚境蔡甸（今湖北汉川县一带）。

第三次是在蔡侯齐被楚灭亡后，一部分蔡氏迁到湖南常德市一带，重新建立高蔡国，80多年后被楚宣王所灭。现在常德市北仍有以"蔡"为名的地名，如蔡家岗等。楚宣王27年（前343年）再次重建蔡国，但被迫迁到湖北保康以东、南漳以北、襄阳西南的群山之中。

二是高蔡国的一部分蔡氏为了谋生，溯沅江而上，进入贵州少数民族地区，逐渐融入，成为当地部分少数民族蔡姓先民。现在贵阳、安顺、黔西、水城和威宁等地都有蔡姓族人居住。

三是传说楚灭蔡后，部分不甘受楚国奴役的蔡人，远迁江西省上高县境，建立"望蔡"。

四是战国时，有些蔡氏到外地做官留居当地。如燕国人蔡泽入秦国为相，齐国有大夫蔡朝，楚国有大夫蔡洧、蔡鸠，晋国有太史蔡墨，卫有蔡良等。

五是有些蔡国大夫因内乱迁徙出奔和外流他国，如蔡大夫声子入晋、蔡朝吴出奔郑国、蔡侯朱出奔楚、蔡公孙辰出奔吴国等。

以上说明，今北京、陕西、山西、山东、安徽、湖南、湖北、江西和贵州等省市在春秋战国时已有蔡氏居民。蔡国虽然有过几次迁都，但其生息繁衍的范围还是在现在的河南、安徽境内。

蔡姓的主要支系

在蔡国不断迁徙和漫长的历史长河进程中，蔡姓逐渐形成两大支系。据《蔡氏家谱》中载："蔡齐，生泽，生淑。""泽祖之后洛阳派，淑祖之后济阳派。"虽然只记载了姓名、世系，但这是最重要的历史佐证。北京图书馆藏《河南始祖蔡氏通谱》和《蔡氏仁派支谱》皆记载有姓名、世系及有关身世，连贯的二十四代。

这充分说明，蔡姓早已形成两个派系。但在蔡氏家谱中，大多数尊蔡泽为济阳蔡氏一世祖。因为蔡泽最早登上政治舞台，贵为秦国相国，蔡泽和蔡淑又是兄弟，蔡氏子孙都以他为荣，蔡氏家谱把他们的后代当成是蔡泽的后裔，应在情理之中。如福建省多数蔡氏家谱都记载祖先源出陈留，是蔡泽的后裔。如莆田《蔡氏族谱世系序》中载，"秦相蔡泽，卒葬陈留，子孙因家焉，故陈留蔡氏为盛。"

汉代洛阳蔡氏和济阳蔡氏合二为一，统称济阳蔡氏。但在蔡氏宗谱里称：姑苏蔡氏以蔡淑为一世祖；岭南蔡氏以蔡泽为一世祖并合以蔡襄、蔡元定、蔡用之为支祖。在莆田《蔡氏族谱世系序》中说得更为详尽："帝为郿令，曾孙蔡携仕顺帝封蔡长，携有子曰棱曰质，棱谥贞定公，生汉左侍中郎将高侯蔡邕，邕无子。质生谷，谷生魏尚书蔡睦，睦生晋阴太守宏、乐平太守德。宏生建威将军豹，豹无子。德生从事中郎克，克生晋司徒文穆公谟，谟生永嘉太守、邵武将军长史系，系生司徒左西属綝，綝生给事中轨、礼部尚书廓，轨生淡，廓生开封府仪同三司兴宗，兴宗生从事中郎顺、太子詹事约、齐黄门侍郎宾、梁中书令撙，撙生宣城内史彦深，黄门侍郎彦高，彦高生陈驸马都尉凝，凝生君知，君知之后不能复考，宾生齐祠部郎履，履生梁仪曹郎点，点生记室将军大同，梁司徒大宝，都官尚书大业，大同生陈中抚将军景历，景历生中书令征，征生隋东宫学士翼，翼生知节，知节生唐职方中郎巽，巽生文表，大宝生隋城州刺史延寿，大业生唐文学馆学士允恭，文表传至曾孙剑为散骑常侍，剑生主管判官郊，景历亦陈留考城人，是文穆公谟之后。允恭江陵人，江陵本无蔡氏，大宝从梁帝迁江陵，因家焉。

允恭之后，历唐五代，蔡氏无显者。本朝东莱则有文忠公齐，睢阳则有敏肃公挺，泉南则有忠怀公确，莆阳则有我高大父忠惠公襄，太师鲁国公京，太傅文正公卞，莆田之族，出浙之钱塘。同王潮入闽时徙泉之莆田，故世为莆田人。"

蔡姓发展虽然枝繁叶茂，但主根只有一个。正像《济阳通谱》对联记载的那样："千支一本，万派同源。"虽然蔡民在播迁繁衍过程中出现很多有名望的郡望，如济阳蔡氏、南阳蔡氏、原阳蔡氏等，但在诸郡望中济阳郡望最为显赫，也最著名。

蔡氏发展演变过程

概括起来说，蔡姓祖根在河南上蔡、繁荣在陈留和济阳、南迁在闽粤、发展在闽台、明清时期蔡氏开始向外国开创基业。

武晋豫告诉记者，蔡姓的形成和播迁过程中有五个高峰期：第一个高峰期，春秋战国时期，是蔡姓的形成时期，发源地在上蔡，代表人物蔡叔度、蔡仲、蔡泽。

第二个高峰期是汉代，是蔡姓迅速发展时期，以陈留蔡氏为代表。陈留蔡氏人丁兴旺、名人辈出、长盛不衰。当时蔡姓在湖南、河南都是名重一时的望族。在河南有济阳蔡氏，代表蔡邕家族，三代累官显赫。据《元和姓纂》载："汉功臣表，肥如侯蔡演，演的元孙义，义的元孙勋……勋的曾孙携。"蔡氏家谱也说："蔡泽裔孙西汉肥如侯蔡演，其玄孙蔡义，昭帝时为相，蔡义的玄孙蔡勋，西汉平帝时为郿令。蔡勋之曾孙蔡携东汉顺帝时以司空封新蔡长。蔡携有二子，长子名棱，次子质。蔡棱有一子，即东汉文学家蔡邕。蔡邕家族已成为陈留的名门望族。"

在湖南有著名的耒阳蔡氏。造纸的发明者蔡伦就是桂阳郡耒阳（今湖南耒阳）人。蔡伦（约 61—121 年），字敬仲，永平十八年（75 年），官至中常侍，封为龙亭侯。他在主管尚方时，不仅"监作秘剑及诸器械，莫不精工坚密，为后世法"，还成功研制用成本低廉的树皮、麻头、破布等做原料进行造纸的方法，生产出了既轻便又便宜的纸。这种纸后来被称为"蔡伦纸"。

蔡伦墓祠位于洋县龙亭镇。耒阳蔡氏后裔为了纪念先祖蔡伦，以蔡伦的封号"龙亭"作为自己的堂号。如浙江《河南始祖蔡氏通谱》云："……秦汉之时，

（蔡氏）聚而复合，合而复涣，其间四布而不可纪矣。传之唐之太宗，奏天下谱牒，退新门，进旧望，左膏粱，右寒微，合一百九十三姓，千六百五十一家，而蔡氏首称焉。"

第三个高峰期是东晋至南北朝时期，是蔡姓繁荣和成熟期。陈留蔡氏异军突起迎来得姓后的第一个辉煌时代。当时蔡姓已成名门望族，高官不断涌现，家族在陈留地位十分显赫。自魏至南北朝，任尚书或宰相的就有 9 人（蔡睦、蔡谟、蔡廓、蔡兴宗、蔡撙、蔡大宝、蔡大业、蔡征、蔡佑）。

济阳蔡氏世系发展脉络

济阳蔡氏世系按其历史发展演变可一分为二。早期从秦昭王丞相蔡泽至陈留蔡氏蔡质，代表人物蔡邕家族，六代官宦。后期陈留考城（今兰考）蔡氏蔡睦及西晋惠帝分陈留郡治济阳郡，济阳蔡氏后裔。后期济阳蔡氏世系中的人多见于二十四史中，《晋书》《宋书》《齐书》《梁书》《陈书》及民国《考城县志》，但还是蔡泽、蔡邕家族的延续。

据蔡氏家谱载济阳蔡氏自蔡泽的第九世孙蔡和回迁河南后，一直在河南境内发展：第十三世蔡琼迁徙河南陈留，第十七世孙蔡麟迁徙兰考。至东汉时，这一支蔡氏以济阳为自己的郡望地。陈留蔡氏被称为"世为著姓"，是蔡姓的一个重要郡望地。以蔡豹为例，蔡豹历任河南丞，清河太守、东晋建威将军。《晋书·蔡豹传》："蔡豹字世宜，陈留圉人，左中郎将邕之叔父也。"这说明蔡豹是蔡邕家族之后，四代在汉、魏、晋为官。

最有成绩的是蔡谟。据《晋书·蔡谟传》载："蔡谟字道明，陈留考城人也，曾祖睦，魏尚书。"西晋永嘉之乱后，晋王室南移。陈留蔡氏也随之渡江南下。蔡谟"避乱渡江，明帝为东中郎将，引为参军。元帝为丞相，又辟为掾，转参军，累迁中书侍郎、义兴太守、大将军王敦从事中郎、司徒左长史，代庾冰为吴国内史，入为侍中，迁五兵尚书，领琅邪王师，转掌吏部"。

东晋咸和三年（328 年），苏峻发动叛乱，蔡谟参与平叛有功，遂迁任太常，赐爵洛阳男。因此，蔡谟又被蔡氏后人称为南迁始祖。蔡谟的曾孙蔡廓在蔡的发展中也取得非凡的成绩。《宋书·蔡廓传》载："蔡廓字子度，济阳考城。曾祖谟，晋司徒。"已出土的《唐故定州司马蔡君长莫志铭并序》云："公讳君长

（582—649 年），字羲首，陈留济阳人也。自天命在周，广封懿戚，封叔于蔡，子孙周氏焉。刚武（蔡泽）入秦经并六国，侍中（蔡谟）匡晋，奄有七州。若乃德亚儒林，礼乐由其不坠；功参霸业，文武之道斯存，高祖兴宗、宋侍、右伏射、仪同三司……"这说明蔡泽后人世代为官，也说明陈留蔡氏和济阳蔡氏本同为一宗。

值得一提的还有原阳蔡氏，原阳蔡氏是蔡氏郡望之一，始迁祖蔡绍，其世系：绍—护—袭—祐—泽—正。从所得的资料分析，这一支蔡氏从陈留圉城，大抵在南朝宋元嘉年前期徙居高平，在那里发展成为望族。蔡护在魏景明初即为陈留郡守。到了第三代蔡袭，即"名著西州"，袭被赐爵为伯，除岐、雍二州刺史。第四代祐、泽兄弟，使原阳蔡氏到达鼎盛时期，赐爵祐为公、泽为男，祐的采邑四千户。

这一支原阳蔡氏，之后就融入我国西部地区成为西部中华蔡氏的主脉。战国后期，流沛四方的蔡氏在燕国济阳（今山东菏泽）又显露头角。燕国济阳的蔡泽以自己的聪明才智，登上政治舞台，贵为秦国相国。蔡泽自小聪颖好学，成年以后游列国。在秦国，他说动范雎向秦昭王推荐他做了秦国相国。他的部署下，秦国向东灭掉了周。蔡泽在秦国居住 10 多年，先后奉事昭襄王、孝文王、庄襄王、秦王政。

秦王因蔡泽家乡为纲成，而赐其封号纲成君。蔡泽后裔以"济阳"为郡望，尊蔡泽为济阳蔡氏一世祖。济阳郡的治所在今山东省济阳，其辖境相当于今河南兰考东境、山东东明南境。秦亡后，蔡泽的第五世孙蔡安于汉代迁徙至渔阳（今天津蓟县），传至第九世孙蔡和回迁河南汝南。

另外，南北朝时，迁居江陵的蔡大宝、蔡大业兄弟家族，已成当地的名门望族。据《周书·文苑上》载：蔡大宝，字敬位，原籍济阳考城。他的祖父蔡履为齐尚书祠部郎，他的父亲蔡点为梁尚书仪曹郎、南兖州别驾。南北朝梁元帝承圣四年（555 年），萧詧在江陵称帝，任命蔡大宝为"侍中、尚书令，参掌选事，又加云麾将军，荆州刺史。进位柱国、军师将军，领太子少傅，转安前将军，封安丰县侯，邑一千户"。

总之，魏晋南北朝时期，由于晋永嘉大移民是中国历史上首次由北方向南方的大规模移民，人数甚众，对后世影响深远。这一时期中原蔡姓家族也开始大举南迁，移居江南的济阳蔡氏一枝独秀，子孙繁昌，后裔逐渐播迁到江南各地（主要在今江苏、江西及皖南地区），造成了蔡姓在江南更广泛分布，从而为蔡姓日后在我国南方的快速发展奠定了坚实的基础。

蔡氏在南方的蓬勃上升期

唐宋时期是蔡氏在南方（特别是闽粤）的蓬勃上升期，也是蔡姓的第四个高峰期。蔡氏入闽始于唐初。唐总章二年（669年），陈政、陈元光父子率中原河洛地区申州、光州、蔡州三州府兵3600名入闽。同行有58姓军校。中原蔡姓族人也随军入闽，落籍于漳泉一带。唐光启年间（881—885年）王潮、王审知兄弟入闽时，又有大批中原蔡姓族人随军前行，开基于漳州、同安、兴化等地，其后裔分衍于广东的梅州、广州等地。

唐末，中原战乱，河南蔡氏又有随王潮、王审知入闽者，主流有二支，一为莆田系，一为建阳系。莆田系的入闽始祖为蔡用元。据莆田谱载："族出淮西西路光州固始县，因乾符之乱，从王审知入闽据泉州。及后王审知为闽王，徙居莆田，遂为莆田始祖。"建阳系的入闽始祖为蔡炉，也是光州固始人（固始春秋时为下蔡）。乾宁四年（987年）任建阳县令，同妹夫刘翱及西河节度使翁郃率领光州固始53姓入闽，定居建阳，是为蔡氏建阳始祖。蔡炉的第四世孙就是南宋著名理学家、律吕学家、堪舆学家，朱熹理学的主要创建者之一，被誉为"朱门领袖""闽学干城"的蔡元定。之后，这入闽的蔡氏二大支系，向福建各地播迁，并向广东、台湾发展。

潮汕蔡氏，多出自莆田系。也有部分以蔡炉为始祖的建阳系，如蔡用元六传至蔡襄，襄传至第七代，有蔡规甫者，南宋末来朝为官，先任通判，后任州知事。蔡规甫卸任后不回莆田老家，定居海阳辟望，至今后代播迁潮汕各地。潮汕的另一部分蔡氏系迁自福建的漳浦，他们的世系与清代乾隆年间的大学士蔡新较为接近，但若往上追溯，仍属莆田系。今在漳传衍形成众多蔡姓派系，主要七个派系，大多是唐宋来自中原光州固始。

蔡允恭派系。蔡允恭，唐荆州江陵人，为秦府参军兼文学馆大学士。根据现存旧族谱记载，是入闽开漳始祖之一。

蔡允恭子孙遍布漳州支霄、漳浦、诏安、东山、平和、龙海、长泰、华安等地，也传衍于厦门市区、同安、海沧等地。

蔡彧派系。蔡彧，字德明，唐初随陈政之母魏妈第二批入闽，为将校之一。初入闽时，蔡彧的职位是队正（队正管十伙，每伙士兵 10 人）。蔡彧在漳州之东四望山（今漳州龙海角美镇所在地）活动，在此开基，建立蔡氏宗支，繁衍生息，后代子孙遍布漳属各县及至海内外，其后裔确美镇洪岱村建有蔡氏宗祠一座。

蔡长眉，唐光州固始人，随唐将军陈政戍闽，时职务为校尉，因家在云霄之西，今火田镇开基传衍，至唐乾符时，兵革扰攘，家族分徙。后裔蔡元鼎，字国宝，号蒙斋，为漳邑著名理学家，于唐乾符年间（877 年）避乱迁居漳浦北境大帽山下，著书讲学，是张坑蔡坑（在今漳浦赤岭乡前园村）蔡氏祖，后裔众多，分布于漳州、潮州及台湾、南洋各地。

蔡炉派系。霞山蔡氏为建阳牧堂蔡杭之后，于宁代从建阳迁到泉州，而漳州，止于长泰之霞岭。蔡文真为肇基祖，后裔在枋洋镇赤岭大埔中心点建立蔡氏祖祠，堂号"瞻依堂"，子孙传衍 25 世，600 余年。分衍在枋洋镇坝口、内枋、汤内、草洋、径仑、大竹珪、大帽寨、鸡线寿、对口宅等村落，其六世蔡肇纂、蔡肇基迁居芗城区古塘村。

蔡芑派系。长泰县武安镇肇基祖蔡芑（1190—1264 年），是唐咸通年间（860—874 年）蔡氏二祖先由河南光州固始入闽，择居泉州青阳者后裔。蔡芑先居于长泰溪口，生迁居登科山，其六世孙蔡明叔再迁徙瀛山（今长泰岩溪镇上蔡村）肇基传衍。从蔡芑起传至今 31 世。

蔡翁庆派系。长泰县岩溪镇锦鳞村珪山社蔡姓，肇基祖蔡翁庆由仙游迁居长泰县城，四世惟贵，传四子。长伯仁开基方成里蔡山，次伯义开，基人和里寨头；三伯智开，基旌孝里珪山。蔡伯智又名蔡清和，为珪山蔡姓始祖。

蔡松涧派系。龙海市颜厝镇鹳林村蔡姓，明嘉靖期间，因受奸相严嵩之累，蔡松涧兄弟二人，从江西省吉水县来漳鹳林定居。

长泰县蔡芑派系蔡明叔支系

福建省长泰县岩溪镇上蔡村，肇基祖南宋蔡芑（1190—1264 年）迁居长泰武安。先至溪口，后迁居登科山。其五世孙蔡功之分居瀛山，次子蔡明叔扎根为瀛山始祖，传衍分布在山、崎交尾、圳仔、大学、上沈、四落当店、寨内等自然村。保存有较完整的手抄旧族谱，也编印好延续至今的新族谱。明成化十三年（1478

年）在上蔡村圳仔社建"敬贤堂"。

宋朝是蔡姓在我国南方繁衍的又一个重要时期。蔡姓在南方得到了迅速发展，当时有一句俗谚称"陈林王郑蔡，天下占一半"，形成著名的"南阳蔡氏"说，尤以蔡襄、蔡京家族最为知名。据莆田东沙《蔡氏族谱》和《仙游枫亭谱》（蔡襄族谱）载：蔡用元乃是这一支蔡氏入闽的始祖。

据当地族谱世系排列：蔡用元传蔡瑾，蔡瑾传蔡显皇，蔡显皇传蔡恭，蔡恭传蔡琇。蔡琇之子就是著名的北宋端明殿学士蔡襄。也就是说，蔡襄是蔡用元的第六世孙。

蔡襄（1012—1067年），字君谟，北宋天圣八年（1030年）进士，先后任过馆阁校勘、知谏院、龙图阁直学士、端明殿学士等职。蔡襄为人忠厚、正真，讲究信义，学识渊博。其书法淳淡婉美，自成一体，为此他被列为"苏、黄、米、蔡"四大家之一。蔡襄去世后被赠礼部侍郎，谥"忠惠"。

熙宁三年（1070年），兴化军仙游（今福建仙游）蔡氏、蔡剑的第九世孙蔡京、蔡卞兄弟又同科进士及第。蔡京的书法"冠绝一时"，跻身于苏、黄、米、蔡四大家之中。蔡卞的书法圆健遒美。

蔡京、蔡卞的后裔移居仙游枫亭的秀峰、和平、辉煌等村庄。蔡谟自迁丹阳肇居后，其后裔于唐初移居浙江钱塘。

到南方开创基业的还有一个非常著名的家族即蔡源家族。据《新蔡县志》和《德清蔡氏通谱》所载："蔡源，字济夫，河南新蔡人，北宋末任秘书郎，直焕章阁大学士。后随高宗南渡，被誉为入杭始祖。自汴梁徙临安（今杭州），其三个儿子维孟、继孟、承孟，分别居于洞庭山（今江苏吴县西南），乌程（今浙江吴兴一带）、漓德（今浙江清德县）。其后代或迁安徽凤阳、亳州，或迁福建、广东等地。后来又有大批的蔡姓人从福建、广东到台湾开创进基业。"

明清时蔡氏开始向海外发展

第五个高峰期是明清时期蔡氏开始向海外发展。明代，福建、广东的蔡氏族人开始向海外迁徙。明天启至崇祯年间（1621—1644年），福建严重灾荒，漳泉两府灾民相率渡海到澎湖谋生，当时同安的蔡鸣震迁徙至澎湖。据专家考证，明代"闽人三十六姓入琉球"之一的蔡氏始祖蔡崇，是蔡襄的裔孙。

郑成功率军收复台湾时，不少泉州、晋江、石狮蔡姓军校入台。当时，郑成功军中有礼官蔡政、掌稿参军蔡鸣雷、察言司蔡济和蔡汉襄、右卫镇蔡文、水师五领蔡仲瑚、卫理蔡云、中提督右镇右营蔡穆、副将蔡恺、内司镇蔡翼、果毅后镇下司总蔡明、侍卫右协蔡智、侍卫骄翌营蔡添、果毅中镇下守备蔡兴、果毅后镇下都司蔡珀等，许多人都留居台湾云林、屏东等地。

至清代，有更多的沿海地区蔡姓族人相继迁徙台湾。据当地族谱载：南明永历年间（1647—1661年），金门人蔡相将、蔡道宾兄弟等由金门迁居到澎湖。清康熙年间，又有南安人蔡为谢、蔡廷、蔡构等入台开垦。台湾许多书籍也有这方面的记载。如《云林沿革志》载：永历年间，一位蔡姓的郑氏屯弁，与蒋姓合垦于港东中里（今屏东县西势乡）。

《台湾文化志》载：永历年间，龙溪人蔡振隆，入垦更寮庄。《台湾篇》载：康熙二十四年（1685年），南安人蔡为谢，垦于大糠榔西堡岭仔庄。康熙四十年，晋江人蔡某，与陈、郑二姓垦于大丘田西堡。康熙末年，晋江人蔡某，与黄、吴二姓垦于莺松堡鳖鼓庄；蔡廷开垦打猫东堡淹楼庄（今嘉义县属）；蔡构居于大丘田西堡，经营鱼塭。

据统计，蔡姓人口是在台湾姓氏人口中排列第八的大姓，有近百万。

台湾的许多历史都与蔡姓有很大的因缘。如清水镇原名牛骂头，居住此地的蔡姓族人为了纪念其于清同治年间（1862—1874年）入台的开创基业始祖晋江青阳的蔡清水，特将牛骂头改称清水街（现称清水镇）。高林一房的蔡氏后裔迁居台湾艋；其在台湾的堂号"青阳衍派"。晋江金井塘东村的蔡氏后裔迁徙台湾，繁衍了台湾塘东派蔡氏等。也有许多蔡姓族人迁徙世界各国，以新加坡、马来西亚、泰国、印尼、越南等东南亚各地以及日本为最多。

如今，蔡氏名人辈出。据统计，《二十五史》中列传的蔡氏名人，一共有112位，在所有姓氏中排名50位左右，约占全国汉族人口的0.46%。其分布遍及全国各地，郡望地除了济阳、汝南之外，还有丹阳高平、南阳、朔方等；主要堂号有：九峰、龙亭、济阳、福谦、九贤、惟寅、承启、亲贤、贺岁、克慎等。以广东、浙江、江苏、四川4省蔡姓人口最多，约占全国蔡姓人口的44%。

综上所述，不难看出，蔡氏在得姓之初主要在上蔡一带活动，后为楚国所逼不断迁徙。武晋豫认为，正是蔡氏的不断迁徙，才使蔡氏不断壮大。每次迁徙都给蔡氏带来更大的发展机遇，带来了蔡氏的大繁荣。蔡民用自己的聪明才智创造了古代文明。蔡氏的迁徙大都出自河南，从而证明了河南历来是蔡姓的主要繁衍与聚居地，蔡姓的主根在上蔡。**(陈军超　张广智　武皇瑄)**

原载《天中晚报》2016 年 10 月 28 日
报道部分内容引用市县区地方志办提供资料

嫘祖文化根在西平源远流长

嫘祖是有史籍记载的中华民族的伟大母亲，华夏文明的奠基人。嫘祖文化是中华传统文化的宝贵遗产和精华，它属于华夏上古文化、根文化的范畴，是世界丝绸文化的宝贵财富，是炎黄文化、天中文化的重要组成部分，也是东方女性文化的光辉典范。当今学术界的研究成果表明，关于西陵氏部族的地望和嫘祖故里的认定存在十余种观点：河南有三地：西平、开封、荥阳；湖北有四地：宜昌、远安、黄岗、浠水；四川有三地：盐亭、茂县、乐山；还有山西的夏县、山东的费县和浙江的杭州。由于古代文献上或多或少地有过这些地方为"西陵"或者与嫘祖传说相关的记载，但为什么说嫘祖故里在河南省驻马店市西平县的可信性大呢？国内嫘祖文化研究的专家学者为我们提供了充分的论证和论据。

"西陵"即"西平"有文字记载

嫘祖，也写作傫祖、雷祖或累祖，是中国史前社会传说中的人物之一。刘恕的《通鉴前编·外纪》、罗泌的《路史·后纪五》、林汉达与曹余章的《上下五千年》等书，均说嫘祖发明了养蚕、缫丝和织绸技术，使人类从此脱去了树叶、兽皮，结束了"衣皮苇""枕石寝绳"赤身裸体的蛮荒时代，有力地推动了中国古代文明的发展，嫘祖因此被尊为中国古代文明创始者中的人文女祖。

《水经·潕水》有记载："潕水又东过西平县北。"北魏郦道元注曰："县，故柏国也……汉曰西平。其西吕墟即西陵亭也，西陵平夷，故曰西平。"清人杨守敬、熊会贞《水经注图》则标识得清清楚楚，此图和今西平县境图相比，除去潕水（洪河）改道的原因略有差异外，基本相同。西平县嫘祖文化研究专家高沛告诉记者："从这些权威的典籍记载不难看出，吕墟（古西陵亭，今董桥）应在今西平县城西 27 公里处吕店乡和师灵镇交界的师灵岗上。尽管现在对'西陵平夷，故曰西平'有着不同的理解，但也说明了西汉时期的'西平'和'西陵'大致为同一个地方。"

西汉的西平县属于汝南郡，《汉书》卷 28 上《地理志上》汝南郡条下有明文记载，1981 年甘肃武威磨咀子发现汉简将近 40 枚，其中的"王杖诏令"简上有"汝南西陵县"等文字。西汉以后，这里又设置过西陵乡、西陵亭等与"西陵"相关的地名，进一步说明西汉将西陵改为西平是有史可证的。

虽然由于"西陵平夷"，西陵这一古地名渐渐淡出，但透过一些历史典籍，我们依然还可以寻觅到它的踪迹。陈寿的《魏志·和洽列传》在记述魏时曾历仕三朝、官至廷尉、吏部尚书的和洽时就曾有其"明帝即位，进封西陵乡侯，邑二百户"的记载。和洽，字阳生，三国魏晋时西平人，其故里就在今距古西陵不远的出山镇和楼村，他在魏明帝时被封为西陵乡侯，可见西陵这一地名在魏晋之时依然存在。

"从这些典籍里，我们起码可以获知这样一些信息：一是西汉以来，在黄河流域的中原腹地，曾经有一个也是仅有的一处叫西陵的地方，这地方就是后来的西平县。二是按古文字释义，陵，大的土山。西陵的来历是因其地理特征而得名。据西平旧志载，古西陵亦称吕墟，曾建有西陵亭为其标记，旧时的西平县治所就在今天的西平县师灵、吕店附近，西距伏牛余脉的出山、吕店不远，是典型的丘陵地貌，其特征与地貌相符。三是在西汉以前，西陵可能发生过重大的历史事件或产生过相当影响的历史人物，因此使这一地名知名度很高。四是正因为西陵在历史上有重要的地位，以致以西陵平夷为由，且西陵与西平读音相近，便于记忆和传播，将其改名为西平。"西平县嫘祖文化研究专家谢文华告诉记者。

"吕墟"曾是西陵氏生活栖居地

1984 年全国第二次文物普查时，发现了在西平师灵岗的南半坡处有一处早期人类生活的墟址，遗址东西长 550 米，南北长 280 米，面积约为 15400 平方米，文化层厚 1 米至 3 米左右。采集有未经磨光的打制条形器坯料，磨光的石器有 1 件石斧、1 件石磨棒。采集到的陶片绝大部分为夹砂红褐陶、灰陶，亦有少量掺云母（蚌片）的陶片，表面多为素面，少量为压印纹。可辨器型为鼎、罐、碗、纺轮等。陶纺轮泥质红润，穿孔 0.4 厘米，纺轮（残）直径 2.8 厘米，厚 0.9 厘米。报告结论是："遗址为新石器（仰韶文化）中晚期文化遗址（距今 5000～6000 年，当为黄帝时代）。"

驻马店考古研究所研究员李芳之认为："遗址是传说中和史书记载中的新石器时代晚期，西陵氏氏族傍河而居的一处聚落墟址。"史书的记载，字意的诠释，考古的证实，有充分的理由证明师灵岗就是西陵岗，"吕墟"曾是 5000 多年前西陵氏生活的地方。

师灵岗位于距西平县城 50 余里处的师灵镇与吕店乡之间，汉时被称为文城，也是西平旧县城的治所。这里目前已发现的仰韶文化、龙山文化及商代、春秋战国时的文化遗存已有十余处。

专家研究表明，在距今 5000 年左右的仰韶晚期和龙山文化早期，我国远古人类已经发现蚕茧是一种能为人们用来遮体挡寒的东西，并已经知道对蚕茧的切割利用，这一时期正是传说中嫘祖所处的时代，而远古西平也正在这一文化圈内。"上古时期的西平，沃野百里，桑树遍地，野蚕吐丝而人不知所用"（《驻马店通史》），因此，"西陵氏，上古黄帝之妃，又称嫘祖，始教民蚕，治丝茧，后人尊为先蚕"（《中国人名大辞典》）。

正是嫘祖发明了养蚕缫丝，织锦绸以成衣，才使人类不但可以抵御自然界的寒冷，而且使人类结束了赤身露胯、以树叶兽皮御寒遮丑的原始生活，开始了由野蛮洪荒向开化文明的过渡，故在古代的西平师灵，历史上才有了叫作"文城"的记载。"文城夕照"还被作为古西平的"八景"之一写入了《西平县志》。文，纹理，引申为文明，开化也，在字义上与粗野蛮荒相对。同时文还引申为丝锦的花纹，让人联想到用茧丝织成的缣绸等丝织品。

在所发掘的文化遗址中，不但发现了大量史前文物和人类早期的房基、灶等，而且还发现了许多陶制"纺轮"——当地人称之为"陀螺"的人类早期抽丝纺线的生产工具。"陀螺"有黑陶和红陶两种，陶质细腻，多是仰韶文化和龙山文化时期的遗物，这进一步为西平是养蚕文化的发祥地提供了实物佐证。延至如今，在西平的部分乡村，还存在使用"陀螺"纺线的习俗，这与嫘祖养蚕纺线的历史一脉相承。

与新郑地缘相近，增强了西平为嫘祖故里的可能性

嫘祖为黄帝之妻，这是学术界所公认的，称嫘祖为黄帝的元妃，也有着较多的文字记载。宋朝高承的《事物纪原》云："黄帝初有元妃嫘祖、次妃嫫姆、泊形鱼氏、方雷氏。"宋朝张君房的《云笈七籤》、罗泌的《路史》等书中亦有黄帝元妃为嫘姓之言，说明嫘祖为黄帝的第一位妻子是可信的。

"黄帝生于中原，战于阪泉、涿鹿，居于轩辕之丘。于轩辕之丘娶嫘祖，建立有熊国，为有熊国君，封嫘祖而为正妃。在空间上，阪泉、涿鹿在现在的河北山西一带，轩辕之丘在现在的河南省新郑市境，都是在黄河流域，中心是在中原一带。"西平县嫘祖文化研究专家谢文华告诉《天中晚报》记者，按照当时的生产力水平，信息传播能力和交通条件，在天地玄黄、宇宙洪荒的史前文化时代，他所娶的"西陵氏女"，在地域上当是在黄河流域，而又以中原一带最有可能。

黄帝居住的轩辕丘的位置，史籍有明文记载。晋代皇甫谧撰写的《帝王世纪》云："新郑，古有熊国，黄帝之所都。受国于有熊，居轩辕之丘，故因以为名，又以为号。"明代的《广舆记》《明一统志》《天下名胜志》以及清代的《大清一统志》等文献均称轩辕丘在河南新郑，所以学术界普遍认同黄帝故里在新郑。

西平县炎黄文化研究会会长吴双全告诉记者："原始社会交通极为不便，到处是未曾开发的山林沼泽，决定了远古部族之间相互交往存在一定的地域局限性，地缘临近应该是远古部族之间进行通婚的重要条件，同时，通婚也是增强部落之间政治、军事联盟的重要手段之一，这就要求西陵氏部族应该与黄帝部族具有较为接近的地缘关系。以现在的里程计算，西平与新郑相距120公里，活动在

新郑的有熊部族与生活在西平的西陵氏部族地缘相近，具备交往通婚的便利条件。"

嫘祖故里在西平最有说服力

根据司马迁撰写《史记》的时代，西陵这一地名应该从记载两汉以前历史的典籍中寻找。从史籍及地志中发现，两汉以前称为西陵的地方有多处，它们分别是湖北宜昌、湖北黄岗西北、湖北浠水、四川茂县叠溪和四川盐亭。所以认定这些地方为"西陵"并非空穴来风，尤其是在四川盐亭、湖北宜昌先后举行嫘祖文化研讨会以后，嫘祖故里盐亭说与宜昌说在学术界曾产生较大影响。

但这些地方当时都不在仰韶文化、龙山文化的范围之内。按照著名学者马世之的考证："嫘祖文化为炎黄文化的亚文化，从考古发现来看，应属于仰韶文化范畴。仰韶文化公布的地域以中原地区为中心，北到长城沿线及河套地区，南达鄂西北，东到豫东一带，西到甘青接壤地带。"

相对而言，四川盐亭与新郑相距数千里，湖北宜昌一带与新郑虽然较四川为近，但也有千里之遥。新郑与这两地之间路途遥远、山水阻隔，地理等自然因素决定了黄帝部族与当时活动在巴山蜀水间的各部族的相互交往存在较大的局限性。如果西陵氏部族生活在盐亭或宜昌等地，会使皇帝娶嫘祖为元妃存在诸多不可能的因素。

特别应指出的是，人类社会的婚姻形式是从"长幼侪居，不君不臣，男女杂游，不媒不聘"逐步过渡到族内级别群婚，族外级别群婚，又发展到不太稳定的对偶婚。黄帝时代正是由母系社会向父系社会过渡时期，对偶婚仍在继续。在这种不是非常文明的时代，黄帝的妻子不可能选在千里之外，那种所谓的湖北说、陕西说、四川说是脱离实际的，也是违背历史的。

因此，要找到嫘祖的故里，还必须从黄河流域，特别是中原这块土地上去寻觅。翻遍众多典籍地志，汉魏以前，中原及黄河流域称之为西陵的地方绝无仅有的一处，就在今天的河南省西平县。

西平县把每年的农历三月定为嫘祖文化月，农历三月初六所在周定为嫘祖文化、孝文化宣传周，在举行拜祖大典、创作嫘祖戏剧作品的同时，还举办以"母爱、母教、孝母、爱亲"为主题的青年演讲比赛、少年书法比赛等一系列尊母、爱母、敬母、孝母纪念、研讨活动。今年 4 月 11 日，还将举办河南·西平嫘祖故里庆祝中华母亲节"中华母亲颂"诗歌朗诵会。4 月 12 日（农历三月初六），丙申年嫘祖故里拜祖大典将在西平县嫘祖文化苑隆重举行。

嫘祖庙、蚕桑节等成为历史见证

西平县的西部乡镇，处于伏牛山余脉向平原地带过渡地段，整个地貌呈现出低山、土岗、平原、湖泊、河流相互交错、复杂多变的丘陵地形。这里土地肥沃、水源充足，既可以从事农耕生产，又可以采集、渔猎，为早期人类的生存提供了优越的自然条件。

这里有一座海拔 520.8 米的山名叫蜘蛛山。传说嫘祖就是从蜘蛛织网中受到启发，在这里发明利用蚕茧抽丝织布成衣。为纪念嫘祖的丰功伟绩，蜘蛛山又被人称为"始祖山"。山上曾建有嫘祖庙（现在仅存残碑、砖瓦等物）。每年农历四月廿三，当地群众都要在这里举办盛大的庙会，追祭嫘祖发明养蚕缫丝的功德，所以庙会又被称为"蚕桑节"。

师灵（西陵）冈上，有一座高大的娘娘坟，当地人称之为嫘坟和嫘祖陵。1949 年前，在西平境内的师灵岗、五沟营镇、专探乡、吕店乡、出山镇和西平县城，还分别发现有多处嫘祖庙（当地人亦称之为娘娘庙），成为西平县是嫘祖故里的历史见证。1949 年后不久，在西平乡下，人们依然在养蚕时供奉"蚕娘娘"的牌位，并进行祷告，求"娘娘"保佑养蚕顺利，蚕茧丰收。可见，嫘祖在西平这一带影响源远流长。

值得一提的是，直到如今，在西平民间还流传着大量嫘祖植桑养蚕、缫丝制衣的故事。

比较典型的传说是，嫘祖是九天仙女下凡，她降生时虽然是三月初六，但狂风暴雨下了三天三夜，大水淹没了田地和村庄。西陵氏族首领听信巫师之言，把嫘祖扔进了山沟，神鸟野兽救了嫘祖。长大后，嫘祖艳若天仙，心灵手巧。一天，嫘祖到蜘蛛山采野茧，受到蜘蛛结网的启发，在神鸟的帮助下，经过千辛万苦，发明了养蚕技术。

嫘祖得到神灵的保佑，成人后发明了骨针，把野茧搓成线，用兽皮做衣服给人们穿。黄帝听说了嫘祖的贤能大德后，便迎娶她为自己的妻子，并封她为正妃娘娘。

特别是起源于嫘祖降生地的西平县吕店乡董桥村的《嫘祖祭典》，其影响遍及西平县城乡，是西平县民间祭祀嫘祖的典章。传说，嫘祖的生日是农历三月初六。农历二十四节气中的小满是新茧上市的日子，西平县民间祭祀先蚕嫘祖分别在这两天举行，尤其是三月初六祭祀嫘祖冥诞的嫘祖祭典仪式，千百年来久盛不衰。

弘扬"爱母孝亲"传统美德

2006年，西平县炎黄文化研究会组织历史、民俗、音乐等方面的专家，挖掘、整理出几近灭绝的《嫘祖祭奠》词章和乐谱。同年，由中华炎黄文化研究会、河南省炎黄文化研究会联合主办，西平县人民政府承办的"中国河南西平嫘祖文化研讨会"在河南省西平县举行。来自中国社科院、复旦大学等单位的60余位历史、考古、民俗和社会学家与会。通过考证，复旦大学历史系教授魏嵩山等专家一致认为：嫘祖故里就在今天的河南省西平县。嫘祖故里——"西陵"的历史地望，在今河南省西平县县城西27.5公里的"吕墟"之上——"董桥遗址"是也。

近年来，西平人民满怀对嫘祖的深深敬意，积极弘扬"爱母孝亲"传统文化，全力演绎嫘祖文化。2007年7月，由中国民间文艺家协会组成的"中国民间文化之乡"专家组到西平考察论证，并正式认定命名西平为"中国嫘祖文化之乡"。自2008年始，西平县已连续举行八届嫘祖祭拜大典。大典分为"迎神""上香""上供""祭拜""献舞""送神"六章，程序规范而不繁杂，乐舞粗犷而不失庄严。该祭奠后来被列为省级非物质文化遗产。

2012 年以来，西平县连年向国家有关部门申报，希望将农历三月初六嫘祖诞辰日定为"中华母亲节"。西平县炎黄文化研究会会长吴双全告诉记者，世界上很多国家都有自己的母亲节，不管"中华母亲节"能不能获批，我们都要发扬"爱母孝亲"的传统美德。

西平县把每年的农历三月定为嫘祖文化月，农历三月初六所在周定为嫘祖文化、孝文化宣传周，在举行拜祖大典、创作嫘祖戏剧作品的同时，还举办以"母爱、母教、孝母、爱亲"为主题的青年演讲比赛、少年书法比赛等一系列尊母、爱母、敬母、孝母纪念、研讨活动。今年，还将举办河南·西平嫘祖故里庆祝中华母亲节"中华母亲颂"诗歌朗诵会和河南省书法之乡·西平——嫘祖故里庆祝中华母亲节"中华母亲颂"爱母孝亲广场书法展。

如今，嫘祖故里拜祖大典（中华母亲节）已成西平文化创意工程和文化产业发展的重点项目及主打品牌，在社会上产生了积极影响和很大效应，对促进政治、经济、文化、社会和谐产生了积极的作用。

西平全力演绎嫘祖文化

祭拜嫘祖体现的是文化认知和情感归属，承载着嫘祖故里的老百姓对先祖的尊崇和浩浩功业的颂扬。如何将产业与文化品牌拼接，实现文化品牌的产业化？这是一个新课题，也是一个难题。

在 2011 年第七届中国国际文化产业博览交易会上，西平县签约了嫘祖文化苑建设项目。目前，嫘祖文化苑已露出倩影。该项目占地约 300 亩，投资 1.45 亿元，包括可容纳 500 人的多功能演播厅、嫘祖广场、嫘祖像、嫘祖殿、丝苑、锦苑、念祖湖、音乐喷泉、农耕文化体验区等，是一个集寻根拜祖、文化展示、旅游体验、产业窗口于一体的综合园区。

西平县委书记聂晓光说："嫘祖文化苑的建设不仅给国内外华人前来寻根问祖创造了条件，而且成为一项提升西平城市形象的工程。通过产业拼接，打造嫘祖文化品牌，我们将把历史文化资源转化为经济社会发展的软实力。"

西平县不断拉长"嫘祖产业链"。当地企业不仅开发出"嫘祖酒"，而且在国家传统纺织品研究协会的支持下，开发出以"嫘祖锦尚"为商标的多品种老粗布纺织品。在"2015 西平·中国纺织服装产业转移论坛"上，西平县表示，将以产城融合、文化与产业并重等为原则，打造嫘祖服装产业新城，成为承接国内纺织服装产业转移的重要基地。

据了解，西平县产城一体化的综合工业园嫘祖服装新城项目已经开工建设，项目分三期开发。其中，一期工程智尚工业园项目是省、市、县三级政府的重点工程，是省服装协会"十三五 1+8"战略示范工程，占地 393 亩，将建设现代物流，电子商务，展示展览，集订单调配、设计创意于一体的 26 层总部大厦等生产服务设施，配套住宿、餐饮、医院、学校、购物街区等生活服务设施，全力打造现代化、公园式、产城融合的综合工业园区。项目于今年 9 月建成，可入住企业 100 家，用工 1 万人，年创产值 20 亿元，必将对西平服装产业集群集聚、实现打造中国服装基地的目标，乃至推动中原地区服装市场发展产生重要而深远的影响。

同时，西平县还着力挖掘嫘祖故里"中华母亲节"的人文价值。"美国有历时近百年的母亲节，我国作为一个文明古国，为什么不能有自己的母亲节呢？"倡导设立"中华母亲节"的西平县炎黄文化研究会会长吴双全告诉记者，"我们应该有自己的文化自信！"2012 年，西平县向全球华人和炎黄子孙提议，以农历三月初六嫘祖诞辰日为"中华母亲节"。2013 年 4 月 14 日，西平县委、县政府主办的"中国·西平首届中华母亲节研讨会"召开，中国民协节会委员会主任、中华母亲节促进会会长李汉秋等专家出席。

据专家介绍，出自嫘祖之后的姓有 172 个，约有人口 10.5 亿，占全国人口的 80%以上；史载五帝中的颛顼、帝喾，都是黄帝和嫘祖的后代。会议认为，母亲节应该流淌着自己民族文化的血液，承载着自己的民族精神，无论是在血缘上，还是在植桑治衣的功劳上，嫘祖理应被尊为"中华之母"。

目前，西平县正积极向国家有关部门申报设立"中华母亲节"，争取使西平成为"中华母亲节"的始源地。

传承嫘祖文化生生不息

千百年来,黄帝作为华夏民族的人文始祖早已妇孺皆知,并成为凝聚中华民族的精神支柱,但嫘祖为何许人也却鲜为人知。

作为中华历史上一位伟大的女性,嫘祖在宇宙洪荒的远古时代,发明了植桑养蚕、缫丝制衣,结束了远古人赤身裸体、无衣可穿的蒙昧时代,开创了人类从远古洪荒到服饰文明的新纪元。

大量的史料和民俗学、社会学及考古发现证明,西平是中国蚕桑丝绸文化的源头。嫘祖作为华夏人文始祖黄帝的正妃,劝稼桑教民养蚕,使植桑养蚕这一技术在中原地区推广传播。

随着黄帝族势范围的发展扩大,这一技术逐渐传播推广到黄河两岸的河南、河北、山西、陕西、山东、甘肃等地,并随着时间的推移和技术的完善,演变成源远流长的丝绸文化,在世界范围内产生了广泛而巨大的影响。是嫘祖和黄帝一道开创了中华男耕女织的农耕文明,因而嫘祖文化及嫘祖故里西平,对人类文明的发展有着不可替代的历史作用,对世界文明的进程产生了重大影响。

"嫘祖始教民育蚕,治丝茧以供衣服,而天下无皴瘃之患,后世视为先蚕。"有史籍记载的我们中华各民族的伟大"母亲"——黄帝正妃嫘祖,发明植桑养蚕、缫丝制衣,为人类文明做出了卓越贡献,堪称"中华第一国母",是一位在中国历史上当与黄帝齐名的伟大女性。

嫘祖文化的核心集中体现了中华民族与时俱进、自强不息的开拓创新精神,将有力促进中华民族及全世界华人的民族认同感,增强中华民族的凝聚力。嫘祖

文化是炎黄文化不可分割的一部分，传承嫘祖文化生生不息。

加大对嫘祖文化的研究宣传与开发力度，势必对于增强海内外炎黄子孙的认同感，增强中华民族的凝聚力、向心力，促进祖国和平统一，并对促进驻马店市旅游事业发展及经济振兴，具有十分重大的现实意义和深远的历史意义。**（陈军超　张广智　胡军华）**

原载《天中晚报》2016 年 4 月 1 日、8 日
报道部分内容引用市县区地方志办提供资料

天
／
中
／
地
／
理

普照寺塔 见证八百多年沧桑

河南省驻马店市平舆县李屯镇有一座沐浴了 800 多年风雨的古塔，苍老的面孔，布满了岁月的皱纹，粗糙的砖石，讲述着历史的沧桑。它和汝南的悟颖塔、西平的宝岩寺塔同为驻马店的三大古塔，是全国重点文物保护单位。

800 多年来，见证了无数兴废沧桑的普照寺塔历经风雨，依然巍峨屹立，既是驻马店悠久历史的见证，又是天中灿烂文化的标志。

兴盛一时的普照寺

"小时候，我们经常爬进塔内打扑克，里面可以坐 4 个小孩。" 11 月 14 日，义务文物管理员霍得力告诉记者。

距平舆县西南约 30 多里的李屯镇柳屯村普照寺村外的乡村道路不宽，但很平整。

记者下午 5 时赶到普照寺村时，村中非常安静，连空气都仿佛静止不动。在村子里转了一圈，记者发现家家户户的大门几乎都是敞开的，时不时可以见到懒洋洋的小狗眯着眼卧在院门旁，无视过往的人群，尽情享受温暖的阳光。几位上了年纪的老人悠闲地坐在街道一旁的水泥台阶上聊天，脸上写满慈祥与安逸。偶尔有几个村民扛着锄头从田地里回来，看到陌生的我们，有的冲我们点头微笑，有的则亲切地招呼："来了？到家坐吧！"

村中的建筑多是近些年盖起的民居，没有一丝古老的韵味。走在这里只感到宁静与温馨，若非平舆县文管所副研究员张耀征介绍，我们怎么也想不到，村里还有一座始建于金天德年间的普照寺塔。沉寂在普照寺西的普照寺塔，历经沧桑，作为历史的见证者，被小心地呵护着。

沿着村子往西走，远远地望去，一座高大雄伟、气势恢宏的青灰色古塔坐北朝南。古老沧桑的普照寺塔像一位饱经风霜的老人，经过近千年风雨侵蚀，却巍然矗立，更显雄姿。

张耀征介绍，普照寺村因普照寺而得名，普照寺塔也曾是普照寺的一部分。但我们现在已经看不到普照寺的踪影了，只有旁边静立的普照寺塔，默默见证过800多年前，那一片金碧辉煌的建筑之中，晨钟暮鼓，佛音袅袅。

据史料考证，普照寺原名崇林寺，是金皇统年间所建，后改名普照寺。

金代统治者信奉佛。约从金太宗时期，佛教昌盛，当时的统治者不仅在内廷供奉佛像，还在各地广建寺院。在当时的整个佛教高僧中，以禅宗禅师最有名望。园性禅师，是宋末金初禅宗的导师，高足弟子有广温、普照。金熙宗皇统年间（1141—1148年），普照曾在蔡州一带活动，将当地一寺院扩建后改名"普照寺"。

普照寺中有大佛殿、中佛殿、天王殿、关帝殿、炎帝殿、毗庐殿及僧舍数十余间。元末殿宇遭毁于兵火。

明英宗天顺五年（1461年），有一个名叫班丹藏卜的天竺（印度）僧人，云游至此。班丹藏卜见寺院梁栋折坏，唯故址仅存，"豁然有感，因竭募化"。班丹藏卜先复建大佛殿三楹，其余的地方建起了茅草庵。之后，众僧云集。在这不久，一个法号"宗连"的主持，在大佛殿前建"天王殿"三楹，并在大佛殿与天王殿之间建"中佛殿"三楹，殿之东厢房为"关圣帝殿亦楹"，殿之西厢则为"炎帝殿""子孙殿""毗庐殿"各三楹。至明宪宗成化十七年（1481年）秋天，方竣工，历时二十个春秋。

当时的普照寺"右有宝塔一峰、左建钟楼一座"，规模空前。当时的普照寺广置田产，远近闻名，占地一百多亩，是一座配套齐全的寺院，雕梁画栋，飞金流彩，巨柏苍梧，苍翠荫翳，香火异常鼎旺盛。

张耀征告诉记者，明末普照寺逐渐没落，清代也曾重修，但毁于战火，到民国时期，普照寺占地面积已经很小。

建于 800 多年前的普照寺塔

"天德年间（1149—1152 年），30 多岁的秀公戒师和尚主持普照寺。"张耀征告诉记者。秀公戒师和尚是扶沟人，俗姓张，7 岁出家于偃师县城彼岸寺百法院，15 岁剃度受戒为僧。他潜心研习佛经，曾步行游历祖国的佛教名山，出没于"天目陵空"的高山峻岭和烟云环绕大厦僧舍，与佛教结下不解之缘。金熙宗皇统年间，在普照寺兴建后，这位年轻的僧贤游于"偶燃身上士，及浊公菩萨也"，得到禅宗佛法的真传，法号"秀公戒师"。

普照寺接近金帝国南疆的军事重镇蔡州，南眺长淮。淮河为宋金疆界，金王朝在南宋政权和蒙古政权的夹击下，历年战争，青壮年多被迫应征从军，残酷的战争使中原地区人口锐减，社会动荡不安，人民流离失所，少年失父、老年丧子，悲惨状况比比皆是。秀公戒师和尚在普照寺四十多个春秋，建立了谢塘福胜院，抚恤平民百姓，救助婴幼妇孺，德隆望尊。

秀公戒师和尚主持普照寺几十年，善事多多，在当地群众中留下许多传说，至今仍有不少善男信女在塔前焚香祈祷，朝拜许愿。

张耀征说："塔的功能大致可分四类：一是寺庙中的建筑，比如佛塔；二是高僧死后存放尸骨或舍利子的，是墓塔，如少林寺的塔林；三就是灯塔，如泉州东西塔，石狮的姑嫂塔；四是具有纪念意义的，如滕王阁。普照寺塔又名秀公戒师和尚塔，始建于 1194 年，是坐化的高僧秀公戒和尚的墓塔。"

1193 年，秀公戒师和尚圆寂，该寺僧员开始筹备砖石，建造秀公戒师和尚的墓塔。1194 年工竣，历时九个月，名曰"秀公戒师和尚塔"，又称"普照寺塔"。其西毗邻汉水利专家许杨主持兴建的汉汝水故道（今名"杨河"），坐落在汉汝水东岸的堤坝遗址上，地脉高凸，水患不浸，有"水光龙脉"之誉。如今，普照寺早毁，仅存此塔。

古塔价值无限

义务管理员霍得力正在清除塔边的杂草。他告诉记者，普照寺塔高 15.31 米。记者面前的普照寺塔是一座六角七层楼阁式砖塔。每层塔壁顶部用砖砌出普柏枋，上置斗拱，承托各塔檐。各级檐层砖模仿木斗拱，塔壁上嵌有秀公戒师和尚墓志铭青石碑一块，塔壁错缝平直，塔壁上还有多种细致精美的砖雕花卉和佛龛塔壁。下部为塔基，高1.86米，用31层砖垒砌而成，塔基边长2.6米。塔顶用七层砖反垒砌而成，上承石质塔刹。石质六边形刹座上承三重相轮及刹尖，刹杆固定在第七层藻井顶部木板上，上部穿入刹座、相轮及刹尖。

塔下用栅栏围起，旁边有香火台一座，未尽的香烟依旧缭绕。栅栏内有一块倒地的青石碑，上面刻着"重修普照寺塔碑记"字样，擦去上面的黄土，字迹清晰可辨。

南面设塔门，二级南面嵌有塔铭："金明昌五年甲寅八月"。记述了金代高僧秀公戒师和尚"心田皎净"毕生追求"旷达玄妙"的僧侣生涯与坎坷人生。该塔铭文中还记述了他办抚恤收养机构"谢塘福胜院"的事迹，表现了他对劳动人民苦难的同情及令人钦佩的人品。

普照寺塔建筑结构严谨，具有极高的建筑审美和考古价值，虽历经千年沧桑，但仍保存基本完好。秀公戒师和尚塔塔身外有多处砖刻花卉及佛像，形态各异，种类繁多，雕刻精致，时代特征明显，具有极高的艺术价值。

"咸丰年间捻军起义时，捻军首领陈大喜在附近的孔海村修建寨墙时，将普照寺大殿拆毁，把木料砖石用以修葺寨墙。自此这座千年古刹被夷为平地，仅遗秀公戒师和尚塔和数十尊石刻佛像。'文化大革命'时期，普照寺的遗址也被毁坏，唯一保存下来的便是这座秀公戒师和尚塔。"霍得力介绍。

该塔2002年被河南省人民政府公布为省级重点文物保护单位，近年来在塔附近区域发现有宋金时期的数件历史文物。2013年5月，这座塔被列为第七批全国重点文物保护单位，更成为天中人民的骄傲。

普照寺塔的传说

记者看到,塔砖和砖雕有不同程度的风化。"那里曾有一个紫砂平安鸽,后来被人盗走了。"55 岁的霍得力指着第四层塔壁说。

霍得力告诉记者,现在的普照寺塔是 2006 年南阳市文管所前来修复的。塔顶也是重新修建的,原来拆下来的塔顶是木质结构的,因为没有人要,他珍藏在了家里。记者随霍得力到他的家里,看到了一段 4 米多长的杉木塔顶,木条上有对称的十字形方孔,据说是用来固定的。

霍得力说,塔内原来有井。相传,秀公戒师和尚坐化后,采取的是缸葬,身缠白布放进缸内沉入井中。传说,秀公戒师和尚圆寂后,有条金色的巨蟒盘踞在他的墓塔顶,守护一方土地,保佑这里风调雨顺,五谷丰收。因为传说塔中有灵蛇,有求必应,还有很多人前来供奉香火。20 世纪 60 年代,这座塔井被填死,巨蟒的传说才不再被人提起。

张耀征告诉记者,2004 年,这里修路开挖路基时,曾挖出一坛银铤,经文物专家鉴定,其中的两块"令牌"状的银铤为金代银铤,属国家二级文物。另外,8 块碎银为宋代银铤,属国家三级文物。古代银铤主要出现在唐、宋、金时期,因其形状类似猪的肾脏,百姓俗称"猪腰银"。这里出土的银铤很可能是当时寺院内的和尚窖藏的。

霍得力说,2010 年的一天,村民们醒来,发现古塔前被人挖了一个 1 米多宽、2 米多长的大坑,坑边弃落着一些古币和坛子。普照寺塔下是否还隐藏着不为人知的秘密,我们不得而知。抬头望去,只见霞光万道,落日余晖斜照古塔,似一幅色彩绚丽的图画,向人们讲述 800 多年来的风云变幻。**(陈军超　余斌)**

原载《天中晚报》2015 年 11 月 27 日
报道部分内容引用市县区地方志办提供资料

历经三千年风雨的沈国故城

"以前，每逢夏天下过大雨，老百姓在这片地随便一翻，就能发现'蚁鼻钱'，当地人都叫它'鬼脸钱'。" 1月19日上午，指着眼前大约高出附近麦田3米的高岗，河南省驻马店市平舆县文物管理所所长赵振华告诉记者。

站在这处还能看到古城墙的高岗上，记者的头顶是湛蓝的天空，洁净得像一面蓝色的镜子，不见一丝云彩，身边微风轻拂探出头的麦苗，感觉时光像静止了一样。突然听见飞机从几万英尺高空掠过的轰鸣声，抬头却看不见飞机的痕迹，闭上眼睛，似乎自己乘坐时光机穿越历史的风尘，经历了3000多年漫长的岁月洗礼，走向远古……

这里是沈国故城遗址，一座很大的土城遗址，位于距平舆县城20多公里的射桥镇古城村。

平舆射桥的来历

春秋沈国的位置，今有三说：一说在安徽临泉县境，一说在河南沈丘县境，一说在河南平舆县境的射桥镇古城村。

赵振华告诉记者，射桥名称的来历与中国著名的神箭手养由基有关。

楚晋两国交战，晋国大将魏锜射中楚王的眼睛，楚王急令养由基回射。养由基一箭射死魏锜，晋国帅亡兵溃，楚国大胜。养由基是平舆邑人，成语"百发百中""百步穿杨"，都出自他。军中称他"养一箭"，意思是射中目标从不需要第二箭。射桥虽不临汝、洪河道，但曾有码头在洪河的一道支流茅河。宋朝时，平舆人在茅河上建桥，纪念养由基，取名射桥。

与射桥几里之隔的古城村，曾为汝南郡治。古城村居民集中在沈国遗址上。"前些年，遗址保护难度较大，一些村民以自家挖地窖存放甘蔗为名义，开挖遗址。为了加强村民的文物保护意识，有关部门在射桥镇古城村召开了警示教育大会，集中向村民宣讲文物保护有关法规。这之后，老百姓的文物保护意识有了很大提高，发现什么情况都会及时向有关部门报告。"赵振华感慨地说。

相当于三个故宫

据第三次全国文物普查的结果显示，沈国故城，包括汉代、魏晋汝南郡治平舆故城的南北长约 1600 米，东西宽约 1480 米，南北宽 1360 米，面积 200 多万平方米，相当于三个故宫的面积（72 万平方米），城墙高于周围的地面 1~6 米不等，个别地段仅存墙基，为层层夯土构成。

赵振华介绍，该遗址是人工夯城，规模宏大，分南、北、东三城，北城为主城。近年，发现该遗址的同时，在故城的南部还发现了一座大型西周春秋至汉代的墓群。

沈国遗址北城为长方形。北城西北部和东南部是古城村民的住房。由于历代建筑被当地百姓取土垫宅制坯，北城墙已经毁废，面目全非，仅遗东北角东西不足 200 米的墙基。西城墙北部，已被群众夷为平地，建房筑室；东城墙不少地段也因历代百姓建房取土削蚀严重凸凹不平。

在赵振华的带领下，记者一行首先来到了北城西城墙遗址。记者看到，这里平均高出周围的地面近 3 米，四面城墙遗迹已不是很明显，尚有 100 多米墙基，看上去更像一个土坡，周边长着一米多高的荒草。

西城墙全长 1170 米，分两段，两个缺口。赵振华介绍，两处缺口一为西门遗址，一为 1924 年群众避兵匪修古城南寨墙，掘东外壕，西通西城壕，东通拉龙沟，形成了缺口。西城墙寨沟南段的城壕，因群众拓耕取城墙土填平，墙基保存完好。寨沟以北的城墙被古城的村民夷为平地，拓为宅基地，建成一排排民房。

"东北处的城墙遗址是目前能看到的最高的。"赵振华带记者登上了东城遗址。记者发现，这里的城墙残高最高处约 6 米，顶宽 8~15 米不等，城墙下有护城坡，宽约 15 米，护城坡外 300 米长的护城河已被填平变为耕地。

赵振华说，这里是保护最好的，遗址内春秋战国时期的陶片遍布，其中古城村村民菜园的东西角，曾出土有大量汉代的封泥残片，不少封泥品相尚好，有专家认为这里还曾是汉代汝南郡署所在地。

古城村支部书记夏中伟是沈国遗址的义务文物保护管理员。头天晚上，他带着村干部夏新喜等人在遗址附近转了一圈，发现有可疑车辆停在附近，还特意上前查看。

"这也是国宝，村里老少爷们都很操心。"夏中伟对记者说。

"原来，城墙比现在高多了。"夏中伟告诉记者，他小的时候，经常和村里的小伙伴一起跑到城墙最高处，再坐下去滑下来，看谁速度最快。

"南城墙是故城遗址保护较完整的一处。全长 570 米，仅一个缺

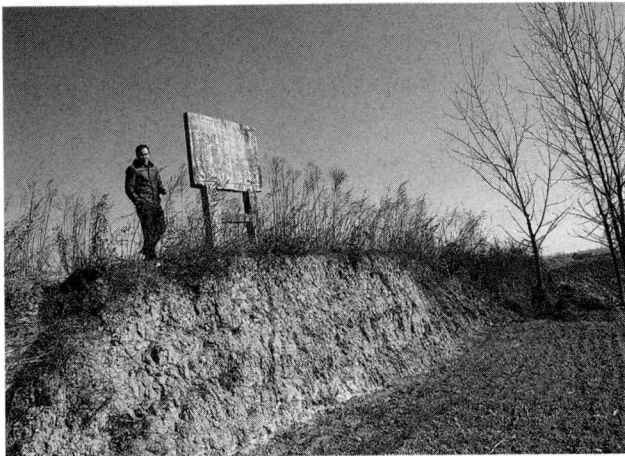

口，经勘探调查为南城门遗址。"站在北城墙上极目远望，赵振华指着南部的城墙对记者说，但南城墙也并非完美无缺。近年该镇平整土地，"文革"前高出周围平均地面 4~6 米的南墙，已不存在。东南角可能在古代受茅河道水面较宽，以及拓路，复建令公祠等原因的影响而缺损内收。但南墙基保存完好。基下为城墙护坡，因为墙土冲积叠压，不经勘探已很难认，护城坡外是护城河。

护城河因历代雨水冲刷及人为填土拓垦，不复存在，但仍低于周围的地面 1~3 米，与南墙的最高处相差约 5 米。经勘探调查其宽约 30 米，并沟通西壕、北壕，并与茅河故道即古溵水通融。

赵振华介绍，从现存的城墙痕迹来推断，春秋战国直至秦汉、魏晋，南城是工厂作坊区，四周为低矮的城墙，高约 3 米。南、西二面有宽约 15 米的壕沟环绕。

东城没有正式进行考古发掘，但通过多年的文物调查，此城墙类似民国、清代当地的寨墙，墙基宽约 15 米、高约 3 米。东城属于汉代的左城，双称"闾左"。

民间传说，汉代汝南城通过"拉龙沟"之上的下天桥和附近的上天桥进入东城区。

东城区居民鱼龙混杂，这里的居民除庶民百姓外，还有日进斗金的商人。汉代避兵祸的董永和父亲曾经落难汝南城，凄风苦雨，寄人篱下，居住在东城区。源于汉代的董孝子祠（汉代董永故居）、仙女庙，即位于此处的柴楼村南。但民间也传说，汉代的汝南郡府设置于北城，平舆县衙署则设置于东城。

古城村中无沈姓

这处有三千多年历史的商周时期的遗址，是沈国的故址，还是沈姓的发源地。然而，有意思的是，古城村有夏、庄、王等多个姓氏，就是没有姓沈的，这是为什么呢？

沈国自公元前 1063 年分封建国，中间数经战乱，风雨飘摇，但一直维持到公元前 506 年，才为蔡国所灭，共有 557 年的历史。

《史记·管蔡世家》载："周公旦承王命伐诛武庚，杀管步，放蔡叔……而分殷余民为二；其一封康步为卫君，是为卫康叔，封季载于聃。"周文王十子姬载奉命建立聃国。

沈人源于东夷嬴姓的少昊族，夏代徙居山西运城盐泽之滨建立沈国。周成王元年（约公元前 1063 年），嬴姓沈参与管蔡之乱。周公灭沈，原嬴姓沈君惟恐被周人兼并东迁，故率众向西域出逃。但因其居地位于周王朝腹地，周师反应快捷，除沈君及部分精减族众西遁外，大部分沈民被周师俘获。西徙的沈人成为秦汉时期闻名羌的"沈氏"。

周公灭沈后，指令聃季载把这一部分姓沈国遗民，强迁到聃国，天中地区澺水之滨，即今河南省平舆县射桥乡古城村一带。由于遗民的数量远远超过当地聃民，周公、聃叔采取怀柔政策，将聃国改名"沈国"。这大约在周成王五年（公元前 1059 年）。

后由聃季载世子桓伯袭爵为沈侯。沈国历十六君，公元前 506 年，沈子嘉在位时，因沈国拒绝参加召陵会盟，为蔡所灭。沈子嘉逃亡途中被杀，儿子沈尹戊和孙子沈诸梁，在楚国官至司马、令尹等显职。历代沈君的后裔皆以国为氏，南朝著名史家沈约即其后裔。

夏中伟告诉记者，村里有 4000 多人，夏、王、庄等姓氏都有，就是没有沈姓。相传，沈国灭亡时，末代国君沈子嘉的后人纷纷逃逸到外地，没能逃走的则为了避祸，全部改姓，至此，村中再也没有沈姓。不过，近年来，马来西亚、福建等沈姓后裔陆续来此寻根问祖。

历史上的沈国被蔡国攻灭后，又属楚，为楚国北疆的军事重镇。后因沈人继承挚人的造车技术，擅长制作多种车舆，此地改名"平舆"。西汉初年，汉高祖刘邦在此设汝南郡，城市规模突破东城墙，越过拉龙沟（茅河故道），向东扩展近千米。

东晋时期，因匈奴、鲜卑等少数民族的军队大规模南侵，汝南郡治自射桥镇古城村一带，迁往汝水为天然屏障、易守难攻的悬瓠城（今汝南县城），沈国故城在繁荣 1400 多年后被废弃。

南北朝时期，该故城废弃的建筑物虽然坍塌残破，凋零不堪，面目全非，但仍然遗留一些砖瓦，和无搬迁价值的残堂旧室，可以遮风避雨。《宋书》卷五十九《索虏传》记载宋元嘉二十七年（450 年）魏帝拓拔焘率领十万大军攻打悬瓠城时，废弃的汝南城（即沈国故城）中还有北魏的骑兵、步兵五百人。

北魏郦道元《水经注》卷二十一《汝水篇·滶水》记载了壶仙观的故事、费长房在此遇仙的传说。按照明代《重修开元寺碑记》记载，唐代开元年间，在此遗址上建了汝东名刹开元寺。明、清时期该故城遗址上的寺庙建筑甚多，成为汝东信教群众心目中一道亮丽的风景线，民间射桥集古城村一带的寺庙有七十三座，比汝宁府城还多一座。著名的寺庙有：开元寺，劈雷将军庙（蔡顺庙）、董孝子祠、仙女庙、壶仙观等。

文化遗存丰富

"文化遗存非常丰富，第一次全国文物普查时，很多村民上交了不少珍贵的文物。经过多年的考古调查、文化勘探，结合文献记载证明：该遗址为商周时期的文化遗址。"赵振华说，平舆县文化馆自 1956 年开始，曾对沈国故城遗址进行多次地面调查，先后在该遗址出土了不少文物，多为春秋战国遗物，其中有剑、戈、削之类的古兵器，罐沿、棕陶等在城东出土。

沈国故城遗址，目前保存大部分的城墙遗址和护城河，具有较高的历史、学术和科学价值。

赵振华介绍，该故城遗址，规模非常宏大。从其故城的城墙夯土建筑形制看，与湖北江陵"纪王城"有相似之处，这对研究殷周、春秋时期的城市建设、淮河流域中小国家的历史，都具有重要的价值。

从在该故城遗址上采集到的陶器标本，有殷周、春秋、战国时期的器物，这些文物均具有典型的地方特征，对研究殷商聃国，西周沈国一千多年的历史演变及多时期的社会、政治、经济、文化等状况，具有重要价值。

由于沈国故城遗址具有典型的地方特征，为研究淮河流域，洪、汝河水系小国的历史文化、社会活动，尤其春秋时期沈国同这一地区陈、蔡、吕、道、柏、房、顾等邻国及它们之间的相互关系等提供了丰富的资料。

沈国故城，当时处在强大的挚国势力范围内，后被蔡国消灭，对研究本地文化与挚文化结合，特别是挚文化与中原文化的交流，具有重要的学术研究价值。

1955 年破四旧时，该故城遗址一带的寺庙建筑逐渐拆除，到 1958 年成立人民公社，大部已经拆除，重新拓辟为耕地。

1973 年春，射桥乡平整土地，该故城因文化层丰厚，地脉高凸，被列为集中全乡劳力重点突击的工程。在故城遗址南侧的赵桥村一带，当地群众平整土地时，出土了春秋战国时期的墓群、簋、鼎等铜器和陶鼎、陶壶、陶罐等一批文物，引起了县文物主管部门的重视。

1983 年 11 月 7 日，平舆县人民政府公布西周沈国的故城为县重点文物保护单位，并在遗址上西南角城、东北角城树立保护标志牌两块。

1984 年，文物调查人员在遗址上采集到鼎、鬲、陶器残片等标本，并在这次调查中征集到实体三棱铜镞数枚、宽翼铜镞及遗址上出土的陶拍一个。

2006 年，河南省人民政府公布该故城为省级重点文物保护单位。

2013 年，故城遗址被列入第七批全国文物保护单位。

沈国故城遗址南、古城村东二里处尚有"沈子嘉墓""拉龙沟""斩龙台"的旧址。传说拉龙沟直通上蔡，是当年蔡国军队入沈都，沈子嘉乘坐太平车逃亡时轧出的一条古道。千年大路走成河，如今是一条宽沟。縻龙橛是绑缚沈子嘉的木桩遗址。斩龙台是斩杀沈子嘉的断头台。故城内还有张明府祠（又名令公庙）、"下天桥"、王壶公费长房上天处"上天桥""通天路"（上天桥旁的一棵古树）等古迹。

为民自焚的张令公

沈国古城城南，就立着郦道元《水经注》中曾提到的张令公庙。

古城村村干部夏新喜领着记者一行来到令公庙遗址，讲述了令公庙的来历。

汉代平舆县令张熹，字季智，桂阳郡临武县（今湖南衡阳市）人。张熹为官清廉，爱民如子，深得百姓的拥戴，百姓都尊称他为"张令公"。

有一年地方遭遇罕见的大旱灾，一连百日无雨，夏粮颗粒无收，晚秋又种不上，张令公心急如焚。他吩咐人们在城南门外堆起一座高高的土台子，土台子上面摆上桌子，桌子上面再摆桌子，这样层层叠叠，一下子摆了数丈高。最高处是县衙的供桌，上面摆满了各样供品。桌子下面及土台四周堆满了柴草。午时，张熹把官服一脱，光着脊背跪在上面，虔诚地叩拜上苍。

但是张熹一连三天祈雨，雨还是没有下。第三天的午时三刻，张熹不顾众人的劝阻，点火引燃柴堆后又往上爬。跟班师爷见了，赶忙上前去拉，只抓住了张令公的一只脚。张令公急了，用力一甩，甩掉了一只靴子，还是爬了上去。主簿侯崇、小史张化也一起随他纵身火海。烈焰燃起时，众百姓哭声震天，忽然雷电交加，瓢泼大雨自天而降。一道电光闪过，人们看到那浓烟烈火中，飞起一朵红云直向天空而去。据说，张熹就是乘着那片红云上天成神了。

这场雨一下就下了三天三夜，这年秋天五谷丰登，当地百姓为了永远记着这个为民焚身的好官，把他舍身求雨的土台叫作"祈雨台"，把他留下的那只靴子埋了，起个大坟，叫作"靴子冢"，并在祈雨台旁边修了一座占地八亩的大庙，叫"令公祠"，一年四季香火不绝，遗址至今尚存。

令公庙历史上曾屡毁屡修，20世纪60年代被废弃，90年代初筹建祠舍数间。

上天桥有多高？夏新喜讲了一个故事，传说西汉时，一名乡绅曾经上了上天桥。回来后，乡邻问他上天桥有多高，这名乡绅说，我上去的时候，看见桥下杨树上的鸟窝里有两枚麻雀蛋，等我下来时候，已经孵出了麻雀。

墙外香的"荤白菜"

记者偶遇平舆一高的老师庄建军。庄建军是地道的古城人，他问记者知不知道射桥有名的"荤白菜"。

原来，沈国故城遗址东南有一个村庄叫方庄，这里自古盛产一种白菜，被称为"荤白菜"。据说，有外乡人经过方庄，晚上借宿在一农户家。这家农户非常穷但很好客，晚上特意熬了锅白菜给这位客人。外乡人吃了白菜，觉得口齿留香，像是肉煮的，但是在盘子里翻了半天，却没有发现一丁点肉末儿，就连煮白菜的水也非常清亮，不见一点儿油荤，就问主人是怎么回事。主人告诉他，这是当地产的"荤白菜"，棵大、根小、心实，凉拌熟食皆可，味鲜爽口，浑汤无丝。

相传袁世凯执政期间，当地韩氏举人为他祝寿，送白菜一车。袁世凯品尝后，甚为满意。母亲去世时，袁世凯特意派人来射桥买白菜，供宴席用。袁为朝廷重臣，官场人物对他奉承有加，趋之若鹜，而韩举人以廉价常见的白菜为贺礼，足见他性格独特，也为家乡人民做了免费广告。荤白菜又称"射白菜"，有意思的是射白菜墙里开花墙外香，驻马店人知道它的并不多，反而在外地有很高的美誉度。21世纪初，射白菜在内蒙古等地非常有名，能卖到十几元一个。奇怪的是，"荤白菜"只产在方庄那十几亩地上。可惜，现在没有人种植了。

沈国故城遗址东北的古城村庄村，相传是沈侯妃子沐浴的汤池。因为沾了灵气，出了不少人才，这些年这个村子出了不少博士后。

古城村正在申报沈国古城遗址的开发保护复建项目，也许，不久将来，沉睡三千多年的"沈国"将穿越时光，气势恢宏地出现在世人的面前。**（陈军超　余斌　闫宏伟）**

原载《天中晚报》2016年1月22日

报道部分内容引用市县区地方志办提供资料

蔡国故城墙是用石碦修成的？

　　蔡国故城位于河南省驻马店市上蔡县城周围，系西周至春秋时期的蔡国都城，作为蔡国都城长达 500 年，是现今保存较为完整的先秦列国都城之一，1996年被国务院公布为全国重点文物保护单位。据上蔡县志记载，蔡国故城始建于公元前 11 世纪的西周初年，距今已有 3000 多年的历史。

　　上蔡县城是记者的家乡，从小到大，记者多次到蔡国故城墙上盘桓，回望故国烟云，追寻历史印迹。多次听到家人和邻里讲述有关修建蔡国故城墙的美丽传说，对蔡国故城墙是如何修成的有深入的了解。

　　古时候，为了防御外敌侵袭和保护自己的都城，中国的历代统治者很注重修筑城堡，且不惜代价。翻遍中国的历史，绝大多数的城堡都是土城或用砖石砌成，可对于蔡国故城墙是用什么材料修筑的，记者听到有这样一个古老的传说。

　　西周时期，周武王灭殷纣平定天下，为了巩固他的政权，就实行分封制，把上蔡封给了姬度，建立了蔡国。姬度就是历史上的蔡叔度。

　　那时候，上蔡名为蔡地，西部荒山野岭，砂石满沟；东部荒泽泥潭，杂草丛生，是个荒凉的地方。

　　蔡叔度封国来到蔡地后，看到境内顽石砂碛，地面上长满了野草荆棘，五谷不长，风天飞沙走石，雨天泥流成河，就下令就地取土，修筑蔡国城。并且大兴土木，在城中建造起富丽堂皇的宫殿。因工程浩大，蔡国故城没有竣工，蔡叔度就因参与朝中"三监之乱"被镇压而死于郭邻狱中。

　　成王八年，周公旦以蔡叔度的儿子蔡仲能"率德改行"，认为是个很能干的人才，于是就让成王封蔡仲为蔡侯，继位为君。

蔡仲励精图治，放着豪华的宫殿不住，在岗坡上结草为庐。他脱下华丽的锦袍和朝靴，换上粗糙的布衣和草鞋，手执木杖，带着随从到蔡国境内查看地形，了解风物民情，结果发现了几尺厚的地表顽石砂礓下竟是可长庄稼的黄黑土壤。他看到西部的崇山峻岭后很是心焦，心想老百姓没地种吃什么？长此下去蔡国何时能够强大？老百姓何时能安居乐业？于是他就下令动员全国人民挖山造田。

蔡仲带头干，可他毕竟是一个文职官员，一天下来，双手磨得鲜血淋淋，衣服也被荆条挂成了碎片。一年下来，连个山尖也没挖掉。这件事被天上的二郎神知道了，他很感动，决定帮蔡仲一把。于是在一天夜里人们睡熟之后，二郎神抄起赶山鞭把上蔡县境的山全部赶进了东海。地面上的山是没有了，可大片大片的石块儿被埋在土里。第二天早上，全蔡国境内的山都不见了，蔡仲和老百姓那个高兴劲啊真没法形容。可老百姓拿着铁镐一刨地，又傻眼了，满地净是大石块儿，还是没法种庄稼。

蔡仲是个能人，到山根前仔细观察一番后，心里有底了。于是他下令修筑蔡国城墙。

两天后，一纸盖有蔡侯大印的公文贴遍了蔡国全境：蔡侯下令修筑蔡城，不许用土或砖，一律用石磙。石磙运来后上秤称，按斤两付现金，一斤石磙付黄金一两。并详细说明石磙运送采用滚地头的办法，比如张家碢的石磙推到李家地头后，张家就不用再送了，就由李家送，李家把石磙推到王家地头后，就算完成了任务。然后一家一家依此类推，直到推到指定修城墙的地点为止。如果石磙停在谁家地头，就以违犯蔡侯令重重处罚。

此令一下，全蔡国境内的老百姓都高兴坏了，这可是天上掉金子啊！原料不缺，满山遍野都是大石块儿，碢一个石磙再少也有几百斤重，那可是几百两黄金啊，一家弄个十个八个的，不都成暴发户了？再说运石碴也不用费大劲，只要推出自己的地头就行了，不干才傻呢。于是，全蔡境内的老百姓都争着刨山根子破石碴，没明没夜地干，只恐怕别人抢了先。

蔡仲可沉得住气了，每天只派人到处察看石碴的运送情况，也不忙着修城墙的事。几个月后，蔡仲看看石碴送得差不多了，境内的大石块儿也基本上刨完了，就下令过秤收石碴。

过秤那天，全蔡国的老百姓都来了，他们关心即将到手的黄金。此时，蔡仲稳稳地坐在椅子上监督过秤，桌上放着一份记账的名册，椅子旁边堆着满箱的黄金，黄澄澄的金子看得老百姓心里直发痒。不一会儿，几个人抬来一杆大秤，又有几个人推来一个秤砣，天啊，这是啥秤啊，秤杆是用西山里最大的一根杉木杆做的，碗口粗细，四五丈长，秤砣是拣最大的一个石碴做的，有两千多斤。那杆大秤往高树上一挂，嗨，多大的石碴也压不着定盘星！老百姓傻眼了，知道上了当，但也没办法呀，石碴又不能吃，再推回去也没有用，只好算是白尽义务吧！

这回轮到蔡仲笑了，不费一枪一刀，白拣了修一座都城的用料。两年后，蔡国修成了一座别具风格的都城：城墙用清一色的大石碴砌造，又坚固又美观。蔡国的石碴城可以说是举世无双。后来在朝代更迭、兵祸战乱中城墙被毁。

而当时觉得受了骗的蔡民们只好去刨过大石块儿的地方看看，想找点能种庄稼的地方，收几垄小麦或玉米以用来安排生活。哪知道他们翻开那一片碎石头碴子后，发现下面尽是黄土地，方圆百里在挖掉大石块儿后都成了肥土沃田：种麦收麦，种豆收豆。一年后，当人们看到黄土地上长出绿油油的庄稼时，才明白蔡仲的良苦用心。于是，蔡民们纷纷把每季收下来的粮食送给蔡侯一部分，以表感激之情。后来，在上蔡就逐渐演变成了自觉交"公粮"的习俗。

　　传说归传说，传说再美丽也只是传说。据史料记载和考古发掘论证，蔡国故城城墙不是用石磙修成的。蔡国故城的建筑方法，从城墙和城壕的关系看，当时应该是边挖壕，边筑城。墙筑成了，壕也挖成了。西周时期筑城，用的是板筑方法，就是四周用木板堵起，中间填土，再用夯把土打坚实。打好一层后，把木板上移，填土再打。就这样，一层一层地打上去，最终建成了巍峨的蔡国故城墙。

（陈军超　张广智）

原载《天中晚报》2018 年 1 月 19 日
报道部分内容引用市县区地方志办提供资料

柏皇氏故地和古柏国在西平

知道伏羲、神农、黄帝等"三皇五帝"，您可知还有位古帝柏皇氏，并且跟河南省驻马店市西平县密切相关？7月2—3日，国内学术界围绕柏皇氏研究举办的首次高端研讨活动"柏皇氏与中华柏姓文化研讨会"在西平县召开。与会专家认定，柏皇氏是上古时期重要的氏族，是柏姓最早的来源，柏皇氏故地和古柏国均在今西平一带。对柏皇氏文化的研究，既丰富了中华优秀传统文化的内涵，又彰显了柏氏厚重的历史文化。

国内学术界围绕柏皇氏进行研讨

7月2—3日，由中华炎黄文化研究会、河南省炎黄文化研究会、西平县炎黄文化研究会联合主办，河南省社会科学院历史与考古研究所、驻马店尚金房地产营销策划有限公司承办的"柏皇氏与中华柏姓文化研讨会"在西平县召开。来自中国社会科学院、中国科学院、陕西历史博物馆、浙江工商大学、苏州大学、河南大学、河南省地方史志办公室、郑州师范学院、黄淮学院等单位的专家学者，以及柏姓后裔、当地学者等百余人参加会议。

会议期间，与会的专家学者及柏氏后裔宗亲代表不顾舟车劳顿，冒着烈日酷暑到西平县出山镇老龙湾等地对有关柏皇氏的文化遗迹与文物遗存进行了现场考察。

据专家介绍，柏皇氏是文献中所记载的三皇五帝时期一个著名"古帝"，是袭"伏羲之号"的上古氏族及首领，柏皇氏也是柏姓的主要源头。与会专家围绕柏皇氏、柏国柏姓与西平三者之间的关系这一主题，对柏皇氏的身份、地位、所处时代与活动地域、三皇五帝时期的柏姓先祖、历史上柏姓的各个源头、柏国的存亡时间、活动地域及其与西平的关系、柏姓柏国与西平的渊源、柏皇氏文化的历史地位与现实意义等相关议题进行了广泛深入的研讨。

与会专家学者认为，柏皇氏属于我国古老的姓氏，至少从周代开始，柏皇氏即柏氏的传承和居地沿革是清楚的。其活动地域主要在今河南豫中地区的西平一带。西周初年，柏皇氏后裔在此建立柏国，标志着柏皇氏文化的发展进入了一个新的历史阶段。

西周初年柏皇氏后裔在西平建立柏国

西周初年，柏皇氏被封在今河南省西平县，被称为柏国或者柏子国，属于"汉阳诸姬"的一个小国。春秋时期柏子国为楚国所灭。柏子国被灭后，其后裔有柏氏、伯氏、白氏、杜氏、郏氏等。柏皇氏故里在河南西平县，考证史籍，其说有据。

研讨会上，达成了柏皇氏故地在今驻马店西平一带、柏皇氏后裔建立的古柏国位于今驻马店西平附近、柏皇氏是柏姓最早的来源三点共识。中国炎黄文化研究会副会长、中国社科院历史研究所副所长王震中表示，此次研讨会是国内学术界围绕柏皇氏研究，而举办的首次高端研讨活动，必将对拓展中华姓氏文化活动起到重要作用。

这次"柏皇氏与中华柏姓文化研讨会"是一次高端的姓氏文化研讨活动，彰显了四个特色：一是主题鲜明。以柏氏文化为链条，贯穿研讨会的全过程，单项研究，具有很强的挑战性。二是内涵深刻。柏皇氏与中华柏姓文化研讨，涉及中国上古社会、上层文化、古文明等框架结构的研究，把古代氏族与当代姓氏联系起来研究，其内涵十分深刻。三是科学认真。众多专家、教授的研讨文章的史料出处有据，用词非常慎重。在研讨中，对一些提法还进行了专家答疑。四是新见叠出。有的就柏文化概念，提出"八个一工程"，即在西平建一座祠堂、塑造一个柏皇雕塑等。

这次研讨活动，还体现了专家、学者与史学业余爱好者、专业研究机构与民间组织、私营企业的联合参与，推动了中国姓氏文化研究成果上了一个新的层次。

柏姓是中华姓氏中历史悠久的姓氏

柏姓是一个多民族、多源流姓氏，源起历史非常古老，上可追溯到三皇五帝时代。在旧百家姓中排名第 37 位，在当今姓氏排行榜上名列第 216 位，人口约有 46 万，约占全国总人口的 0.0035%。

柏姓曾是华夏民族在远古时期的贵族姓氏，柏姓人天资聪颖，曾有多人当过上古皇帝的老师。柏姓的主要来源，一为"柏皇氏"；二是柏国，即以国为氏；三是晋伯宗伯州犁之后。总的来说，柏姓在以上三支交融后，成为中华姓氏中，历史极为悠久的姓氏。

其实，柏氏的主要源头应为柏皇氏，柏国亦为柏皇氏后裔所封，因其族众在黄帝族裔的政权中长期任职，而讹传为黄帝嬴姓之国。至于晋伯州犁，属于黄帝姬姓之后，在柏氏的来源中仅为支族。《路史》云："柏皇氏姓柏名芝，是为皇柏。"所以，柏姓的主要源头是柏皇氏，始祖为柏芝。

传说，柏芝以柏木为图腾，为古时三皇之首伏羲的大臣。柏芝协助伏羲治理天下立了诸多功劳，但他勤劳于天下而不居功，造福于民而无所欲求，深得伏羲的信任和百姓的拥护，被尊为柏皇。后当上东方部落的首领，所以史家又称他为柏皇氏。据传，聪颖与智慧的柏皇氏曾助伏羲发明太极八卦图。这些上古先哲的后代曾在西平县西部建立过一个柏国。在春秋战国时期，柏国被楚国所灭。

柏皇氏故地和古柏国在西平

伏羲氏后，柏皇成为东方部落首领。《路史》中记载柏皇："立于正阳之南，是为皇人山。"指明柏皇封立位置和居住地。而"正阳"当为"地中","地中"一般指黄帝定都之地新郑,而西平正是在新郑南方,且西平出山镇西南有一座山,经考证叫"始祖山",即"柏皇山"(皇人山),后来念转叫"蜘蛛山"。去年5月,河南省社科院有关专家学者在西平县出山镇老龙湾发现柏皇氏墓地,进一步佐证了柏皇氏故地在西平。

柏国,又称柏子国,始封于西周初年,是我国古代历史上非常古老的一个诸侯小国。周武王灭商后,封柏高之后为柏子国,其地在今西平县西的柏亭。

民国二十三年《西平县志》载:"西平县为柏皇氏遗族徙居地。为豫州大陆之域,春秋时为柏子国。"西平有柏亭和柏亭桥,柏亭为柏皇氏、柏国的象征。《左传》:"江、黄、道、柏方睦于齐。"杜预为此注曰:"柏,国名。汝南西平县有柏亭。"西平旧有八景,其一为"柏亭春霭",先后有明、清、民国多位文人、官员赋诗赞颂。现在,柏国、柏城以及带"柏"字的行政区划名、街道名、校名、商号名,在西平仍然比比皆是。

西平柏皇氏研究的历程

西平历史悠久,自古以柏国著称。伏羲时代柏国重要部族首领柏皇氏是上古之帝,对中化民族的早期发展做出了重要贡献,在《汉书》中被列为"上中"贤人,并衍生出中华柏姓这支重要族群。被称为柏皇的柏芝是柏姓族群的代表人物之一,他勤劳于天下而不居功,造福于民众而无所求,今人把柏皇的陵墓称为"老龙头",位于西平县出山镇。

关于柏皇氏和柏国的历史文化研究,西平县从未间断过。西平县炎黄文化研究会对弘扬柏皇故里文化早有规划,成立了相应的课题组,在原会长高沛的带领下,做了大量的先期研究,取得了一定的成果。

2011年3月,西平县原政协副主席吴双全担任县炎黄文化研究会会长,提出了嫘祖文化、冶铁铸剑文化和柏皇氏文化三位一体的重要研究课题,对柏皇氏历史文化研究又有了创新发展。

2013年5月,对家乡饱含热爱之情的河南省国资委退休干部张宗杰在有关研究成果的基础上,萌生了对柏皇氏故里及柏皇墓开发保护的念头,并提出开发一湾一河两岸的设想。

2014 年 5 月，省社科院专家学者对"老龙湾""老龙头"等处实地考察，获取了不少裸露于地面的秦砖汉瓦及有关文物，并在西平召开了柏国文化座谈会。

2015 年 3 月至 4 月，西平县修复了被损坏的"老龙头"，使柏皇墓又恢复了往日的形态和尊严。**（陈军超　张广智　田春雨）**

原载《天中晚报》2015 年 7 月 10 日
报道部分内容引用市县区地方志办提供资料

汝南金朝帝王的最后归宿

提起汝宁府、蔡州，稍有点儿历史常识的人都知道是指河南省驻马店市汝南县。可 1234 年，一代帝王——金朝皇帝金哀宗的生命归宿与这里有着密切联系，就鲜为人知了。5 月 5 日，记者在对汝南历史颇有研究的汝南文化学者、著名作家王新立、王继伟等人的带领下，揭开了存在 120 年的金朝在汝南寿终正寝的历史之谜。

金哀宗 1233 年逃到汝南

在汝南县城北有一条弯弯的汝河，河水日夜流淌，蜿蜒东去。在东南方向，坐落着一个叫张颜庄的村庄，村里有一座破败不堪的后龙亭。不明就里的人或许以为这是一个有张姓或颜姓人杂居的村落。其实，事实远非如此。王新立指着周围高楼林立中间的一块庄稼地告诉记者："这里曾经是金朝皇帝金哀宗的行宫，不远处就是他和众多将士的葬身之地——葬颜冢。后人取'葬颜冢'谐音，把此处的小村庄叫'张颜庄'。"

提起金国的历史，颇有研究的王新立侃侃而谈。

金哀宗原名完颜守礼，后来改为完颜守绪，是金朝第七位皇帝金宣宗完颜珣的第三子。金宣宗完颜珣病故后，太子完颜守绪于元光二年（1223 年）十二月即皇帝位，改元正大。王新立笑着说："单看金哀宗的封号，似乎已预示他难逃悲哀的厄运。"

金朝在长期的对宋战争中，消耗了大量的人力和物力而国势日衰。1219 年，金朝发动了最后一次大规模的侵宋战争，妄图一举击败南宋，达到扩地和索取贡赋的目的，但失败了。直到1223年底，金宣宗去世，哀宗继位，才正视现实。

当时，金朝就像一座即将倾覆的大厦在风雨中飘摇。为了开创金朝的复兴大业，金哀宗继位伊始，就以年轻人的勇气和胆识，首先启用抗蒙有功将帅，集中兵力抗蒙救亡，并在第二年杀了朝中的两个奸佞大臣。接着，他又改变了父皇北抗蒙军、南侵宋朝的国策，迅速停止侵宋战争，派官员在边界四处张榜，告谕宋界军民，金朝"更不南伐"。然而，哀宗堪称英明的策略，并没有遏止金朝快速倾覆的命运。

金朝快速倾覆的原因是什么？王继伟边走边谈，为记者讲述了一段鲜为人知的历史。

起初，金军全力侵宋，听任地方军队和民间武装抗蒙。1227年，成吉思汗在军中病死，窝阔台1229年即大汗位。成吉思汗曾遗命借道南宋，绕过潼关以灭金。1230年，窝阔台可汗与托雷、蒙哥率蒙古主力大举南下，1231年底，托雷部蒙古军打败金军十余万人于光化（今湖北老河口市）。1232年春，又一次在钧州（今河南禹州市）三峰山击败金军，歼敌十五万余人。

王继伟叹息道："三峰山之役，金军的精兵良将损失殆尽，决定了金王朝败亡的命运。年底，金哀宗从开封逃往归德（今河南商丘市南），第二年又迁往蔡州（今河南汝南县）。"

宋、蒙联军对蔡州城实行铁臂合围

金哀宗逃到汝南后，本想据险以守，哪承想，一场更加惨烈的大战再次打响。

望着汝河对岸鳞次栉比的高楼，王新立讲起那一段血雨腥风的历史如数家珍："蔡州是古代中原军事重地。早在岳飞抗金时，就曾同刘锜一起在蔡州大败金人，蔡州从此成为岳家军抗金的最东防区。为了加强蔡州的防御能力，岳飞派名将牛皋镇守蔡州，并多次击败金兵，金人从此不敢再进入蔡州境内。南宋理宗时，抗金斗争进入最后阶段。1233年，金将武仙、武天锡企同迎金哀宗入四川失败后，金哀宗孤军对蒙作战，接连失利。九月，被迫退守蔡州。"

王新立告诉记者，蒙古将领那颜倴盏率军围金哀宗于蔡州。为了履行与蒙古的誓约，宋将孟珙也率军与那颜共同作战，并且，孟珙又率军两万人、运米30万石支援蒙军。蒙古军队得到宋军的支援，军威大振。金兵统帅为了及早冲出宋、蒙联军的包围，首先从东门出战。结果，金兵一出城，宋将孟珙就截断了他们的退路。

为了防止在攻城过程中宋、蒙军队之间发生分歧，孟珙和那颜共同制订了攻城誓约。攻城的战斗打响后，蒙古元帅派大将张柔带领三千精兵攻城。守城的金兵用铁钩房去了两名蒙军战士，并命士兵向蒙古军队射箭。城上箭矢如雨，铺天盖地，蒙将张柔身受数箭，形势十分严峻。孟珙所率部队赶到后，迅速参战，解救蒙军，救下了张柔，并击退了金军的攻势。

孟珙所带宋军经过殊死奋战，进逼到柴潭。一天黎明，孟珙跃上柴潭，指挥军队攻打柴潭楼。金兵疯狂反扑，但宋军在主帅的带领下，纷纷跃上柴潭。眼看宋军就要攻下柴潭楼，金人又施诡计，以美女诱惑宋军，企图阻止宋军的进攻。宋将张喜下令杀死美女和金兵，夺下柴潭楼。这次攻坚战，宋军初战告捷。

匆匆把国君的宝座让给完颜承麟

教书育人的王继伟是汝南县文化圈里公认的"汝南通"，他显然对700多年前那场发生在汝南这片热土上的为时4个多月的战争研究得比较透彻。

据王继伟介绍，起初，蔡州金兵以为凭借柴潭可以万无一失。因为，州城外是汝河，柴潭高出汝河水面五六丈，潭上又建有哨楼，并埋伏有众多弓箭手，以防止敌军入城。

据传说，潭下有一条龙，宋军将士既怀疑又恐惧，都不敢向前。为了鼓舞士气，出征前，孟珙一面拿酒为军士壮行，一面大声说："柴潭楼并非天造地设，楼内埋伏的弓箭手只能射远，不能射近，他们只不过是凭借柴潭水罢了。"结果，宋军凿开大堤，潭水流入汝水，孟珙下令用苇草填平空潭，夺得柴潭楼，并以此为据点攻城。这时，蒙古军已攻破了外城，宋军又与蒙古军配合攻破西城。

这时的哀宗完全失望了，他叹息着对左右说："我做了皇族幼儿十年，太子十年，人主十年，自知没有大的过错，死也无憾了。但是祖宗传业百年，到我而绝，下场与荒淫暴乱之君一样，心里很不是滋味。"

他换了衣服，率人想从东门突围，在栅门遇上了蒙古兵，只得又退了回来。他命令杀掉战马50匹、官马150匹犒军，但局势严重到这个地步，任何人也无能为力了。

谈起金兵的暴行，王继伟感到无比愤慨："宋蒙联军进逼西城之时，残暴的金兵把城内的老弱病残者杀死，并焚烧了他们的尸体，熬出'人油'，号称'人油炮'，其惨状目不忍睹。"

在宋、蒙联军积极筹划进攻西城之时，金哀宗召集百官开会，把国君的宝座让给了负责城东面防御的元帅完颜承麟。

金哀宗对完颜承麟说："我身体笨重，不便驰驱，不得已才把社稷托付给你。你身体轻捷，又有将略之才，万一得脱，使大金的国祚不致断绝，我死也瞑目了。"

金哀宗命断幽兰轩

兵败如山倒。王新立谈到一代君王金哀宗的无可挽回的命运时，一会儿绘声绘色，一会儿唏嘘不已。

王新立说，为了尽快攻克蔡州城，孟珙率军在南门和"今字楼"之间一字排开，搭起了无数云梯，并命令将士以击鼓为号，一起攻城。突然，万鼓齐鸣，杀声震天。宋军士兵马义首先爬上云梯，登上州城。不久，成千上万的宋军登上城墙，与金军展开了殊死的肉搏战。在宋军的强大攻势下，金将乌古论镐和将帅200人向宋军缴械投降。此时城内金朝百官正向新继位的完颜承麟祝贺，登基的大典刚结束，金新主正准备率师对敌，而南城的城头已树起了南宋的旗帜。

一会儿，鼓声震天，杀声四起，守城的金兵闻声弃逃，四门大开，孟珙召集江海部及那颜的军队共同进城。

金将忽斜虎率精兵一千抵御宋、蒙联军，且战且退。金哀宗深知大势已去，慌忙取出宝剑放到幽兰轩，用草掩盖着，并命令贴身随从说："我死后，用火烧掉我的尸体。"言毕自杀身亡。

就在这时，一幕悲壮的情景出现了：金哀宗身边的一位侍从名叫许绛山，按照哀宗留言，刚把火把点燃，蒙军就破城而入，将许绛山团团围住。蒙军士问他为何不逃，许回答："我的君王死在这里，我要等火灭后收他的骨灰。"蒙军士大笑，说："你真胆大，自己命都难保，还管你的君王。"许回答："我的君王得天下十多年，身死社稷，我怎忍心让他的骨骸像其他人一样暴露在外呢？我虽然知道你们必不容我这么做，但我完成了君王交给我的任务后，你们立刻斩杀我，我也不会恨你们。"

蒙军士兵感到疑惑，告知了上司。上司说，真是奇男子啊！于是就特许他在大火熄灭后，将哀宗的骨灰收拢一起，用衣服裹着，埋在汝河岸边。这一切都做完后，许跪地哭拜，然后从容跳进汝河，追随先主而去。

忽斜虎听说后对将士们说："我们的君主已经死了，我不能死于敌人的乱兵之下。我要跳到汝河，跟随我们的君主去了，你们也好自为之吧。"说完就跳进了汝河。随后，金军将领及将士一百多人，都跳汝河自杀。

金新立君完颜承麟率众退守到保子城内，他们听说以上诸事，与群臣一起抱头痛哭，并借此对大家说："先帝在位十年，勤俭经营，宽仁待人，为了恢复昔日帝业，鹄鸿之志，未得实现，真是可悲，今我欲自杀而死，哀痛又有什么用处呢？"还未等他实现宿愿，宋、蒙联军攻下保子城，完颜承麟亦被乱军杀死。至此，存在120年、灭亡了北宋，并一直威逼南宋的金朝寿终正寝了。

据王继伟介绍，由于金哀宗为一代君王，战争结束后，汝南城里的士绅百姓，自觉募集银两，按照中原的风俗，为他的骸骨举行了隆重的土葬仪式，而埋葬他的大土坟就被称为"葬颜冢"。时间长了，周围的村民嫌"葬颜冢"这个名字不好听，就喊成"张颜庄"。就这样，这个名字一直沿用至今。

采访结束时，王新立不无感慨地告诉记者："金灭后，蒙古窝阔台可汗撕毁了将黄河以南归还南宋的协议，改为陈、蔡以北属蒙古，以南属南宋。南宋政府被迫承认了这一事实，各自引兵退后。从此，蔡州又成为宋、蒙两军争夺的战略要地。今天的汝南已经成为豫南大地上的一颗璀璨的明珠，各项建设日新月异，人民群众安居乐业，但愿灭绝人性的战争永远不再发生。"（**陈军超　张广智　王莹**）

原载《天中晚报》2015 年 5 月 8 日
报道部分内容引用市县区地方志办提供资料

天
／
中
／
地
／
理

179

沈子国　风雨飘摇五百年

　　河南省驻马店市平舆县北射桥镇的沈国遗址，这座两千多年前的古城如今已成为一片废墟，昔日的辉煌也随时间的流失成为历史。尽管如此，这片废墟仍是沈氏起源的见证，仍是数千万海内外沈氏宗亲的根基所在。近年来，国内沈氏后人以及新加坡、泰国等国家和地区前来寻根问祖的沈氏后裔络绎不绝。那么，在风雨飘摇的五百年中，沈国是如何励精图治、救亡图存的呢？2016 年 12 月 13 日，平舆县作家协会主席、著名文化学者张振立向记者作了详细的阐述。

一

　　据张振立介绍，沈子国，又称沈国，遗址在今河南省平舆县北射桥镇古城村一带。沈国故城位于澺水（今名洪河）之北约 4 公里处。该故城的城垣遗址，东西长 1350 米、南北宽 1500 米，文化层厚度约 5 米，呈长方形，是中原地区保存较好的西周、春秋古城遗址之一。

　　据考证，西周灭商，武王姬发立国。周武王死后，由年幼的周成王即位，周文王的四子周公旦摄政，震叔、管叔、蔡叔不服，与商王纣之子武庚合谋，联合东方夷族反叛。周文王十子季载富有才德，在平叛中立下大功，被哥哥周公旦推举为司空。后来，周成王又将十叔季封于沈，为侯国。

　　季载为司空，入辅成王，未到过沈国。季载将尚年幼的儿子伯桓立为世子。周公以伯桓"作胤"封为沈君，袭爵为侯伯。

　　伯桓卒，其子向融即位。向融卒，子采立。

沈君采时，周穆王在位。周穆王统中原各邦国伐徐，沈君采率沈师从征。沈师饮马泗水，攻克蔑（今山东省泗水县东）。

采卒，子乙初立。

乙初处共王、懿王、孝王之世。时犬戎益强，共王有攻灭密须之伐，懿王有徙都大丘之举。乙初三子，乙初卒，子杼立。

沈君杼处夷王、厉王、共和之世。时西周已经走向衰亡，楚国日益强大，淮夷攻周。周厉王十三年（公元前845年），厉王亲征淮夷，沈君亦从征，征服东夷、南夷二十六国。前841年，国人暴动，周召辅政，法文、武、成、康之遗风，诸侯复宗周。杼二子，子庚向立。

庚向处宣王、幽王之世。周幽王十一年（公元前771年），申侯、犬戎联兵攻周，杀幽王庬褒姒，尽取周财宝而去，西周亡。申侯、鲁侯、许文公、沈庚向共立太子宜臼于沈，是为周平王。

总之，西周前期，沈国与卫国一样，取代管、蔡为东土殷墟（殷旧地）的诸侯之长，封土与蔡国相当，当为"伯""侯"之爵。此时汝水水系的姬姓国家及其他蛮夷小国，合力抗御徐国的侵扰。他们以沈为长，仅在封土范围内开垦拓植，彼此疆界设封人管理，互相节制，相安和睦。到春秋时期，礼乐崩败，大国争霸，逐鹿中原，社会动荡不安。

庚向卒，忽立。平王以沈为历代侯伯擢称沈国为"汝南国"，谱牒曰："封汝南国。"

沈氏始祖冄载公侯母像

二

周平王六年（公元前 765 年），郑灭虢、邻。周平王十四年（公元前 757年），晋灭其胞邦韩国（周成王弟所建，在今山西河津东）。在周平王纵容下，蔡国亦效法郑、晋，灭了毗邻的莘国（故城在今汝南县城西北一带）。

莘国，姒姓，实为蔡国始封之君蔡叔度的舅氏之邦。灭莘，其疆土为二：南属汝坟，北归蔡国。从此蔡国的疆土扩展近半倍，始大于沈。

中原地区风靡兼并之风，无疑为汉水流域的大邦楚国北进，客观上提供了有利的机会。

沈君忽二子：不离、卜统。忽卒，不离立。

不离处周桓王之世，桓王以郑国肆意寻衅、攻灭邻邦为由，"欲授虢公政，以分郑伯之权"，郑师遂"取周温（今河南温县西）地之麦。周、郑交恶"。桓王无耐，只好召卫、宋、陈、蔡、鲁诸国之师伐郑，战争长达半年之久，时为周桓王元年（公元前 719 年）。而后，郑伐卫；郑、邾伐宋，亦采取了疯狂的报复行动，又继续占领了郕、刘、苏、邢诸小国。战争此伏彼起，连年不断，楚人观变，虎视中原。从周桓王十四年（公元前 706 年）楚师渡过汉水伐随开始，至周桓王二十二年（公元前 609 年），贰、郧、都、绞、州、蓼、罗等国皆在楚国的攻击下，或迁或亡，或成为楚国的附庸。

不离卒，子辛生立。

辛生处周庄王、周僖王之世。周庄王九年（公元前 688 年）楚师北上伐申；十三年（公元前 684 年），楚败蔡师于莘，俘蔡侯献舞，继灭息（今河南息县境）。莘邑距沈国都城不足 60 华里，沈人震惊之状可鉴。迫于楚国势力过于强大，沈君辛生及沈国贵族以宗庙社稷安危为重，思议得失，确定附楚图存的决策，与蔡、郑、陈、许等诸国同时附楚。

辛生卒，子乙济立。

周襄王十三年（公元前 604 年），乙济卒，子过立。

周襄王二十一年（公元前 632 年），楚、晋"城濮之战"，楚军战败，蔡、郑、陈等中原大国又归附晋国，并参加了周工、晋人主持的"践土之盟"，沈国以拒绝赴会而受到晋人忌恨和周天子的非难，由"侯"爵贬降为"子"爵。周襄王二十九年（公元前 624 年），晋纠合宋、鲁、陈、卫、郑诸国之师伐沈，"讨其亲楚"，击溃沈师。沈国臣民更对周王室失去信赖感，并看清了晋的狰狞面目。

过卒，子揖立。

三

时楚国在被征服的附庸国设"尹"（古意为主管）。为与中原诸侯大国齐、晋争雄，求贤如渴的楚应王举用原沈国国君乙济之子沈策，称沈尹策。沈尹策与孙叔敖为师友，楚庄王拜其二人为师，于周匡王五年（公元前 608 年）楚师败晋师于北林（今河南新郑市北），俘晋大夫解扬。周定王十年（公元前 597 年），沈尹策、孙叔敖运筹帷幄，审时度势，以围攻打援之策，大败晋师于邲（今河南荥阳市东北）。在沈尹策、孙叔敖的辅佐下，楚庄王服陈、蔡、鲁、宋，成为中原的霸主。晋益疾恨沈。

周简王初期，吴攻楚，袭巢（今安徽瓦埠湖东南），伐徐（今江苏泗洪南），入州来（今安徽凤台）。楚国疲于对吴作战，北方空虚。因此，周简王三年（公元前 583 年），晋将栾书率兵攻打蔡国，接着又挥师攻打楚国，且一战俘虏楚大夫申骊。楚军败退，晋军大举入沈国，击败沈师，俘虏了沈国国君沈子揖。揖为晋人所杀。其子德允逃往楚国，在楚人帮助下复国。周简王十一年（公元前 575 年），晋、楚鄢陵之战爆发，楚共王伤一目，楚师受挫遂还。但此后晋东伐齐，西攻秦，无暇南犯，沈国安宁数十年。

德允卒，子鲒立。

周灵王二十七年（公元前 545 年）夏，按弭兵之盟的规定，沈子鲒同齐、陈、蔡、北燕、杞、胡、白狄诸国之君朝晋。周景王七年（公元前 538 年）应楚灵王之约，沈子鲒同蔡、郑、许、滕、胡、倪等国之君及宋世子佐，还有淮河流域的一些部落首领到申（今河南南阳北）参加了楚灵王举行的盟会。会上楚王拘禁了亲吴的许君。同年秋，沈子鲒率沈师与蔡、郑、许、滕、胡、倪等国的军队一同攻打吴国，攻占吴邑朱方（今江苏镇江市东），杀庆封灭其族。为报朱方之仇：吴师伐楚，攻占了棘、栎、麻三座楚邑。周景王八年（公元前 537 年），奉楚灵王之命，沈子鲒率沈师和同蔡、陈、许、越之师一起伐吴，以报其攻棘、栎、麻三邑之仇。楚率盟军攻吴，因吴有备，无功而还。

鲭卒，沈子逞立。子逞，字循之。

周景王二十三年（公元前 522 年），楚大夫费无极谮太子建于平王，说建与伍奢将在方城之外反叛。平王信以为真，使人杀太子建。建闻之，出奔宋（后又奔郑）。伍奢及其长子伍尚被杀，尚弟伍员（子胥）出奔吴，说吴伐楚。

四

周敬王元年（公元前 519 年）秋七月，吴发兵攻楚邑州来。楚将薳（音伟）越率沈、胡、顿、陈、蔡、许等诸侯之师急救州来，尚未赶到，楚令尹子瑕暴卒军中，楚军大伤元气。诸侯军队为附庸国组成，不仅"政令不一"，且"同役而不同心"，由于"奔命"疾发，为疲惫之师。战前吴军将帅知晓沈、胡、陈三国最忠实于楚，而顿、许、蔡三国嫉恨楚政，与楚人貌合神离。故吴公子光进言吴王，请先犯沈、胡与陈。戊辰（农历七月二十六日），吴、楚战于鸡父。沈、胡、陈之师先溃，沈子逞、胡子髡战殁，许、蔡、顿之师继之，楚师溃败。吴军兵分两路攻楚，虏走了楚太子建的母亲楚夫人，尽掠其宝物，迫楚主将远越兵败自杀，又"取胡、沈而去"。

翌年，逞子嘉即位。嘉，字惟良，即位后仍奉行亲楚政策。

周敬王十三年（公元前 507 年）冬，被楚拘禁 3 年的蔡昭侯被楚人释放，昭侯东返汉水，投玉于水，请水作证，誓不朝楚，蔡公赴晋，请以子为质，与晋伐楚。

第三年，晋应蔡侯伐楚之请，会宋、蔡、卫、陈、郑、许、曹、莒、邾、顿、胡、滕、薛、杞、小邾之君及周、齐之大夫于召陵（今河南鄢陵东），共谋伐楚。因沈国拒绝参加召陵会盟，晋国的代表令蔡伐沈。蔡师克沈，俘虏沈子嘉，继而杀之，至此沈国走到了尽头。

张振立有诗叹曰：

开国季载何欣喜，五百春秋烟雨迷。
临死子嘉一句话，不图自立被人欺。

时隔两千多年的今天，沈国故城南仍有拉龙沟、摩龙橛、斩龙台、沈子嘉墓、沈君忽墓等古迹碑刻。传说拉龙沟是当年蔡国军队攻入沈都、捆绑沈子嘉的一条古道，千年大路流成河，如今变成一条沟。縻龙橛是缚绑沈子嘉的桩柱遗址。斩龙台是斩杀沈子嘉的断头台遗址。该故城内还有张明府祠、王壶公与费长房上天处的"上天桥"及大徐汉代铸钱遗址等汉代古迹。20世纪70年代大规模平整土地时，沈国故城遗址曾出土了鼎、簋、剑、戟、戈削、奁、陶拍、环底罐等春秋青铜器、陶器；在文化层表面，捡选有鬲、罐等春秋陶器片。每年夏季暴风雨过后，田间地头仍能觅到铜箭头、鬼脸钱等古物。

而今，这座两千多年前的古城已成为一片废墟，昔日的辉煌也随时间的流失成为历史，尽管如此，这片废墟仍是沈氏家族起源的见证，仍是数千万海内外沈氏宗亲的根基所在。国内外前来寻根问祖的沈氏后裔络绎不绝。（**陈军超　张广智　张贤锋**）

原载《天中晚报》2016年12月16日
报道部分内容引用市县区地方志办提供资料

许氏祖居地在天中

关于许姓祖地问题，今天的学者一般认定为许昌，也有人认定为登封，认为那里是许氏始祖许由的始居地。其实不然，通过大量的比类取证，我们不难发现，许由始居地在天中，故许氏祖地亦在天中。这种观点有何依据？能令人信服吗？为此，记者于 10 月 19 日采访了河南省驻马店市平舆县作家协会主席、著名文化学者张振立，他详细向记者介绍了"许氏祖地在天中"的前因后果。

许姓祖居地的几种观点

据张振立介绍，何光岳《炎黄源流史·许国的形成和迁徙》引许氏《元至辛酉年谱序》云：许氏"系出炎帝神农氏，其后有裔孙名由者居许以名系地曰许由，有德行，尧命为四岳，访闻异之，召为九州长，试可，将让以天下，由辞不敢受，隐于箕山。至周武王得天下，访三皇五帝之后封之以奉祀，得炎帝之后，太岳之孙文叔，封于许地，在颍川许昌，今许州是也。春秋时国小近于郑，郑图之以为俘邑。后附于楚，迁城父，又迁白羽，厥后国除，子孙以国为氏。其裔蔓延海宇，皆许州所自出也。"从这段谱序中不仅可以看出，炎帝、许由、文叔一脉相承，而且还可以从"有裔孙名由者居许以名系地曰许由"看出许由之名来源于许地，这与宋翔凤"伯夷封许，故曰许由"之说暗合，许昌作为许姓祖地的事实也昭然若揭。这是一说。

另有曹一新《许由、许姓与许昌》一文载："许昌地区流传着不少关于许由的故事，还有很多以他的姓名或事迹命名的地方。禹州市城东 15 里颍水旁有许由台，城北部石桥里也有许由庙。许昌市区西北七里店有许由挂瓢处。鄢陵县城西11公里陈化店乡有许由村，村内有许由寨，村西有许由冢，冢前有许由寺，今存清顺治十四年（1657年）《重修许由寺公德碑》一通。许昌市各县有23个村有许姓命名：许昌县有许田、中许及五个许庄；长葛县有大许、小许；鄢陵县有许姜庄、许铺、东许、西许及三个许庄、禹州市有许岗、许楼、许屯、许丘、许家沟及四个许家堡。这些村所有许姓居民都是许由的后裔。"试图通过这些今人，殊不知封建社会数千年至今，人民频遭兵火涂炭，颠沛流离，故这种以今人聚族而居的例证难以服人。

王道生、李立新是调和论者，他们在《论许姓祖地》一文中认为，登封和许昌均是许姓的祖居地。该文引用《后汉书·郡国志》曰："许昌即许县，与阳城同属颍川郡。"南宋文天祥在《五云夏造许氏初修族谱序》中说："按许氏，自由隐许，遂以为姓。今许州箕山有由所葬之处，即其地也。"从上述文献可以看出"许昌"和"阳城"、"许州"和"箕山"在古代均属同一个行政区划，其中的关系是一致的、密不可分的。

始祖许由圣像

许由生活的尧舜时代，相当于新石器时代的龙山文化时期，此时的生产力低下，生产活动仍处于刀耕火种的原始农业时期，虽然以农业为主，但还需要采集、渔猎作为辅助。人们为了寻找肥沃的火烧地（丰茂的丛林才能形成肥沃的火烧地），更好地采集和渔猎场所而不断迁徙。许部落发源于登封箕山、嵩山一带，为了寻求更为优越的自然环境，在许由的带领下，他们

来到了今天的许昌一带，因为这里土地肥沃，草木丰茂，就在这一带定居下来。这也太主观臆断了。难道他们不知道"登封"之名来得更晚，是因武则天"登嵩山而封之"得名的这一事实。

许由的始居地在何处

张振立认为，要谈清楚许氏祖地何在，首先必须要弄清楚历史最早记载的许氏名人许由的始居地何在，为此有必要考究关于许由的历史记载。

晋皇甫谧《高士传》云："许由，字武仲，阳城槐里人也。"至于槐里在哪里，并无更详细的记载。

《琴操·卷下》：许由者，古之贞固之士也，尧时为布衣，夏则巢居，冬则穴处，饥者仍山而食，渴者仍河而饮……情操高尚，为人耿直，邪席不座，邪膳不食，人称高士。这些记载的都是许由隐居时期的事情。宋·罗泌《路史》："传谓（许）由隐沛泽之黄城，耕于箕山之下。沛泽即今之沛。"这也是说许由隐居时期的情景。《高士传》："许由殁，葬箕山之颠。"这说的是许由死后，葬在箕山顶上的事。

至于许由的为人，战国时代的思想家荀子就曾称赞道："许由善卷，重义轻利行显明。"

《水经·泗水注》：泗水"东过沛县"，"昔许由隐于沛泽，左山东峄县有许池水。"

《峄县志》："濯缨溪，匡王祠南，西北流至东邹坞入许由河。"

《滕县志·山川》："东南五十里曰南明河，俗称捉白河，其源出峄县许由泉。"

景泰《沛县志》："今沛峄接界处有许由泉，由之隐居，当在此处。"

北魏·郦道元《水经注》："昔许由隐于沛泽，即此县也，县盖取泽为名。"

以上这些记载也只能说明许由隐居时期在这一带生活过，留下这么多人文典故，并无实例证明许由的始居地阳城槐里在哪里。

驻马店市历史学家张耀征先生通过大量的文物考察和比类取证，认定领导秦末农民起义的陈胜所出生的阳城也是大禹治水后建立的帝都古阳城，其遗址就在今平舆县阳城镇一带。

阳城所在的问题一经解决，考证阳城槐里的事情就好办多了。槐里作为阳城的一个下辖行政单位，必在其方圆数十里内。

经过考证，槐里就在今平舆县城的古槐街道一带，这是十分可能而又可信的。古槐镇人至今还保留着喜好种植槐树的习惯，并以保存有当代最古老的古槐树而自豪。

张振立十分认同这一观点。我们天中一带西衔山，东御原，是古人行猎农耕居住的最佳所在。

许氏祖居地在天中

张振立的论点、论据、论证环环相扣。由此再回到晋皇甫谧《高士传》上，许由和另一位贤人巢父同居阳城人。"巢父者，阳城人也。""许由，字武仲，阳城槐里人也"。巢父、许由同为帝尧时代的贤人高士，不但学问很大，有经天纬地之才，而且还是一对好朋友。

那时候天下多水患，狼虫虎豹横行无忌，人类生存受到极大的威胁。巢父所居的阳城地处平原，洪水一来就一片汪洋，无处可逃。巢父就根据平原森林茂密的特点，教会族人像鸟雀一样，在树上筑巢而居，族人得以安居，因而奉他为酋长。许由呢，则在族人安居之后教之农耕，使之丰衣足食，也被奉为酋长。族人安居乐业之后，二位酋长无事可做，就结志养性，悠游林泉，自得其乐。

张振立告诉记者，这里还有一个传说。巢父和许由的事迹传到了帝尧那里，尧很感动，就派人到阳城来，先请巢父，准备让位于他。可是巢父不干，就从阳城逃走了。再请许由，并且亲自与他面谈。《庄子·逍遥游》中对此有更为详细的记载："尧让天下于许由，曰：'日月出矣，而爝火不息，其于光也，不亦难乎！时雨降矣，而犹浸灌，其于泽也，不亦劳乎！夫子立而天下治，而我犹尸之，吾自视缺然。请致天下。'许由曰：'子治天下，天下既已治也，而我犹代子，吾将为名乎？名者，实之宾也，吾将为宾乎？鹪鹩巢于深林，不过一枝；偃鼠饮河，不过满腹。归休乎君，予无所用天下为！庖人虽不治庖，尸祝不越樽俎而代之矣。'"

这段对话翻译成现代汉语，大意就是：尧要把天下的大位让给许由。尧说："现在太阳月亮都出来了，我这个火把亮着，还有什么意义？现在大雨已经下了，大地已经得到滋润，我这个湖泊里的水就可以闲置了，先生您只要一站出来，天下就可以大治，而我还占着这个位置。我自觉不如您，请接替我管理天下。"许由说："先生您治理天下，天下就已经大治了。如果我来代替你，我是为名吗？名这个东西，实在无用，我要这无用的东西干吗？鸟雀在森林里筑巢，只占用一枝；鼹鼠到河里饮水，就为喝饱肚子。您还是回去吧，我不想操那么大的心。做饭的人虽然不想做饭，但其他人也不想代替他工作。"

就这样，帝尧让位，许由不干，他也只身逃走。二人或许是有约在先，或许是不约而同，先后向北逃至箕山下，农耕而食。尧又派人找到箕山，说不接帝位也可以，就做"九州长"，帮助他管理地方总可以了吧。许由听了这话，认为自己的耳朵受到污染，就跑到颖水边，把耳朵洗了又洗。巢父呢，他就更绝了，当时正在颖水边放牛，他以许由洗耳的水为秽浊，就把牛赶到许由洗耳的上游，不愿让牛在其下游饮水。

尧虽然贵居帝位，但不能强加于人，实在没有办法，只好随他们去，把大位传给比巢父许由逊色很多的舜。舜老了，才又传给了大禹。

巢父和许由，终于达成心愿，终老于山林。特别是许由，他遗留在阳城槐里的后人到了汉代，出了许邵、许靖二兄弟，深得其祖上遗风，在其故里主持月旦评，品评天下人物，名震当时，名垂后世。

综上所述，显而易见，许由的始居地在天中，许由的归隐地在登封，而许氏的开国地则在许昌，许由是历史上最早的许氏名人，因此也可以说许氏祖居地在天中。**（陈军超　张广智　张贤锋）**

原载《天中晚报》2016 年 10 月 21 日
报道部分内容引用市县区地方志办提供资料

以官为姓的天中寇氏从何而来

寇姓是华夏古老的姓氏之一，在宋代《百家姓》中排序第 348 位，是为数不多的小姓。寇姓源于"以官为姓"，最早可追溯到夏代，可谓源远流长。寇姓人数虽少，但分布广泛，主要分布在今陕西、山西、河南、河北、黑龙江、湖北、江西等地。自古至今，寇氏遍布全国，英才辈出，名满天下。

南宋末年，寇准十一世孙一元公祖籍陕西省三元县向礼村，后举孝廉，初任苏州刺使，再迁升许昌，生四子，皆于许昌南部下户为民。至明末，一元公二十世孙寇际良，生二子寇自化、寇自慎，自慎迁居临颍，自化在许昌附近，各自扎根繁衍。其后裔相继迁至西平寇店、上蔡县西洪乡寇庄村。

寇氏起源

寇氏是个古老的姓氏，又是个小姓。近日，记者到驻马店市寇姓人数最多的上蔡县西洪乡寇庄村，采访了对寇姓颇有研究的村医寇大毛。说起寇姓，他如数家珍。他告诉《天中晚报》记者，据历史记载，我国自夏代以来，就设有一种名为"司寇"的官职，专掌刑狱之事，相当于现在的司法官。这种官职，在周朝时的地位十分高，贵为朝廷的六卿之一。到了春秋时期，诸侯列国也都设有这种官职。寇姓正是"以官为姓"而来的。

寇姓的起源：一是源于上谷（今北京市），先主苏忿生是夏伯侯昆吾的后裔，他在周初就能以平刑教化百姓，《书经》中称他为"司寇苏公"。二是源自周文王的第九子卫康叔，《姓氏考略》上说"卫康叔为周司寇，子孙以官为姓焉"。三是卫公子郢，子孙为卫司寇，因以官氏，司寇亥即其裔也。除此以外，还有外族的改姓，《魏书官氏志》上说："后魏改古口引氏为寇氏。"故而又言寇氏起源于上党地区（商王仲丁封后地），称上党寇氏。

据寇大毛介绍，至战国时期以前，寇氏世系鲜见文字记载。直到战国秦楚时，方有"楚有寇贞，秦有寇明明"的记载，约在公元前300年至200年。寇明明之孙寇相为秦之中军。西汉时，相之五世孙寇文玉为汉明帝信校尉，文玉之子寇成然官居五德将军。成然八世孙寇恂为河内太守，文韬武略，左光武以中兴，封雍奴侯。恂之子寇封官居侍郎。封之曾孙寇连运，俱为汉谋士。连运之孙寇怀安，出仕陕州至东西两晋间。怀安五世孙寇和、寇知皆为晋惠帝时名儒，生子寇思贞、寇思文官居忠武将军。递及唐文宗时，有思贞十世孙寇希圣为松苍大使。昭宗时，寇先、寇纪俱以学仕称。到了宋代真宗时，寇纪七世孙寇宣以处事著。宣之子寇湘，处事老成。仁宗时，湘之子寇准，官居相国，忠烈义胆，受封"莱国公"。寇准子孙众多，相继迁居闽中（今福建）、江右（今江西）、湖广等地。值元顺帝时，寇准八世孙寇怀南为礼部侍郎，怀南之子寇国珍，官户部尚书。明洪武初年，国珍之孙寇庭玉，以优贡出任湖南永州零陵县教谕，生子六人，后分为"六大房"，为楚地旺族。

南宋末年，寇准十一世孙一元公祖籍陕西省三元县向礼村，后举孝廉，初任苏州刺使，再迁升许昌，生四子，皆于许昌南部下户为民。至明末，一元公二十世孙寇际良，生二子寇自化、寇自慎，自慎迁居临颍，自化在许昌附近，各自扎根繁衍。其后裔相继迁至西平寇店、上蔡县西洪乡寇庄村。

寇氏郡望堂号

接着，寇大毛向记者介绍了就目前所知有关寇氏的郡望、堂号情况。长期以来，寇氏宗族一直称盛上谷（北京延庆、张家口一带）、河南（洛阳伊、洛河流域）、冯翊（今陕西大荔），因而，寇氏皆以此三地为郡望。上谷：秦署郡，治所在沮阳，即今北京延庆以西、河北怀来东南、张家口以东等地。河南：汉三川郡署部，治雒阳，故城在今河南洛阳东北，辖境相当于今黄河以南洛水、伊水下游，双洎河贾鲁河上游，古称上党一带。冯翊：东汉署郡，治临晋，即今陕西大荔县，辖境在今陕西韩城、浦城以东和渭河以北、黄河以西一带。

寇氏宗祠堂号：一、上谷堂。因东汉开国功臣雍奴侯寇恂是上谷人，为纪念他的功绩而立。二、忠愍堂。出自北宋寇准。寇准是华州下邽（今陕西渭南）人，少英迈而通春秋，宋太宗时进士及第，从枢密院直学士，累官至同章事（宰相）。宋真宗时契丹入侵，委以军事，与辽达成历史上有名的"澶渊之盟"，被封莱国公，谥号"忠愍"。寇氏为纪念他，即以"忠愍"为宗族堂号。三、寇公祠。雷州有寇公祠，据载，一代名相寇准终老于雷州。他被贬谪雷州当个小小的司户，虽然职位不高，时间不长，但他勤政爱民，极力传播中原文化，深受当地人拥戴。寇准死后，遗体被运回京城安葬，而雷州人深感他的忠义，为了缅怀他，便在他寄居过的寓所"西馆"立祠奉祀。宋绍兴五年（1135年），宋高宗亲赐"族忠祠"匾额，至今犹在。四、寇氏祠堂。陕西省铜川市济阳寨村有寇氏祠堂，始建于明代。祠堂两侧有厢房六间，祠堂正上方石匾上刻有"寇氏祠堂"，两边悬挂对联。每年清明时节，当地寇氏家族聚集在这里隆重举行祭拜活动。此外，河南西平县寇店村也有一所寇氏祠堂，内有恭奉寇老大、杜老二的牌位（此处传说寇、杜原为一家），后因年久失修而坍塌，现有遗址保存。

天中寇氏与寇庄

寇大毛经过多年来的实地调查走访得知，寇姓在天中地区仍为小姓，人数不多，大约有几千人。天中寇姓集聚地为西平县寇店村和上蔡县寇庄村，其他县、区有零星分布。西平寇店村原祠堂内敬奉寇老大、杜老二，他二人原为一奶同胞。相传，寇家是从许昌、临颖迁来的，兄弟二人分家后，老大居住寇店，扎根繁衍，至今有五六百人。老二迁往西北方的李庄杜村居住，因犯事改姓杜，现已发展到1600多口人。寇老大、杜老二的后代同为一个祖谱，字辈排列为：文同木天克，元本庭中臣，建业子金美，昌大都国勋。寇店村的寇姓人已发展到"子"字辈，李庄杜村的杜姓人已发展到"美"字辈。至今，他们还保留着寇、杜一家、不乱辈、不通婚、不骂着玩的传统习惯。

据传说，上蔡县寇庄村的寇姓人是从西平县的寇店村迁来的，至今约有370年的历史。明末清初某日，寇店村一老人肩挑二筐，带妻子逃荒，筐里坐着三个幼子。他们一路乞讨，行至上蔡县西洪村南头，天色已晚，便在杨岗河上一座木桥下栖身。之后，老人发现东北方向洪河南岸有一片高地，便带领全家去那里，挖土打墙，建起房屋，安居下来。老人起早贪黑开荒种地，辛勤耕耘，一家人勉强生活下去。若干年后，老人的三个儿子长大成人，相继成家立业，繁衍生息，居住地逐渐发展成为村庄。因老人姓寇，便取名寇庄。斗转星移，沧海桑田，至今，寇庄已发展成为2000多人的大村庄。

寇庄民风淳朴，村民团结和睦，睿智勤劳，自强不息。祖传族谱字辈为：口口嘉维图，占国元应儒，文章成超凤，学仕定登龙。至今，在世长辈为文字辈，末辈为定字辈，辈分不乱，长幼有序。

寇大毛自豪地对记者说，清末，这里出了一名拔贡，名叫寇英儒，以德才著称。革命烈士寇文谟出生于寇庄，年轻时投身革命，曾任中共上蔡县委第一任书记，于1947年5月被国民党反动派逮捕，惨死在信阳监狱。1948年夏季，人民解放军解放开封时，某部在上蔡城北洪河一线展开对国民党军队的阻击战，其中一个战场就在寇庄及附近一带，解放军某连指挥部就安在寇大毛家里。寇庄人积极配合解放军战斗，修工事，送茶送饭，抢救伤员等，做出很大贡献。

寇庄人铭记祖训，历来尊师重教，耕读持家。据统计，自1949年以来，全村共培养出大专以上人才210人，其中，博士生、硕士生23人；涌现出工程师、农艺师、会计师、医师、教授等专业技术人员20余人。(**陈军超 张广智 寇保国**)

原载《天中晚报》2016年12月23日
报道部分内容引用市县区地方志办提供资料

中原奇观——嵖岈山

嵖岈山风景区地处河南省遂平县境内，系伏牛山东缘门户，又名玲珑山、嵯峨山和石猴仙山。景区内人文史迹星罗棋布，自然景观不胜枚举，有九大奇观、九大名峰、九大名洞、九大名棚、九大奇石等各类景点 300 多处。这里是西游文化、女娲文化、公社文化的发源地，也是全国第一个人民公社的诞生地和电视连续剧《西游记》《乾隆三上嵖岈山》的外景拍摄地。

嵖岈山风景区是国家 AAAAA 级旅游景区、国家地质公园、国家森林公园。景区区位优势明显，交通十分便利，距省会郑州市 180 公里，距华中重镇武汉市 300 公里，京广铁路、京广高铁纵贯南北，京港澳高速、大广高速、

沪陕高速、焦桐高速、周南高速和 107 国道等多条道路纵贯景区。

嵖岈山国家地质公园

嵖岈山国家地质公园地处遂平县境内，现已开通了郑州、漯河、驻马店、信

阳、平顶山至景区的旅游专线，交通优势十分明显。

新开发的嵖岈山天磨湖和琵琶湖地质科普线路四季风光如画：春有桃花迎细雨；夏有杜鹃满山红；秋有野菊迎风雪；冬有松柏傲霜寒。山上众峰峥嵘，奇石突兀，洞壑幽邃，古树苍天，层峦叠翠，雄奇壮观，兼有华山之险、黄山之奇、峨眉之秀、雁荡之幽；山下流水潺潺、湖光倒影，既有南方青山之灵秀，又有北方峻岭之雄浑。唐代大书法家颜真卿游此山后亲书"别是洞天"。明代礼部尚书、诗人许赞曾在此写下了"嵖岈山秀寻仙踪，隐隐云壑十万峰"的著名诗句。当代大书法家李铎也在此留下了"漫道黄山天下奇，嵖岈俏丽世间隙。千重瑰壁嵯峨甚，绝巘灵峰看欲迷"的赞美之辞。

嵖岈山国家地质公园历史悠久，人文资源璀璨夺目，为历代兵家必争之地。春秋时代吴楚在此争雄，吴楚死后，葬于天磨峰下，虽历尽沧桑，"吴王墓"仍在；隋唐名将窦建德兵败嵖岈山，战死后葬于凤鸣谷中；唐代王仙芝部将尚让曾屯兵于此，后与黄巢合力守山，现有"黄巢洞"；明末起义军领袖李自成的舅父高迎祥进驻嵖岈山，现有"点将台"及"高官厅"；清代乾隆皇帝曾三上嵖岈山，现存乾隆探险洞和乾隆安寝的"顺天宫"为证。抗日战争时期和解放战争时期，刘少奇、李先念、范文澜等老一辈无产阶级革命家在此发展革命根据地，留下了辉煌的战斗足迹。1958 年，这里成立了全国第一个人民公社——嵖岈山卫星人民公社，一代伟人毛泽东曾亲临遂平视察。

嵖岈山国家地质公园文化底蕴丰富，与西游文化、石猴文化密切相联，源远流长。著名高僧玄奘早期在嵖岈山一带诵经修行，他的大弟子道全、三弟子道一

就是嵖岈山人。淮安才子吴承恩为避祸远行，途径嵖岈山，从嵖岈山石猴、睡唐僧、醉八戒、白龙马、定海神针、老君花园、黑风洞、高老庄、流沙河等天造地设、惟妙惟肖的奇石景观中汲取灵感，创开了酝酿已久的艺术闸门，创作了千古巨著《西游记》。随着中央电视台在此拍摄和在全国的播放，使嵖岈山国家地质公园饮誉全国，名冠天下。

嵖岈山国家地质公园外，还毗邻有临海碧涛、鸟语花香的凤鸣谷森林公园；峡深壁陡、丹霞遍布的红石崖景区；瀑布飞泻、野趣浓郁的龙天沟景区；碧波荡漾、鸟翔鱼跃的狮象湖水上乐园及保护完好、资料翔实的嵖岈山卫星人民公社陈列馆，与嵖岈山相得益彰、和壁生辉，景区的绿化进行升级改造，形成了带成景、树成荫、竹成林、花成海的生态园林景观，提升了景区生态化的景观效果。组成了一道道靓丽的风景线。

嵖岈大仙

步入东山门，首先映入眼帘的是顶天立地，威武不屈的汉白玉塑像，这就是传说中的造山之神嵖岈大仙。相传，很久以前，这里没有山，五谷丰登，百姓安居乐业，有一年突降暴雨，洪水泛滥，百姓流离失所，苦不堪言，掌管风雨的神仙嵖岈大仙施展法术，终不能把洪水击退，后来大仙愤然离去，直奔天宫，要求玉帝停雨，玉帝说民间大水乃为奇观，再言停雨者斩，大仙愤然离去，发现天宫中王母娘娘后花园中有一座造型奇特的假山，就把这座假山一块一块扔下去，洪水退了，形成了现在这座玲珑剔透的山峰，玉帝知道之后，没有怪罪大仙，反而为了褒奖大仙的爱民之举就

以大仙的名字把这座山赐名为嵖岈山。

嵖岈大仙的传说是嵖岈山人千百年来艺术创造的结晶，体现嵖岈山人朴素的审美情趣。嵖岈两个字是当地的方言，嵖是堆积垒落的意思，岈是犬牙交错，参差不齐，怪石林立。现在嵖岈在新华字典中的解释是山名，在河南省遂平县，作为这座山的专用名词。除此之外无任何意义，这样的命名全国独一无二。当然，嵖岈大仙造山只是一种传说，至于嵖岈山究竟是怎样形成的，应从地质学的意义上去解释。嵖岈山位于我国中央造山系秦岭造山带华北地块南缘构造带东段，其主体主要由距今 1.23 亿年~1.39 亿年的燕山期岩浆侵入冷凝后形成的花岗岩组成，其形成过程分为两个阶段。

一是嵖岈山花岗岩体的断裂构造节理发育的破碎阶段，燕山运动后的新生代时期，在喜马拉雅造山运动影响下，产生了岩体内的张扭性断裂，加之花岗岩体内形成的多组相互垂直的原生节理，将嵖岈山花岗岩体分割成大小不等的花岗岩块，同时，花岗岩体之上的围岩，因受先期岩浆侵入时的顶托作用而破碎，在地壳强烈上升的过程中首先被剥蚀掉，使嵖岈山花岗岩体逐步裸露地表、接受新生代的长期风化剥蚀。

二是嵖岈山花岗岩的裸露风化剥蚀阶段，裸露的嵖岈山花岗岩体，为中粗粒钾长花岗岩，在阳光、空气、雨水的综合风化作用下，突出岩面的矿物被松动剥落、新鲜岩面不断暴露，导致风化作用持续不断地向岩体深部发展。

花岗岩三组原生节理中，横节理和纵节理多被构造节理利用和兼并，层节理也受到一定影响，所以形成的象形地貌大多与构造断裂，构造节理有密切联系，断裂部

位被侵蚀成峡谷和悬崖，沿构造节理风化的岩体裂隙越来越宽，直到被分割成的长方体或正方体岩块失稳，未完全风化成球形就崩塌了，崩塌岩块或沿节理面下滑斜靠在陡立岩面上，或停留在斜坡部位，或滚动到峡谷中，多见倒塌巨石相互堆积在一起，形成石棚、洞穴，而众多相对稳定的岩块直立在原地，形成各种形象逼真的象形石。这样通过大自然千百万年鬼斧神工的雕凿，使嵖岈山花岗岩体各种栩栩如生的象形石地貌景观，最终形成了嵖岈山花岗岩地质地貌景观遗迹。这是燕山期以来漫长地质历史时期地球岩浆作用、构造运动和风化剥蚀等内外动力综合作用的产物这些在国内外实属罕见，具有重大观赏和科学研究价值，是珍贵的不可再生的地质自然遗产。其主要地质遗迹有：经岩浆作用构造运动和风化剥蚀作用形成的独特的猴石、母子石、剑鱼石、蜗牛石等花岗岩象形石，经构造运动，风化剥蚀作用形成的蜜蜡峰，老君花园、天王顶、天磨峰等花岗岩奇峰，经构造运动，花岗岩石崩塌滚落堆积棚架而形成的万人洞，舞阳洞、桃花洞、蓬莱三洞等。

师徒取经图

山中有雾山更美，山中没雾山如画。《西游记》为什么在嵖岈山拍摄呢？因为嵖岈山与《西游记》有一种天然的联系。这就是一幅天然的唐僧师徒四人"取经图"，唐僧很安详地仰卧在山坡上枕手而睡，沙僧耐心地放马并照看行李，悟空端坐山顶时刻观察周围的动静，而八戒则是酒足饭饱后躺在山腰外鼾睡、张着宽厚的嘴巴、一个憨态可掬的"醉八戒"形象惟妙惟肖，难怪《西游记》剧组进驻嵖岈山后，猪八戒的扮演者崔景富感慨道："怪不得我的造型会是这么大的肚子，这么

天 / 中 / 地 / 理

199

长的嘴巴，原来你们嵖岈山竟有我们师徒四人的化石。"

蜜蜡山、秀蜜湖

山峰独立、拔地而起，高约百丈，雄伟挺拔，大有刺破青天之势，它的名字叫"蜜蜡山"。它有一个美丽的传说，相传很久以前这里生态环境非常好，漫山遍野都是野花，所以招来许多野蜂在此采花酿蜜，酿的蜜越多，又没有人收取，都凝固在山上的石缝里，每到夏季，经太阳光的强烈照射，蜂蜜被晒化后都流了出来，整个山的外表就好像涂了一层厚厚的蜜蜡，所以取名"蜜蜡山"。蜜蜡山下面的湖叫秀蜜湖，因为长年受蜜腊山的影响，湖水到现在还是甜的。

蜜蜡峰是一块完整的石体，海拔 400 多米，由于地壳构造运动，形成北东向的嵖岈山张扭性断裂与东西向的蜜蜡峰断裂，而蜜蜡峰恰恰处在两断裂交汇处，新生代的地壳构造运动，使嵖岈山断裂的北盘和蜜蜡峰断裂的东盘不断地相对下降，而处在两断裂交

汇部位的上升盘不断的相对上升，加之花岗岩体长期球状风化，最终形成高耸挺拔，陡不可攀的圆柱形山峰。峰巅之背阴处，每逢雨季，常有风化裂隙水，沿裂隙呈线状渗下，似蜜蜡涂壁，故名蜜蜡峰。

乾隆床

这块巨大平卧的石体，就是嵖岈山上有名的乾隆床，乾隆皇帝是清朝最有作为和建树的皇帝之一，与康熙皇帝一起开创了清朝最鼎盛的康乾盛世，他不但知识渊博，而且武艺高强，身体健壮，一直活到89岁，是清朝最长寿的皇帝。乾隆来到嵖岈山，天冷时住在顺天宫，天热时就睡在这块石板上，嵖岈山那么多的石头，乾隆为什么单单就选择这块石头呢？答案就是这尊石柱，嵖岈山花岗岩石体多为球状风化，大部分山峰和石块都是滚光圆滑的，这些圆滑的石体和石块造就了嵖岈山独特的象形石地貌奇观。这块巨石四角四棱，顶天立地，在嵖岈山众多的山石中鹤立鸡群，一枝独秀，由于它恰好位于嵖岈山的正中间，所以当地老百姓亲切地称其为"镇山石"。

飞来石、一线天

峡谷中间夹着的那块巨大的圆石，据说它是从天空飞来的一块仙石。飞来石属花岗岩奇石，夹到峡谷之间，经山体断裂垮塌和抬升，再经过漫长的球状风化剥蚀所形成。关于它的来历有一个美丽的传说，相传有一年三月三

日王母娘娘开蟠桃会的时候，有一只猴子偷了一个桃子抱着就跑，被一个仙女发

现就拿一块石头向猴子砸了过去，猴子在逃跑的时候不小心把桃子丢了下来，砸猴子的那块石头啪的一声夹到峡谷之间了，大家仔细欣赏还会发现仙桃被摔开了一道裂缝，并且上面还偷吃了一口。一线天只有30多厘米宽，10多米高，20多米长。从峡谷间走过只能看到天空一道线，故名一线天。经过一线天的时候要小心，要侧身经过。它是经地壳运动水平方向的挤压作用产生一组相交的"X"型的构造节理，经球状风化、剥蚀作用形成的地貌景观。

吴公洞

闻名遐迩的吴公洞，是《西游记》的诞生地。洞顶有半个篮球场大小，背风朝阳，是吴承恩当年散步选景构思的地方。吴承恩（约 1500—1582 年），字汝忠，号射阳山人。自幼喜欢神奇故事，性敏多慧，博览群书，为诗文下笔立成。但科场不利，43 岁才补得了个"岁贡生"，54 岁就任浙江长兴县丞，是明代中期一个怀才不遇的知识分子。吴公洞里东边是吴承恩的石床，临着窗户，西边是张石桌，是吴公挥毫泼墨，创作《西游记》的地方，下面还有一口水井，是当年吴公取水之处，据说石榴树也是吴公当年所栽，如今也有 350 多岁了。

吴承恩来到嵖岈山，金秋的嵖岈山格外迷人，危峦耸峙，群峰叠翠，层林尽染。吴承恩兴致勃发，虽花甲之年，仍从秀蜜湖登山、钻黑风洞、走包公庙、桃花洞、五龙宫、莲花掌、不禁感慨道："真乃花果仙山也！"当吴承恩步下石猴院时，不禁一下子惊呆了，面前这天造地设、惟妙惟肖的石猴形象如同黄钟大吕撞开了他酝酿创作《西游记》的艺术闸门，写下了千古名著《西游记》。

石猴院

石猴院是嵖岈山完美的庭院，为什么称石猴院呢？因为除了面前的大石猴之外，还有一对神态逼真的母子猴，猴石是花岗岩石形成于1.23亿年的白垩纪，形成于70万年的第四纪中更新世剥蚀形成，是花岗岩暴露地表后沿节理进行风化剥蚀导致岩块失稳而坠落，剩下较稳定的直立岩块继续遭受球状风化剥蚀，由于水平方向原生层节理的风化剥蚀，使直立岩块分为猴石、身、底座三部分，头部两眼窝是花岗岩石中的圆形包体风化后留下的残坑、猴头嘴部是花岗岩裂隙两侧差异性风化剥蚀残留部分，面前的石猴是《西游记》的作者构思《西游记》时孙悟空的原形，1996年扮演孙悟空的演员六小龄童游历嵖岈山，看到天造地设的石猴，高兴地耍起了猴拳，这才是猴辈的祖先。当年拍电视连续剧《西游记》时走遍了全国各地，类似猴子的石头在全国也找了不少，但像这尊石猴体量这么大、形象那么逼真的在全国绝无仅有。虽然前期拍《西游记》时没用上，但将来拍续集时一定到这里来拍。1998年在嵖岈山拍摄了《西游记》的续集。其中有泪洒云雾山、真假美猴王、收服青牛怪。

天磨湖

天磨湖为嵖岈山国家地质公园的核心景区，位于北山西侧的天磨峰下，面积67.8平方百米，湖面约4平方百米。景区内主要由：吴王池、卧龙岭、天磨峰、天磨湖、行者悟禅、巨龙回首、风动石、万佛岭、水帘洞、鹰愁涧、碧波潭、大幕崖等花岗岩地貌和水体景观组成。

景区峰奇石怪，山清水秀，风光旖旎，景色宜人，俨然以一幅美轮美奂的天然画卷。

步入天磨湖景区，顿觉心旷神怡，豁然开朗。首先映入眼帘的是巨大的"山"字形碑刻，上有中国书法协会主席启功先生亲书刚劲有力的三个大字"嵖岈山"。启功（1912—2005年），满族人，是雍正皇帝的第九代孙，著名教育家、国学大师、古典文献学家、书画家、文物鉴定家，并将卖画的163万元捐赠北京师大设立励耕奖学基金。启功的人生过的是书斋的生活，他在书法、绘画，诗词方面都有很深造诣，并为我国文物鉴定界做出了巨大的贡献，由此赢得"国宝"之誉。**（陈军超　王亚）**

部分内容引用市县区地方志办提供资料

后　记

我在报社已经工作了 20 年，我把生命中最美好的 20 年奉献给了我喜爱的新闻事业。回顾这 20 年，我和同事们一起工作、学习。经过风风雨雨、酸甜苦辣的磨炼，我与诸多报人一样变得更加成熟、坚强。

众所周知，驻马店"天之中"这个特定的地理位置，是华夏文明的重要发源地，承载了属于天中人独有的文化精神的凝结、载体和象征，深邃、灵味、凝重，具有丰富的内容、浓厚的地方色彩和鲜明的文化特征。特定地域和历史环境下的盘古文化、女娲文化、嫘祖文化、冶铁铸剑文化、重阳文化、车舆文化等，是中原文化的重要组成部分，在中华民族发展史上占有重要地位。但是，目前一些文化遗存急需保护，一些文化在快速的城市建设中逐渐失去传承……亟需深入挖掘、大力宣传弘扬。《天中地理》打破了传统的"地理"概念，它把地理、历史、文化等相结合，含义非常广泛，包括建筑、街道、考古、民俗、教育、饮食、商业、地貌、气候、动植物等等。它的内容包罗万象，但杂而不乱，核心是"人文"。《天中地理》介绍展示驻马店独特地貌的新、奇、特、美和共生文化，带着读者感受大自然神奇魅力的同时，传播科学知识，倡导热爱家乡，珍惜自然，并传播人与自然和谐共生、相互依存的理念。既是一种地理文化科普教育，也是一种深层次的爱国主义和环保教育。《天中地理》里不止有美景，也有人文情怀，适合所有年龄段的人去看。学生能在这里学习到课本里没有的地理文化知识，上班族们感受到美景的惬意，爱旅游的人可以找到自己想去的地方，思乡的人可以在文章里感受到家乡的气息……《天中地理》用最真实的文字、图片，带领读者走过古城墙下，走进老街古巷，寻访老宅民居，探寻驻马店神奇山水，叙说它们在时间发展中的命运，触摸天中的味道和气息，挖掘这些地方和这些地方上生活过的人的前世今生。书中收集的这些全新的文章中，把地理作为载体，谈文化、谈历史、谈逸闻趣事、谈风土人情，记录各种类型的城市空间，向读者讲述鲜为人知的传说和故事，展示驻马店的文化底蕴，感悟城市的命运变迁，可以有效激发读者对驻马店的热爱之情，挖掘并记录驻马店的历史变迁，是地方文化遗产保护的"助推器"。《天中地理》将挖掘多姿多彩的天中地理文化宝藏，选取最具有天中代表性的文化元素、地理图标，通过文字、图片，向读者展现天中式魅力。

没有什么职业能像记者这样真切地感受到时代的变迁、社会的发展。天中大地山川秀美，人杰地灵，文化厚重。《天中地理》以讲故事的形式，记录采访中的所见所闻，让大家在读故事中了解天中美景、风土人情、历史传说、趣味故事。系列报道受到市领导的充分肯定和社会各界的好评，产生了很好的社会效益和经济效益。应广大读者要求，《天中地理》系列报道结集出版。我们选出有代表性的稿件40多篇，集结成册《天中地理》，并邀请中国作家协会会员、中国民间文艺家协会会员、河南省作家协会常务理事、驻马店市作家协会名誉主席刘康健为本书作序。历时五年有余，今天《天中地理》终于付梓问世。值得一提的是，此书被市委宣传部列入驻马店市宣传思想文化战线"四个一批"人才资助项目系列丛书之一。

这本书面世，是和众人关心、支持分不开的。同事们不怕山高路险、蚊虫叮咬、荆棘挡道，和我一起去一线采访，掌握一手资料，付出了不少努力。这些都是我不能忘记的！还要感谢市文广新局、嵖岈山风景区、驻马店市欢乐爱家置业有限公司等部门的鼎力支持。

回望天中大地，历史的心脏在强有力地跳动，让我们默默地去感受那不谢不朽的地理故事。虽每篇文章都用心采写，思索，编校，但仁者见仁，智者见智，由于本人学识有限，文中有不妥之处，敬请批评指正。

陈军超

2021 年 3 月 26 日夜